緋弾のアリアXXXVII
第三の男（ワンダー・ノッギン）

赤松中学

MF文庫J

口絵・本文イラスト●こぶいち

１弾　我が子よ、恐れることはない

Zitt're nicht, mein lieber Sohn

「――てッ、敵襲――！」

インドに着くなり原潜ノーチラスが陥った危機に、副長のエリーザが叫ぶ。

セイルから見下ろす甲板上では、ケモノ耳やシッポを軍帽やマントで隠した乗員たちもパニクっている。

さっきまで桟橋で歓迎の合奏をしてくれていたインド海軍も、軍港の出口を塞ぐように浮上したもう１艦の原潜に慌ててサーチライトを投光した。

夜のアラビア海に照らし出された、甲板上構造物(セイル)にある白い２文字は――『伊』『Ｕ』。

「イ・ウーだわ。距離、１㎞無いわよ」

「ムンバイ湾内で待ち伏せしてたか」

「こっちが錨(いかり)を落として動けなくなったところで浮かびおった。やるのう」

アリアが双眼鏡を覗(のぞ)き、俺(おれ)が溜息(ためいき)をつき、ルシフェリアが感嘆する前で……イ・ウーはゆっくり回頭し、魚雷発射口のある艦首をピタリとこっちに向けた。対するノーチラスはイ・ウーに艦尾を向けた状態。向こうは撃てて、こっちは撃てない。

「――原子炉閉鎖ッ！　艦対艦(ハープーン)ミサイル、乗員が艦内に退避するまで３００秒は待機！」

銀髪のツインテールを逆立て、エリーザがスピーカーマイクで艦内にまくし立ててる。

まあ、もしイ・ウーが撃てばノーチラスはドーンといっちまうからな。その時の放射能汚染を防ぐため、もう出力が落ちようと原子炉は止めなきゃならない。

ノーチラスからのミサイル攻撃はこの近距離でも可能だろうが、撃つには甲板上の乗員たちがジャマだ。彼女らは今、我先にとマンホールみたいなハッチに殺到し、詰まってる。5分やそこらじゃ下りきれないだろうね。

「落ち着け！　落ち着いて順序よく！　押し合うんじゃないでち！」

などと怒鳴るエリーザでさえテンパってるんじゃ……

「詰んでるな、ノーチラスは」

「そうなるって分かってて、ここに、このタイミングで現れたのよ。曾お爺様は」

俺とアリアが、それを悟った時……

——…O zitt're nicht, mein lieber Sohn…!——

イ・ウーから、モーツァルトのオペラ『魔笛』の独唱曲が聞こえてきた。

雑音混じりの音源。あのイ・ウーで俺がシャーロックと戦った時、ヤツがＢＧＭにしたアナログ盤だ。ラウドスピーカーから響く超絶技巧のソプラノが、じわじわと大きくなる。

イ・ウーが、微速前進してきているのだ。

「心配しなくていいわ、エリーザ。ハープーンも撃たなくていい」

「シャーロックがチェックメイトの形を作ったのは、ノーチラスを撃沈するためじゃない。ムダな戦闘を避けるためだ。ここに曾孫のアリアがいる以上、イ・ウーは攻撃してこない。あの独唱曲はそういう意味だろ、歌詞的にも」

シャーロックをよく知るアリアと俺が断言すると、そのタイミングすら読んでいたかのように――イ・ウーのセイル上で、チカチカ、チカチカチカ、白光が点滅し始めた。

「……『警戒スルコト勿レ　本艦ハ敵ニ非ズ』……」

目をぱちくりさせるエリーザが、そのモールスを音読する。

一方、こっちのセイル上ではためく――今やN旗ではない『MOBILIS IN MOBILI』のノーチラス旗のポール先端からも、チカチカと返答のモールス信号が始まった。発令所のネモから、シャーロックへのメッセージだ。降参の信号を送るかと思ったんだが、こっちも――『警戒スルコト勿レ　本艦ハ敵ニ非ズ』だってさ。強気な子だなぁ、ネモ。

そうして、ノーチラスの後方１００ｍ程で停止したイ・ウーの艦橋側面で……ガキンッ、と、出入口ドアがアンロックされる音がここまで聞こえてきた。

「ったく、狙撃手がいるってのに」

俺はボヤき、ムンバイ湾岸に聳えるタージマハル・ホテルへ『待て』のハンドサインだ。さっき、ここから８００ｍほど離れたあのホテルのバルコニーにレキがいた。８００ｍは、レキにとっちゃシャーロックの耳の穴でも撃てる距離だからな。

……開いたイ・ウーの艦橋側面ドアから、黒い甲板上へ……出てきたぞ、にこやかに。

イギリスが誇る英雄。世界最高の、そして最強の名探偵。シャーロック・ホームズだ。

ただ、

「なんだ、あの服装……ハリー・ポッターのコスプレか？　マント姿なんだが」

ダークスーツに白シャツ、白い蝶ネクタイに黒マント。礼装のようだが、四角い学帽も小脇に抱えてる。それを見て呟いた俺に、

「マントじゃなくてガウン。オックスフォード大の制服よ。曾お爺様はケンブリッジ大に入ったけど退学になって、入り直したオックスフォード大を卒業してるの」

と、アリアが教えてくれる。

共感できる話だな、退学とか。俺よりも遥かに高いレベルでの話だが。

イ・ウーの甲板をこっち側へ歩き始めたシャーロックの傍らには、

（おっ……？）

もう1人、艦橋から出てきたぞ。

名古屋武偵女子高のハレンチなカットオフ・セーラー服、その短いスカートから伸びるシッポ、１４０cm弱の身長、長い黒髪、裸足の……猴だ。

それと、塔のようなイ・ウーの艦橋上には——壺、津羽鬼、それとやっぱり生きてた閻、その閻の肩に座るハビが現れている。あと、ココ4姉妹のどれかも顔を出した。メガネが

あるから機嬢だな。つまり多分イ・ウーは、日本、キノクニ、香港経由でインドへ来たと。

鬼たちとココは笑顔でこっちへ手を振っているので……俺とアリアは手を振り返し、

「あれは孫悟空っていうバトル系の仏様と、日本の鬼たちと、中国マフィアの幹部の女だ。危険じゃないから、艦橋に対戦車ミサイルとか打ち込んだりするなよ？」

エリーザから、彼女が握っていたスピーカーマイクを取って――ネモにそう教えておく。

『全員、とても危険そうに聞こえるのだが……？』

スピーカーマイクからはネモの訝しげな声が返ってくるが、

「どれもこれも俺がいっぺんずつはシメてるから。安心しろ」

『……お前が一番危険に思えてきたよ。だが、了解だ』

ここも何とか、戦いは避けられそうだ。

とはいえシャーロックは、珍しく――自分以外の戦力、つまり警護を伴って登場した。それはノーチラスに警戒をしてる表れだろう。しかもその担当者にはノーチラスの乗員と身体的に近い半人半妖の猴を選び、イ・ウーを友好的に見せる演出に余念が無い。

（……推理しきれてないんだな、ここから先のことは）

シャーロックは、卓越した推理力で未来が予知できる。しかし俺やネモといった条理を破壊する性質を持つ者が絡むと、その推理ができなくなる。ここにはその天敵が2人ともいるワケで、ヤツ的にも注意が必要って事なんだろう。

猴はこっちを指し、シャーロックに旗がノーチラス旗になった事を話しているようだ。

うん、うん、という具合にシャーロックがその話に頷いたところで——

……ちら……ちら、と、何か白いものがノーチラスとイ・ウーの間を舞い始めた。

インド海軍のサーチライトに煌めくそれは、角度によって輝きを変えながら宙を舞う。

「この季節のムンバイに……雪……？」

エリーザが驚いているが、これは違う。ぱらぱらとその数を急速に増やす微細な氷は、ダイヤモンドダスト。昔ジャンヌから学んだ魔術を、シャーロックが使っているのだ。

氷粒はイ・ウーの前方に降り注いで、みるみる内に海面を凍らせ始めた。それで出来た氷の艀を、シャーロックが渡ってくる。マントを風に靡かせて、ノーチラスの方へ。そのナナメ後ろを、猴もついてくる。見た目通り冷たいらしく、裸足の指を丸めながら。

「迎えに行くわ」

と、アリアがマスト内へ下りて行ったので——俺、エリーザ、ルシフェリアもハシゴを下りる。エリーザは途中で発令所に残り、甲板にはネモが下りてくる。イ・ウーの艦長が直接来るのだから、ノーチラスも副長ではなく艦長が出迎えるのが海の礼儀らしい。

そうして、ようやく乗員たちが艦内に退避したノーチラスの甲板上にて……

ダイヤモンドダストの橋を渡ってきたシャーロック・猴、マストを下りたアリア・俺・ルシフェリア・ネモが対峙する。

（もう艦隊を離脱したとはいえ、ノーチラスはNの一員としてオホーツク海や北太平洋でイ・ウーと戦ってきた。こいつらがケンカにならないようにしないとな……）

そう思って固唾を呑む俺に、シャーロックは端正なイケメン顔で微笑んできて、

「さてもインドという国では、不思議なことが起きるものだ。不思議な、再会も。長らく僕に会えなくて、さびしかったかな？　いや、そのぐらいは自惚れさせてほしいね。僕と君の仲なのだし！」

まるで皆に聞かせる台本を読んでるような、芝居がかったセリフで挨拶してきた。

（……？）

ネモやルシフェリアの様子を見るのは分かるが、まず可愛い曾孫娘のアリアじゃなくて俺に話しかけてくるとは――不自然だ。腹に一物あるのを感じるぜ。

とはいえシャーロックの腹に一物あるのはいつもの事なので、

「お前は英国紳士なんだろ。挨拶はレディーファーストにしとけよ、男にじゃなくて」

と、俺はアリアの肩をつかんで前に出してやる。イ・ウーとノーチラスがホームズ家の家族の絆を起点に仲良くできるよう、俺なりに気を利かせて。

それをアリアもパートナーとして察してくれたらしく、スッ――

「こんばんは、曾お爺様。ノーチラスでは、皆が良くしてくれています」

片足を少し後ろに引いて膝を軽く曲げ、摘まんだスカートを軽く持ち上げる跪礼をした。

これが見とれちゃうぐらい優雅な物腰で、イ・ウー側とノーチラス側との間に少なからず流れていた緊張感が一気に和む。さすがリアル貴族。世界の大物が集まる場に慣れてる。ていうかお前こんな外交スキル持ってるんなら普段から使って敵を減らせっての。

「ふむ。アリア君に紹介してもらうまでもなく、ここの各位は僕と顔見知りのようだね。ご機嫌いかがかな、ネモ提督。それとそちらはナヴィガトリアの元艦長、ルシフェリア・モリアーティ4世。なるほど、そばに立つと魔の王族の風格が伝わってくる」

シャーロックも、ノーチラスと敵対する気は本当に無いらしく……

「この旗で分かる通り、今の私はNの提督ではなくなっているが——貴卿の事だ、それも推理の上での来訪だろう。歓迎する」

「噂通りの怪傑よの、シャーロック・ホームズ。フフッ、海では世話になったのう」

軍帽の下から眼光を向けるネモも、黒セーラー服の中のでかい胸を張るルシフェリアも、いきなり攻撃するようなことはしない。

それで……今までビクビクしてたのがやっと安心できたらしく、

「——遠山！　また会えて嬉しいのです！」

代々木公園で俺のBLTサンドを食い荒らして以来、半年ぶりぐらいの猴がピョーンと飛びついてきた。そしたらこのジャンプ角度が絶妙で、受け止めてあげようとした俺の両手のひらに猴の両胸がすっぽり収まっちゃいそう。

（あぶねっ……！）

小5ぐらいの体つきとはいえ、猴は女の子。その薄い2つの膨らみにプルッと水っぽい柔らかさがある事は星崎(ほしざき)温泉での不幸な身体接触によって確認してしまっている。しかし俺もこんな衆人環視の中で女児の両パイにいきなりタッチをかますほどの超越者ではない。なのでまずは構えた両手の位置を下げ、猴のイカ腹をサイドからキャッチ。高い高いしてやってからの、左前腕に座らせて片手抱っこだ。猴が軽くて助かったよ。

「遠山、遠山ぁ……」

人見知りなところのある猴は、細(ほ)っそい両手を俺の首にかけて頬(ほお)ずりし、シッポも俺の左腕に巻き付けてきた。甘えん坊だなあ。

猴は、相変わらずカワイイ。ヘンな意味じゃなく、心を癒やす子供の愛らしさがある。さらにカワイイ事に、猴は髪をケモノ耳っぽくピョコッと立ててる。緋緋色金(ヒヒイロカネ)が宇宙へ帰って関係性も変わり、今は感情に応じて毛が立ったり寝たりするようになったらしいな。

「あんな橋を渡らされて寒かっただろ。おいシャーロック、児童虐待するな。次は温かいダイヤモンドダストで橋を架けろ」

と、丸出しのお腹(なか)や足をさすさすしてやったら、猴は気持ちよさそうに……うっとり。

「遠山、やさしいのです……」

子供には甘い俺と笑顔を突き合わせて、そんなやりとりだ。

そしたら……あれ……？

アリア、ネモ、ルシフェリアが、俺から半歩ずつ遠ざかったよ？　一斉に。

「……やっぱり、そうだったのね……前から、そうかもなとは思ってたけど……」「……貴様のストライクゾーンはどうなっているのだ……？　低めどころか地面を転がる球すらホームランにできるというのか……？」「……ぬ、主様は、女は若ければ若い方が良いのか……？　それにしても、その娘は若すぎではないか……？　確かに、可愛いが……」

　3人が犯罪者を見るような顔で俺にドン引きするもんだから、この場のピリピリしてた空気は今度こそ雲散霧消。流れていた緊張感も別の意味のものになっちゃったよ。

「——お前らなぁ。女性の歳を語るのはアレだが、猴はお前らより年上、この場の最年長なんだぞ。敬え」

　と、俺は猴を左肩に座らせてやりながら……

「ところでだ、シャーロック。戦わずに済んだのはありがたいが、どうしてノーチラスをここで詰めた。部分的には分かっちゃいるつもりだが、なんでインドなのか説明しろ」

　そこに言いたいことがあったので、イヤミったらしく、くどい聞き方をする。

「ふむ。キンジ君の疑問は、ごもっともだ。1つずつ説明すると、まず僕やアリア君——イギリス人がインドにいるのは、不思議な事ではないのだよ。イギリスは1947年までインドの宗主国だったのだし」

するとシャーロックも、いつもの回りくどい喋(しゃべ)りを返してくる。核心を語るまで余計な前フリが多いの、コイツの欠点だよね。

「それとネモ君にとっても、インドは縁のある国と聞き及んでいるよ。僕は」

「えっ、そうなのか？　ネモ」

「うむ。本人が証拠を隠滅したため確認できないのだが、初代ネモはインドの王子だったらしい。私がインド政府からこの原潜マハーバーラタを供与されたのは、その伝説の威光あっての事なのだ」

　へえ……そうなんだ。すげえな。じゃあ世が世ならお姫様だったんじゃん、ネモって。

「まあ、お前たちにある種の地縁があるのは分かったが。じゃあ、もう仕方なくツッコむが――何なんだ、そのオックスフォード大の制服は」

「これも僕がインドで君たちと集まった理由だよ。なにしろ会場がこのムンバイだからね、明日開催の、第2回イ・ウー同窓会(リユニオン)は！　おや、しかし今回のドレスコードについては、君宛ての招待状にも明記したつもりだったのだがね。『学生服にて参加されたし』と」

　第2回イ・ウー同窓会。やっとそのワードが出たか。主催者の口から。

　やっぱりやるんだな、ここで。前回は流血の惨事になったのに、懲(こ)りないヤツだ。

「俺(おれ)が危険なメンツに関わりたくなくて招待状をスルーしてる事ぐらい推理できてたろ。それに何度も煙(けむ)に巻かれてお前慣れしてきたから分かるが、その話は順序が逆だ。お前はここで同窓会をやるからインドに来たんじゃなくて、やりたい事があるからここを会場にした――かなり前から、綿密に計画した上でな」

先日リサと樽(たる)の中でモーイしかけてヒスった頭脳でした推理を、今ここで語ると……

ぽん、ぽん、ぽん。シャーロックは優雅な手つきで、柔らかい音の拍手をした。

「いやはや、君は何でも分かるのだね。どうして顰(しか)めっ面なのかはともかく、素晴らしい推理だ。探偵の素質がある」

「何でもじゃなくて、分かるとこまでしか分かんねーからこの顔なんだよ。シャーロック、お前がインドでやりたい事ってのは何だ。それが分からないままじゃ、巻き込まれるのが怖くて同窓会に参加できんぞ。俺は」

「ふむ。まず今回の会は、Nを離れたノーチラスと――僕、すなわちイ・ウーとの同盟の親睦会も兼ねたくてね。ノーチラスがNを離脱した後、ここ、このタイミングで合流する必要があったというわけだ。ネモ君、ルシフェリア君。急な話で申し訳ないが、ついてはお二人にもゲストとしてご参加いただきたい」

シャーロックは懐から『H(ホームズ)』の封蠟(ふうろう)がされた手紙を出し、ネモとルシフェリアに手渡ししてる。俺も含め、過去戦ったメンツまで参加するとなると、もうイ・ウー同窓会というよりイ・ウー被害者の会じゃないのそれ？

「ノーチラスとの合流なら、千葉(ちば)沖でもアンダマンでもできただろ。次のセリフで本音を言わなかったら、俺(おれ)はマジでフケるぞ。同窓会。お前は、インドで、何が、したいんだ」

この件——回りくどい喋(しゃべ)りで有名なシャーロックにしても、前フリが過ぎる。これだけ引っぱったって事は、かなり・け・っ・た・い・な目的があるんだろう。コイツは、このインドに。

という俺の予想は、当たっていて……

「インドには、イギリスが残した財宝があってね。僕たちはモリアーティ教授との戦いに向けて、何としてもそれを手に入れるべきなのだ。財宝には僕が付けた呼称があるのだが、性質を表すため少し長ったらしくなってしまった事を前もって断っておきたい。すなわち——『神秘的で絶対的で真実で最強で圧倒的な器(ワンダー・アブソリュート・トゥルー・ストロンゲスト・オーバーヘルミング・ノツギン)』——」

「……何……？　神秘的(ワンダー)で、絶対的(アブソリュート)で……器(ノツギン)？」

誰か知ってるかと思って顔を見回すが、ネモ、ルシフェリア、猴(コウ)は元より、アリアにも心当たりは無いようだ。

ただ、どうあれ財宝。金目のモノらしいな。それでいて魔術的な武器になる器……悪魔払いの聖杯とか、それ系のアイテム。その世界最強の一つなんだろう。それが、欲しいと。

——あくまでイメージだが、ああいうのは宝石とか金銀で装飾されてるのが定番だ。

さすがに戦いに使う前にガメはしないが、俺がその器を見つけたなら……モリアーティ教授との戦いの後でなら、その一部を分け前としてもらう交渉ができるかも。たとえば、大粒のダイヤとかをだ。シャーロックは割とそのへん融通が利きそうなタイプだし——

「インドの『神秘の器(ワンダー・ノッギン)』……宝探しか。それならまあ、手伝ってやらないでもないぞ」

「また随分とザックリ省略したものだね、名称を」

苦笑いするシャーロックは、財宝と聞いて俺が少し乗り気になったのでニコニコしてる。人類の未来に係(かか)わるＮとの戦いの最中(さなか)に不謹慎な事を考えてるのは自分でも分かるが、俺はここまで無償で戦ってるんだ。そのぐらいの役得は欲しいよ。世界が平和になっても自分が破産してたんじゃ、やってられませんって。

「それについても明日の同窓会で話そう。今夜はもう遅いからね。そこのタージマハル・ホテルにキンジ君の部屋を取ってあるから、広いベッドでゆっくり休みたまえ。アリア君、ネモ君の名前でも１部屋ずつ予約してあるよ。同窓会の会場もあのホテルのホールなので、面倒は無いだろう」

——広いベッド！　棺桶(かんおけ)みたいに狭くて女子のニオイが染みついたベッドや樽(たる)で寝起きしてた身としては、魅惑的な響きだ。シャーロックにしちゃ気が利くじゃんか。

「キンジ、あたしは上陸するわ。感謝します、曾(ひい)お爺様(じいさま)」

アリアがそう言いながら猴のシッポをどけて、俺の腕時計を見てきて……それで俺も、行くなら急いだ方がい・い・事に気づかされた。

「俺も上陸する。さっきタージマハル・ホテルに用事もできたし、本場のカレーも食ってみたいしな」

俺がそう言う一方、ネモは、

「私はノーチラスの補給があるから、今夜は艦を離れられない。とはいえせっかくの卿の厚意だ。ルシフェリア、代わりに疲れを癒やしてくるといい。通訳にはエリーザを出す」

イ・ウーに一応の警戒を続けるつもりもあってか、ノーチラスに残るとのことだ。

ルシフェリアは「主様と陸に上がれるとは、楽しみじゃのう！」と無邪気に喜んでるが、通訳というか保護者というか見張りのエリーザ付き。あんまりノビノビはできないんじゃないかな。でも絶対その方がいいとは思うね。俺の身の安全上も。

何泊も海中や洋上にいてから、久しぶりに地面を踏みしめると——足下が一切揺れないという当たり前の事に、安心と感動を覚える。

しかし、ノーチラスから渡った桟橋に立って見渡すムンバイの夜景には……逆に不安と混乱を覚えてしまうな。中心には東京や香港のような超高層ビルが密集し、湾岸では高級マンションが、小高い地域ではニュータウンが幾千幾万の光をギラつかせている。

この時点で、俺が想像してた幽玄なインドの風景と全く違うぞ。バリバリの先進都市、メトロポリスだ。遠くで靄のように上がってる白い蒸気は、原発じゃないか？

「象は……どこだ……？」

「何のことでちか」

俺はインド出身のエリーザに呆(あき)れられながら、桟橋から埠頭(ふとう)へとかなりの距離を歩く。

ちなみにアリアはインドに何度か来た事があり、勉強ギライのルシフェリアはインドの存在を今知ったところ。一人で先入観とのギャップにショックを受ける俺に、追い打ちをかける事には――ムンバイ港の埠頭の光景もまた、良くも悪くも非常に現代的。

青いトタン板やフェンスの向こう、フォークリフトやコンクリートミキサー車の居並ぶ工事現場。サギみたいな白い鳥と黒いカラスが寝てるコンクリートむき出しの波止場は、あちこち酸性雨でヒビ割れてる。ヨットやクルーザーでギチギチになっている船着き場(ハーバー)。その先では海を眺められるフードコートでツアー客たちがファストフードをがっついてて、ケチャップとかコーラのニオイがここまでするよ。

辟易(へきえき)して海へ視線を逃がすと、ノーチラスの碇泊(ていはく)する軍港から少し離れた所に貨物港があり、各国のタンカーやコンテナ船が停泊してる。漁船だらけの桟橋、造船所のドック、その合間を絶え間なく行き交う運搬船。そしてそれら全ての背景に林立する、形も高さもまちまちなクレーン。そして、工業・生活排水で白く濁って泡立つ波打ち際を覆い尽くす――色とりどりの、ゴミ、ゴミ、ゴミ！　ビニール袋、ペットボトル、プラスチック。

（……どこにも、インド感は無いな……）

それらを横目にトラックの点在する舗道に辿(たど)り着(つ)くと、そこに黒いスズキのミニバン(ランディ)が待っていた。ヒンディー語ではあるがスーツ姿の運転手とエリーザが話す様子から見て、タージマハル・ホテルの迎車らしい。

だが当のホテルは湾岸沿いのすぐ先にあり、そのドデカい王宮みたいな建物もここから見えてる。なので、

「おいエリーザ、ホテルまでは1㎞もないだろ。俺は歩いて土地勘を作りながら行くよ。辺りのことが右も左も分からないんじゃ、もし同窓会でゴタゴタが起きた時に困るしな」

アリアとルシフェリアがミニバンへ乗り込むのをよそに、そう俺が言うと……

「一目で外国人と分かる人間が夜のムンバイをウロチョロするとか、危ないでちよ。この距離でも車に乗って移動するのは安全のためでち。散策は明日以降、日中にしろでち」

とか、軽く叱られてしまった。

だが……これはエリーザの言う通りだな。海外で油断すると、香港でやられたみたいにスリにやられたりしかねない。少し急ぐ用もあるし、今夜はもうチェックインしよう。

と、乗り込んだ車内は——うっ。何やら小さな神棚っぽいものがダッシュボードにあり、そこでさっきまで焚いてたらしいお香のニオイが強烈だ。港の磯臭さとのダブルパンチでクラッと来ちゃうね。とはいえ『クサイ！』と言うのは気が引けるので、

「前に映画で見たが、インドにはバイクで引く人力車みたいなのがあるんだろ？　あれに乗ってみたいんで、呼んでくれないか。せっかくインドに来たのに、日本車じゃ旅気分になれないぞ」

そんな事を頼んでみたんだが、

「オートリクシャーはムンバイ中心地への乗り入れが禁止されてるでち。あとインドじゃ日本車は最高級車の代名詞でちよ」

とのこと。オープンエアでの移動は望めないらしい。仕方ない。このニオイについては異国情緒のようなものと受け入れよう……

「ここは昔、英語でボンベイって呼ばれてたのよ。後に、都市の名前が変更になったの」

「……へー……江戸(えど)が東京(とうきょう)になったような感じかな」

「ちなみにムンバイっていうのは、ヒンドゥー教の女神の名前が語源でち」

「女神の都か。我(われ)にピッタリじゃの！」

ガイドさんのアリアとエリーザ、観光客の俺とルシフェリア——って感じの一行を乗せ、車はグルリと湾岸の繁華街(コラバ・コーズウェイ)を走っていく。

　この辺はインド門も近い観光地なので、インド内外から来た旅行者が多い。洗練されたレストランやバー、一流ブランドのデザイナーズショップ、光り輝くショッピングビルは東京やニューヨークやローマにあるのと同じ感じだ。アップルストアやナイトクラブにはモデルみたいにファッショナブルな男女が出入りし、最新のカルチャーを謳歌(おうか)してて……不思議な笛で壺からコブラを呼び出すヒゲもじゃの行者とか、サリーを着て籐(とう)編みカゴを頭に載(の)せた女性とか、そんなのは1人もいない。拍子抜けしちゃったな。

ムンバイ湾に面して建つタージマハル・ホテルは、サラセン調とゴシック調、すなわちインド様式とヨーロッパ様式が融合した絢爛な外観を誇る。20世紀初頭にインドの大富豪タタが建て、各国の要人から『アジアの星』と称され愛された、宮殿のようなホテルだ。その車寄せで俺たちがハイヤーを降りると、真鍮で飾られた正面ドアを——白いスーツとターバンのドアマンたちが左右から恭しく開いてくれる。

そこを悠然と通るアリアと、スキップで行くルシフェリア、それを追うエリーザに続き、俺もレセプション・ロビーに入ると……館内の空調はエアコンで快適に整えられており、外の磯臭さと排気ガスのニオイも馨しい花の香りに変わった。香りの源は、大量の花々が巨大なタマゴ形に生けられた、見上げるほどデカいフラワーアレンジメント。その横からサリーの趣を取り入れたドレス姿の女性従業員たちが笑顔でやってきて、下半分が花輪・上半分が数珠のレイを俺たちの首にかけてくれる。中でもアリアは特に豪華な、マフラーみたいな花のレイを首にかけられてるよ。

「……えらく歓迎されてるな、俺たち」

「うーん。曾お爺様から連絡が入ってるみたいね……」

花に顔の下半分が埋もれるようになったアリアは、さらにホテルの重役に出迎えられてお姫様が来たかのような挨拶を受けてる。英語なので盗み聞きできたが、実際アリアには昔ダイアナ妃が泊まった部屋を用意したとか言ってるね。旧宗主国のリアル貴族だから、VIP中のVIPとして扱われてるんだな。

それから、フロントでエリーザがチェックインの手続きをしてくれている脇で……俺とルシフェリアは白いソファーに座り、一休みだ。

なお、ルシフェリアのツノやシッポは丸出しなんだが……このレセプションを行き交うホテルマンやセレブな客たちにはどこか遠い国の民族衣装の一部だと思われてるっぽい。そもそもミニスカートの黒セーラー服って時点で、インドには無さそうなカッコだしな。

「すごい城じゃのう。我はこういうキラキラな所、好きじゃぞ」

ルシフェリアが笑顔で言う通り、ホールでは天井から垂れたキラキラのシャンデリアが白い大理石の床を照らしている。壁をド派手に彩るのは、ピカソっぽい油彩画の大作だ。

ほんと、スゴイ所に泊まる事になったな……あ、そうだ。

「おいエリーザ。宿泊する時、外国人はパスポートを見せなきゃいけないんじゃないか？　俺、持ってきてないんだが。多分アリアも。千葉の次の行き先がムンバイだってのまでは、さすがに予想できなくてさ……」

俺は出入国手続きをせずにインドへ来てしまっているので、その辺大丈夫かなと思ってコソッと聞いたら――エリーザは、なんでかここにある俺のパスポートを見せてくる。

「お前のパスポートは、ホテルが預かってたでちよ？　アリアのも」

「え、何それ……」

目を丸くする俺(おれ)には、ホテルの重役たちの挨拶からようやく解放してもらえたアリアが、

「同窓会でここに来ることは分かってたから、かなでにノーチラスから衛星通信で頼んでおいたのよ」

とか、教えてくれる。なんか、セキュリティ的にあれこれいかがなものかとは思ったが……まあ、あるならいいか。ルシフェリアのパスポートなんか、どう見ても偽造だし。

「なにか特にホテルに注文したい事があれば、このフロントで聞いてくれるそうでちよ。パソコンを借りたいとか、館内のヘアサロンで散髪をしたいとか、マッサージを受けたいとか。だいたい何でも24時間体制で融通を利かせてくれるっぽいでち」

エリーザがありがたい事を伝えてくれたので、俺は先手必勝とばかりに、

「俺はカレーライスが食いたい。明日の朝食は朝カレーにしてくれ」

インドで本物のカレーを食べるチャンスを逃すまいと、フロント係のお兄さんに英語で注文しておいた。そんな俺にエリーザは何か言いたそうな顔をしてたが、

「承りました。トオヤマ(ミスタル・トオヤマ)様。当ホテルのシェフに伝えておきます」

スーツのお兄さんは笑顔で、そう返してくれたよ。

よし。これで、ラーメン難民になった香港(ホンコン)の二の舞は演じずに済みそうだ。

……あと一瞬インドには『ミスタル』という独自の敬称があるのかと思っちゃったけど、

これは『ミスター』の事だね。俺も人の事は言えないが、インドの英語は訛りがスゴイな。

フロントから部屋のキーを受け取った俺とアリアは、万一何かあった時に備えて互いの部屋のスペアキーを交換しておく。これは風土病や食中毒に備えるべき土地を訪れた時の、武偵の習慣だ。それから、

「俺は自分の部屋より先に行く所があるんで、失礼するぞ。アリア、お前も来い」

ルシフェリアとエリーザにそう言い残し、腕時計を確認しながらエレベーターホールへ向かった。アリアと2人で、小走りで。

「いま、インド時間で午後8時半だ」

「間に合ったわね」

そう話しつつ、ドアが六角形を連ねた金網で出来ている洒落たエレベーターで最上階・6階へ。茄子紺の壁を金色のダマスク模様が飾る廊下を進み、さっきノーチラスから見た記憶を頼りに――構造上そこと思われる部屋をノックする。

「俺だ。開けろ」

「あたしもいるわ」

オレオレ詐欺みたいな名乗りにも、部屋の主は……カチャ、と、普通にドアを開けた。

「……」

で、そこからは特に動きも無く、無表情、無言。

ロボットとか爬虫類（はちゅうるい）みたいに固定した視線をこっちに向けたまま、こんばんはの一言もない。レキだ。狙撃銃（ドラグノフ）を肩掛けし、山岳兵みたいな長布（パトウ）を巻き、ズボン穿（ば）きの。

「原宿（はらじゅく）でユーチューブの撮影を手伝ってもらって以来か」

と言う俺（おれ）が室内に入ると、回れ右したレキは——こくり。頷（うなず）いた。

「そのカッコは何？」

「男装です。ここへ来る前に、男性しか通れない検問の多い国で仕事がありましたので」

とかアリアと話す、ショートカットだから確かに美少年に見えなくもないレキだが……通行すら男女差別される地域となると、アフガニスタンの辺境とかかな。こわ。ＣＩＡ（米中央情報局）の下請けでもしてんの？　どうあれ多くは聞かない方が良さそうだね。

「……」

萌葱色（もえぎいろ）の壁に彩られたレキの部屋は、ジュニアスイートといったところ。とはいえその広さは全くのムダで、見える範囲にあるレキの荷物はゼロハリのトランク1つ。生活感も絶無で、ゴミ箱に鼻をかんだティッシュの1枚すら無い。

アンティークの机の上で開かれてあるトランクの中身は、狙撃弾（ラシアン）の箱、ジップロックに入ったドル札の束、カロリーメイトだけ。相変わらずだな。

「へー……マジで丸見えなんだな。ここから、海軍の基地」

イチジクの植木で飾られたバルコニーに伏せている、白い大型犬——本当は狼(おおかみ)なんだが——ハイマキを撫(な)でてやってから、俺(おれ)は外を見て呟(つぶや)く。

見ればノーチラスはインド海軍から食糧や日用品の補給を受けてる最中で、イ・ウーは少し沖へ離れていくところだった。さっきインド軍の音楽隊は突然の浮上に驚いてたが、イ・ウーはイ・ウーでムンバイに寄港する連絡を事前に入れてはいたそうだ。

ただ、シャーロック曰(いわ)く……イ・ウーは航路に影響しない湾内に潜航して、海底に停泊するとの事だった。無限に潜っていられる原潜だと、そういうやり方もあるんだな。

「ここの部屋を取って見下ろしてたって事は、レキはノーチラスとかイ・ウーが来るって分かってたんだろ。ってことは、イ・ウー同窓会に参加しに来たのか？　どこかで誰かにネモやシャーロックの狙撃を依頼されて来たんじゃなくて——」

俺がレキに尋ねると、こくり。頷(うなず)いたな。じゃあ、まあ、一安心だ。

「曾(ひい)お爺様(じいさま)に同窓会の招待状をもらったの？」

アリアが聞いたら、ふるふる。首を横に振った。えっ、じゃあ飛び入り参加って事？

「いつ誰に聞いたんだよ。同窓会のこと」

「かなり前に、風に。詳しい日時や場所は、理子さんに問い合わせました」

——風。璃璃色金(リリイロカネ)が関与しようとしてるのか。あとレキが詳細をアリアじゃなく理子に聞いたのは、理子ならペラペラ喋(しゃべ)るからだね多分。

「璃璃色金は何て？」

「――『集うべきではない集いです』、と。私は風と共に、会を見に来ました」

レキはアリアに、璃璃色金と共に監視者として来た……的な事を答えてる。不穏だな。

「俺も集わなくて済むなら集いたくなかったさ。前回は重傷者も出たんだし。と言いつつ聞くのも愚問っぽいが、なんで璃璃は集うべきじゃないって言ってるんだ？」

璃璃色金は意志を持つ金属で、緋緋色金と同じく超々能力を司る。それが俺たちにどう絡んでこようとしてるのか、保安上それとなく聞き出しておこうと思ったんだが……

「……ハイマキ、おいで」

今まで旗竿みたいに突っ立ってたレキが、とこ、とこ。

クローゼットの方へ行き、中に吊してた武偵高の赤セーラー服を取り出してる。

で、それを持って、シャワールームへ行っちゃったぞ。ハイマキを引き連れて。

「……20時45分」

「時間切れね」

腕時計を見て溜息する俺とアリアが急いでたのは、これのためだ。

非常時でない限り、レキは自分のスケジュールを守る。やたら正確な体内時計に従い、20時45分にシャワーを浴び、21時キッカリに寝るのだ。俺やアリアが目の前にいようと、マイペースに。そうなったら作業はおろか、会話すらままならなくなる。今みたいに。

　しゃあー……という、シャワーの音が始まる中……

「……どうする。レキが何考えてるのか分からんのはいつもの事だが、風――璃璃色金(リリイロカネ)に目を付けられてるぞ、俺(おれ)たち」

「もうちょっとレキと話してみるわ」

「どう話すんだよ。こうなったらもうレキは寝るだけだぞ。セーラー服を持っていってたけど、あいつはオバQみたいに四六時中セーラー服で暮らしてて、寝る時もセーラー服で体育座りで寝るんだ。要するにあれはパジャマだ」

「それでも寝るまで何分かあるでしょ。ていうか、おばきゅう？　って何」

「オバケのQ太郎。俺も理子にアニメを見させられて知ってるだけだが……1種類の服を何着も持ってて、ずっと着回して、いつも同じ服装をしてる昔のアニメキャラだ。レキも私服を俺が買ってやった1着以外持ってなくて、何着かの武偵高(ぶていこう)のセーラー服を着回して暮らしてる。潜入(スリップ)絡みでいろんなコスプレを見てるから、そういうイメージは薄いが」

「あんたレキに服買ってあげた事あるの!?!?!?　もしかしてシャトンb(ベー)のあれ!?!?!?」

「うおっ、声でかっ。なんでそこにそんなに食いつくんだよ。とにかく、あれが真っ裸(マッパ)で出てくる前に俺は退散する。お前はもう少し粘って、できたら色金の意図を聞き出せ」

　アリアがドロンパみたいなへの字口になる――これは銃(ガバ)が出る注意報だ。その前にと、俺はレキの部屋から脱出することにした。ていうか、アリア、俺が大阪(おおさか)でレキに服を買った店の名前なんかよく覚えてたな。覚えてほしい事はすぐ忘れるくせに、どうでもいい事はよく覚えてるやつだよ。まったく。

念のため携帯で、「宿泊料は払えないからな」『分かっているよ。初歩的な推理だ』と、宿泊料がシャーロック持ちである事を確認・念押ししてから……俺も久しぶりにゆっくり休憩しようと、自分の部屋へ向かう。

そしたら豪華なドアの前で、サラリと金髪を揺らしてペッコリお辞儀をしてからの、

「お帰りなさいませ、ご主人様」

にこやかな笑顔を上げてくる、リサさんが張ってたよ。

とはいえ、女嫌いなのに女子が常に周囲をうろついている不幸さには定評のある俺だ。このぐらいのエンカウントは覚悟してたので、よしとしよう。人生とは妥協なのである。

「お前も上陸したのか」

「はい。同窓会は明朝9時からなので、ご主人様のお支度をお手伝いしたいと思いまして。ノーチラスからムンバイ市内へ行く買い出しチームのお車に便乗させていただきました」

「お支度ってほどの支度は無いけどな。じゃあもし俺が寝坊してたら起こしてくれ」

「承りました」

目覚まし係としてリサを伴い、カルダモンのルームフレグランスがフワッと香る室内に

入ると……そこはレキの部屋よりも広いスイートルーム（ラヴィ・シャンカル・スイート）。インドの偉人らしき肖像画と、陶器製の大きな象がお出迎えしてくれたよ。

リサは手のひらを合わせて「ステキ（モーイ）です。いかにもインドという装飾ですね」と喜んでいるが、これは――このホテルの主要客であろうヨーロッパの金持ち向けに、っぽく演出してるだけって感じだね。作り物のインドだ。

このスイートルームは角部屋で、中は明かりをつけて回るのが面倒なほど多数の部屋に分かれている。そしてどの窓からも海が見えて、まるで客船に乗ってるみたいな気分だ。ライトアップされたインド門も見える。最高だね。女子さえいなけりゃ。

（たしか、萌（もえ）だったか茶常（ちゃつね）先生だったかが……印象のいい場所で暗記系の勉強をすると、エピソード記憶として脳に定着しやすいとか言ってたな。チャンスだ）

そう思って携帯を出し、ジャケットを脱ぐと――脱ぎそうなタイミングでナナメ後ろに来ていたリサが、「お休みの間に、アイロンを掛けておきますね」と受け取ってくれた。メイドの矜恃（きょうじ）として、ルームサービスには任せたくないらしい。

メルヘンな花柄タイルのトイレで用を足し、洗面所で顔を洗い、歯を磨き――そのまま寝ちゃってても大丈夫な態勢を整えてから、ベッドルームに入る。ここで寝っ転がって体を休めつつ、携帯に入れてあるpdfのテキストで勉強とシャレ込もう。

念願の『広いベッド』は、思わず苦笑してしまったほどに広い。幅も奥行きも４ｍ以上あり、ギャグ漫画みたいなデカさだ。掛け布団(カバーレット)の下、中央辺りに膨らみがあるのは謎だが、抱き枕か何かが入れてあるのかな？　まあいいや。

（日々学び、東大に入り、武装検事になって――父さんをアメリカから取り戻し、對卒(たいそつ)を克服する方法を明らかにして、生き延びる）

　生き延びる。その目標を胸の内で復習し、モチベーションの圧力を自ら高める。世間が褒めてくれたり女子がチヤホヤするような、カッコいい夢や希望なんてものは俺(おれ)には無い。ただ、生きるために頑張る。そんなハードボイルドな受験生なんだよ、俺は。

　ショルダーホルスターを外し、ズボンと靴を脱ぎ、ベッドへ横たわる。せっかくだから、ド真ん中に寝て勉強しよう。マハラジャ気分でやれば、一層記憶も定着しやすいだろうし。と、泳ぐように中央へ這(は)い寄(よ)り……抱き枕っぽい膨らみに手を掛けたら、

「きゃはっ♡」

　羽毛の毛布越しにも分かる――指をむんにゅり沈ませる、生食パンっぽい柔らかさ！抱き枕じゃなくて、思いっきり女子のボディーの、どれかのまん丸な部分じゃないですかコレ！　ていうか声で分かったけどルシフェリアの！

「なんっ、でっ、ここに、いるん、だッ！　どう、やって、入った！」

　どでかいベッドにはどでかい毛布が掛かっており、これがけっこう重くて、めくるのがしんどい。それでも俺は地引き網みたいにそれを何度も引っぱって外し、黒セーラー服の

お魚を露わにした。

「ばあ。さっき来て、リサに入れてもらったぞ。主様がオシッコしてた時。それにしてもいきなり鷲づかみにするとは、やっぱり主様は我の胸が大好きなんじゃのう」

自らの胸を腕で掬うようにして満面の笑みでアピールしてくるルシフェリアは、崩れた正座で短いシッポをぴこぴこさせてる。

「それになんでとは何じゃ。つがいが一緒に寝るのは当然じゃろ。我が原始の方法で子を産むには、ヒトと同じ10月10日がかかろう。主様の子を10人は産むんじゃから、そろそろ第1子を授からねばタイムスケジュールが厳しくなる。さあ、急ぐぞ主様」

「か、勝手なスケジュールを組むなっ！　……このッ！」

ぷくっと頬を膨らませたルシフェリアに腕を掴まれた俺は、中腰になって――ぎゅっ！ルシフェリアの子鹿みたいなシッポを握る。コイツにはセーラー服の下に下着をつけない悪癖があるので、取っ組み合いになったらとんでもないものが露わになりかねないのだ。素早く動きを封じ、逃げないと――

「ぴゃうぅ！」

弱点を刺激されたルシフェリアは、アリアのお株を奪うアニメ声で啼く。そして、俺の足下に抱きついてくる。ぞくぞくっと妙な震え方をしながら。

「……はむ、はむ、ぬ、主様。主様。はふ、はふ、もめんまはぁい」

さらにどういうわけか、ルシフェリアは俺のズボンをまくり上げ、靴下を脱がせて——ラズベリー色の唇でスネとか足首を甘噛みしてきた。腰が抜けそうなくすぐったさだ。

「な、何してるんだっ。俺の足を食うつもりかッ」

「食ったりせぬから。これは『足をなめるから、許してください』の儀式じゃよ。主様のご機嫌を損ねてしまったお詫び。はむ、はむ、高貴な我が、こんな事しちゃってる……」

お詫びとか言うくせに、俺の足を舐め回すルシフェリアは恍惚の表情。両目にハートを浮かべてる感じだ。

「わ、詫びる意志があるなら、足を、放せ……！」

「主様、怒ってるのか。怒ってるのじゃな？　という事は今、我の事を考えてくれておるのじゃよな？　我の事で頭がいっぱいなんじゃな？　うれしい、うれしいっ♡」

「この……あまのじゃくめ……うおっ！」

ルシフェリアが足に頬ずりしてきたもんで、ツノでヒザかっくんされた俺は——どさっ。マハラジャのベッドに、仰向けに倒れてしまう。その動きの流れの中で、ルシフェリアは俺の片足に上下逆さまに抱きついた。さらにその長い片足をガバッと回し、俺の体の上に自分のカラダを覆い被さらせてくる。スカートベルトの下に穴を開けて出してるシッポを、俺の顔面に向けて。これは変則的だが、柔道の寝技でいう上四方固め。捕らえられたッ。

「主様、シッポをまたギュッとしてくれ。それで我を骨抜きにして、おしおきしてくれ。

乱暴にがいい。この悪い我を、折檻してくれ。主様、主様♡」

いかんっ、ルシフェリアがギアを一段上げた。ここまでは悪さをするだけだったのが、させようと求めてきてもいるぞ。

逃れようとドタバタする俺、を、逃すまいとするルシフェリアのスカートがバフバフし、興奮で汗ばんだルシフェリアのマンゴーみたいなニオイがベッド上に充満する。本能的に、口内にヨダレが湧いてきた。俺の足もルシフェリアのヨダレまみれだが。

「お、お前、これ、もう、お詫びとかじゃないだろ……！」

どこかに掴まってルシフェリアの押さえ込みから逃れたいが、このベッドは広すぎて、中央付近からだとどこの何にも手が届かない。詰んだか？　詰んでるのか……!?

「ああそうじゃよっ。これは我なりの求愛じゃ。もう主様も我の癖は知っておるじゃろっ。狭く人の多いノーチラスで、我がどれだけこういうのをガマンしてきたか。もう限界なのじゃ。早く我におしおきをして、我をいじめて、それで、お子子を……はぁうぅ……」

「言うほどガマンしてなかっただろお前……！　あとなんで俺がお前におしおきしたり、お前をいじめると子供ができるんだッ。何かシステム上の勘違いをしてるぞそこ……！」

などと、俺とルシフェリアがすったもんだしてたら、

「……あ、あの、さすがにもう、私はベッドルームを出ていった方がよろしいでしょうか。ここで見ているようにと、先ほどルシフェリア様に命じられたのですが……」

立てた白い両手でお顔を隠すようにして、でも一応こっちをモジモジ見てるリサが正座してるんですがッ？　ベッドの脇に。

「うわうわリサ、見てたんだったら助けろよ！」

「最後まで見続けるのじゃリサ。我が強い主様の下で、弱々しく啼き続ける様を……！」

最後までの最後とは何を意味するのか。そしてなぜそんな行為を人に見せたがるのか。ていうか今俺は何に付き合わされ、何を強いられているのか。何もかもが分からないよ！

「リサ！　エリーザに通報しろ！　これはもう性暴力！　事案！」

「は、はいぃ」

色白な顔を真っピンクにさせて事の成り行きを見ていたリサは、葉っぱ型の携帯を出し……震える指で、ぴぽぱ。エリーザに電話。「し、失礼します」とベッドに上がってきて、ふわりん。セーラーメイド服のスカートを広げて正座し直し、電話を持つどころじゃない俺に音声が聞こえるよう——オンフックにして、こっちに携帯を向けた。寝っ転がってる俺からだとリサのスカート内のキャットガーターが丸見えだったのはさておき、

「エリーザ、ヤギが逃げて俺の部屋で暴れてるぞ！　見張りをサボるな！」

と、携帯の向こうのエリーザめがけて俺が怒鳴る。だが、

『あー、よかったでち。ちょっと目を離したスキにルシフェリア様がいなくなったから、探してたでちよ』

「うむ。我なら主様の部屋におるぞー♪」

『了解でち。それならいいでち』

「よくねえよ！　回収しろ！」

俺の声はスルーされ、電話は切れた。リサとエリーザから見ると、俺とルシフェリアは目上。上同士の揉め事には手出しができないムードだ。つまり俺はもう自分で自分を助けようとしなければ助からない。武偵憲章6条、自ら考え、自ら行動せよ！

「――はっ！」

「きゃあっ!?」

俺は正座しているリサのスカートに両手を突っ込み、左右のキャットガーターを握る。普通のガーターなら引っぱるなりクリップがパツンと外れて終わりだが、リサのキャットガーターはフリルのついた輪っか型のゴムを太ももに巻いて固定する下着。にょいーんと伸びはしたものの、リサの生っちろい太ももから外れる事はない。

「うおおおおっ！　ファイトオォォッ！」

「い、いっぱぁーっ!?」

俺はリサのガーターを支点に、ずるっ、ずるるっ！　と、腕力でルシフェリアの下から脱出。今や日本文化に造詣が深くなったリサも、鷲のマークの大正製薬・リポビタンＤのＣＭのセリフを繋げて――ガーターが脱げちゃわないよう、スカートの上から押さえつつ頑張って後ずさってくれたよ。

……ノーチラス時代と同じ、ベッド難民になってしまった。

せっかくのスイートルームも、ルシフェリアが張ってるんじゃ戻れない。それなら逆にルシフェリアのいないルシフェリアの部屋に行こうかなとも思ったが、そうしたらそこで1人で寝ているのであろうエリーザがあらぬ誤解をするおそれがある。

なので——アリアの部屋に行こう。これはこれであらぬ誤解を受けるかもしれないが、『レキと話せたか？　俺はその確認をしに来た』という言い訳ができるからな。

磨き抜かれた天然石の共用階段を上がり、ザ・タタ・スイート（ロイヤル）……ホテル5階の面積をかなりの割合で占有するアリアの部屋を訪れる。

だが、チャイムを鳴らしても、ノックしても、返事が無い。

「……寝てるのか、アリア？　済まないが、ジャマするぞ」

スペアキーでドアを開けて、そう言いながら中に入る。それこそ宮殿の一室みたいな、ゴージャスな室内——には、誰もいない。だがアリアはレキの部屋から一度はこの部屋に戻って来てはいるらしく、瑪瑙（めのう）でできたフロアテーブルの上には開かれた郵便物があった。アリアがノーチラスからインドの店に注文して、このホテルに届けさせた小包らしいな。

「……」

手持ち無沙汰なので、ソファーに腰を埋めて中身を出してみると……美容クリームだ。

ヘタな軍人より銃を撃つあれも、やっぱり一応は女の子なんですなぁ。

ただのサボンとシア脂の保湿クリームっぽいものなんだが、添付されてる英文の能書き
――スペルミスだらけだ――には、『美の神の力で、この秘薬を塗ると、発育不良の胸が必ず豊かで形の良いものになります』とか、ありえん事が堂々書いてあるぞ。

でも1日何回塗ればいいのか、どのぐらいの量を塗ればいいのかなどは一切書いてない。

怪しい個人販売とかじゃなくて、それなりの製薬会社が正式に販売してる商品っぽいのに。

インドって薬事法が有って無いような国なんだな。

（……まあいいか。プラシーボ効果で効くかもしれないし？）

いや、アリアの胸が大きくなられたら個人的には困るな。何時間でも眺めてられそうなあの完璧にカワイイ顔と、前に立たれただけで庇護欲をかき立てられるあの小っこさに、豊かで形の良い胸なんかが加わったら――今の時点でも強烈に悩ましいヒステリア性が、致死量を超えちゃうよ。そしたらもうパートナーやめさせてもらいますわ。

……だが。今の少々出っ張ってるだけの発育不良胸も、何かこっちの心のチャンネルがヘンな所にチューンしてる時には激しくヒスいものなのである。なのでどうあれアリアの胸はヒス爆弾。俺にとって永遠の天敵であり続けるんだろうね。

１人でアリアのロイヤル・スイートにいても、アリアが帰ってきたら怒られそうなので……俺は室内にベッドが複数基あるのをしっかり確認してから、部屋を出た。

（ショップで買い物でもしてるのか……？）

そう思って下りた１階をウロウロしてたら、俺の鼻がクチナシっぽいスメルを受信した。

そのニオイを辿って、見つけた。白い壁ぎわでよく目立つ、赤いセーラー服。アリアがソファーに掛けて、長いツインテールを結うゴムを整えてる。なんか、人待ち顔だな。

声を掛けようと思って近づいて、アリアと目が合った辺りで——そのピンクブロンドの髪の変化に気づいた。ちょっとだが、前髪とかテールを調髪したらしい。

「お前、髪切ってもらっただろ。ヘアサロンに行ってたから部屋にいなかったんだな」

そう俺が言ってソファーの隣に掛けると、アリアはツンツンまつげの目を見開いて、

「！」と赤紫色の瞳を丸くした。なんでか、ちょっと嬉しそうに。

「よく気づいたわね！　ほんのちょっとしか切ってないのに」

「ほんのちょっとの違いにも気づけるぐらい、お前をよく見てるんだよ。俺は」

保安上、ね。なにせアリアは念動力でツインテールを巨大な手の形にして、逃げる俺を捕まえたりするからな。髪の長さはとっても重要な情報なのだ。

「ぁ……そ、そうなの。へぇ……」

ん？　なんか知らんが、俺の今のセリフ選択は正しかったらしいぞ。ニヘラァ……と、

アリアが頬を赤らめつつ笑顔になり、機嫌よさそうに足をぷらぷらさせてる。

　じゃあアリアの機嫌がいい内に、話しておくか。

　南ヒノトと戦い終えた後からずっと、先送りにしてきた話題を。

「俺が『扉』につく事、怒ってるか？」

　俺がそれを切り出すと、アリアは——視線をシリアスなものに変えた。

「あたしがキンジという個人を尊重する以上、その意見も尊重するから。あんたの意見があたしと食い違っていてもね。危険だとは思うけど、怒ったりはしないわ」

「危険は俺の日常だ。お前は『砦』のままでいいから、今後もサード・エンゲージを阻止するために動け。だがネモは、エンゲージはもう止められないとも言ってた。だから俺はエンゲージが起きた後を見据えて、そこで衝突が起きない道を探る。そのために、先手を打って『扉』側の連中と付き合っておくんだ。お前と俺のパートナーで、この事件を挟み撃ちするって事さ」

　そう言った俺に、アリアは少し考えてから……

「確かにそういう手回しも必要そうね、『扉』には。日常の事は1手先も読めないのに、サード・エンゲージの事は何手か先を読んでたわけね。あんたにしちゃ、やるじゃない」

「まあ、この件では最前線で戦わされ続けてきたからな。読みも働くようになる」

「あんたって平時には目立たないけど、戦時になると有能。いるのよね、そういう人って。

チャーチルとか、日本だと源義経（みなもとのよしつね）とか」

とか、俺をディスりつつ褒めるアリアだが——源氏の血は、加藤（かとう）氏を通じて遠山（とおやま）家にも流れてるっぽいんだよね。こないだ閻（えん）が富嶽（ふがく）で言ってた。義経って人も思いつきの作戦がドンピシャでハマって勝つタイプだったらしいし、その辺ちょっと俺にも遺伝して——

——ちゅっ——

頬で生じた感触に、思考を中断され、

「……っ……」

アリアに、キスされた事に気づいた。

驚いてアリアの方を見ると、アリアも自分の行動に自分で驚いてるような顔。ツンツンまつ毛の大きな目を広げてて——でも、すぐに優しい、かわいらしい目つきになった。

「こ、これは励まし（チアアップ）よ。扉と砦で立場が分かれても、忘れちゃダメよ。あたしはあんたが好きとか好きじゃないとかの、そういうのは絶対に変わらないから。あんたのヘンタイなとこにはいつも引かされるけど、それでも好きと好きじゃないを天秤（てんびん）で比べたら、好きの方が水素原子1個分ぐらい、ギリギリの差で多いから。だから、ずっと味方だから……」

と、ややこしくて意味が分からないことを言いながらのアリアが、ソファーの上で俺に小さなオシリや肩を寄せてきて……ふわり……ピンクのツインテールから……

（……アリア……）

いつもの甘酸っぱい、アリアの香りが俺(おれ)に届く。

今やもう、この香りを嗅ぐと安心感さえ覚えてしまう。

俺のパートナー、アリアが近くにいることを実感させてくれる香り。とても嬉(うれ)しくて、心強く、幸せと言い換えてもいいような——クチナシのような……チェリーのような……香り？　あれ？　シナモンのような……香り？

「こんな夜遅くに淑女とデートとは、さすがキンジ(ザッツ・リアル・キンジ)と言うべきでしょうか。しかも、その相手がお姉様とは。さすがをもう1つ付け加えて、さすがさすがキンジ(ザッツ・リアル・キンジ)ですわ」

「旅先だからって浮ついてるのかな、2人とも。トオヤマはともかく、アリアがこんなに接近されても気づかないなんて驚きだね」

俺がソファーからズリ落ち、アリアが嬉しそうに立ち上がった事には——

すぐ目の前にアリアの妹・メヌエットと、彼女の車イスを押すワトソンが来ていたのだ。

それぞれ武偵高(ぶていこう)のセーラー服と、男子制服を着た姿で。

「メヌ！　会いたかったわ。ワトソンも」

アリアは、メヌエットとよく似た顔同士で笑顔を交わしてる。なるほど、メヌエットが来るからおめかししてたんだね。

「お久しぶりだ、メヌエット。引きこもってネトゲ廃人やってたのに、よくインドにまで来られたもんだな。偉いぞ」

俺(おれ)が苦笑すると、メヌエットは――ドヤ顔になり、プスッ。シャーロックから継承したパイプをふかし、チェリー精油の香りを立てる。

「先日、ゲーミングノートPCを買いましたからね。海外からだと接続が制限される事もあるようですが、VPNを使えばログインボーナスを取り損ねる事もありません」

「ちょっと何言ってるか分からんが……その制服はアレか。『学生服にて参加されたし』。第2回イ・ウー同窓会に来たんだな、お前ら」

「ワトソン氏の方が正式な参加者で、私はゲストとしてお招きいただいた身ですけれどね。曾(ひい)お爺様(じいさま)にお会いできるとあって、参加する事にしました」

メヌエットはワクワク顔で、シャーロックに会えるのを楽しみにしてるが……この子は同窓会の目的(アジェンダ)の1つである、『イ・ウーとノーチラスとの同盟』とは無関係だ。となると、インドでシャーロックが手に入れようとしている財宝――神秘的で絶対的(ワンダー・アブソリュート)で……何だっけ……の器。『神秘の器(ワンダー・ノッギン)』。そいつを手に入れるのに必要な人材、って事っぽいな。

(まあ、当然そうだろうとは思っていたが……)

神秘の器は、どうやら一筋縄じゃ入手できないお宝らしいぞ。そしてモリアーティとの戦いに向けて、本当に、何としても入手したい、入手すべきアイテムなんだろう。本来は安楽椅子探偵のメヌエットさえも、最前線のインドまで動員したとなると――

――名称は怪しくても、間違いなく、決定的な力があるんだ。神秘の器には。

2弾　第2回イ・ウー同窓会

The 2nd I-U Reunion

　アリアのスイートルームにあったメイド用のベッドで、ぐっすり寝て……適度な声量で「おはようございます、ご主人様」と囁いてくるASMRみたいなリサ目覚ましで起きる。妹目覚まし（おたまでフライパンを打ち鳴らす）、風魔目覚まし（ニワトリの鳴き真似）、アリア目覚まし（踵落とし）は軒並み0点だったが、これは100点満点の目覚ましだね。

　俺の部屋からアリアが呼んだらしいリサは早朝に洗濯もしてくれていて、ワイシャツも清潔で快適だ。そのリサと共に、アリア・ルシフェリア・エリーザの声もするリビングへ行くと……

「あ、キンジ。おはよ」

「主様！　ほれ、我の隣に座れ」

「ホ、ホントにアリアの部屋で寝たんでちか。あ、いや、多くは聞かないでち……」

　クリスタルガラスのテーブルで、女子たちが朝食中。アリアは武偵高の赤セーラー服で、ルシフェリアはノーチラスの黒セーラー服。エリーザも同窓会にゲスト参加するらしく、ホテルに調達させたらしい上品なジャンパースカート姿だ。軍服姿もカッコ良かったけど、これはこれでクラスの同級生っぽい等身大感があって爽やかだね。

銀のトレーと白い皿にタップリ盛られた朝食は、いろんな形のパン、ジャムとバター、スクランブルエッグ。サラダと野菜スープ。オレンジ。ミルクとコーヒー。おいしそうだ。おいしそうだが……

「よくこんなインド感が無いメニューでガマンできるな。少しは旅行気分を味わおうとか思わないのか？」

「ホテルの朝食なんて、どこでもこんな感じでしょ？」

アリアはそう言うが、それがつまらないって言ってるんだよ俺は。

運輸網が行き届いた現代の世界では、食事までもが世界中で均一化しようとしている。質の高低はあれ、ホテルの朝食とはその均一化の例みたいなものだ。きっとニューヨークでも、上海でも、パリでも、東京でも、ホテルでは似たような朝食が出るんだろう。

しかしである。俺には――

「ご主人様の朝食は、こちらに運んでいただいてますよ。昨晩ご注文をいただきました、カレーライス。ゴア風味だそうです」

リサが笑顔で示してくれたワゴンから香る、インドカレーがあるのだ！

「協調性のない男でちねぇ。自分だけ違うのを食べるとか」

「せっかくインドまで来たんだから、俺は本場のカレーを食べたいんだよ。食べれる内に、先手を打って食べておく。同窓会が大乱闘になって、バトルからの流れでまた無人島とか成層圏とかに行かされたら、インドに帰ってこられないかもしれないからな」

「流れで……成層圏に行ったのか、主様（ぬし）は……」

ドン引きしてるルシフェリアとエリーザの間に割って入るようにしてテーブルにつき、リサが運んでくれた料理の銀の覆い（クローシュ）をパカッと開けると、おお……！

やった。イメージ通りだ。お皿に平たく盛られた米と、グレイビーボートに満たされたカレールーがお目見えした。

「これが——真のカレー……！」

スプーンを手に取り、さっそく食べてみると……

……うーん……？　まあ、食える。うまいは、うまい。でも……

俺が寝坊ぎみだったせいで少し乾いちゃった細長いインディカ米は、そもそもパラパラしてて食べにくい。それにかけるココナッツ風味のルーは、ルーというよりスープだね。俺のイメージしてたカレーは、もっとシチューみたいにドロッとしてるやつなんだが……と、俺が微妙なリアクションをしてたら——インド出身のエリーザが、クスッと笑う。

「ふーん。なるほどでちねぇ。さすがタージマハル・ホテルでち」

「どういう事だよ？」

「私はインドでそんな料理を見たことないでち。お前が日本人だから、日本人の口に合うようにって——きっとシェフが日本のカレーを本やネットで調べて、手に入る材料で工夫して、一晩かけて創作したんでちよ。だから作り慣れてなくて、ぎこちないんでち」

「え、そうなのか……そんなサービス精神、出してくれなくてよかったのに。俺は本場の人々が食べてる、ローカルなカレーが食いたかったんだ」

「──お前はまだ、インドのカレーが分かってないでち。イメージの枠に囚われすぎでち。カレーをもっと大きく、広く、自由に考えるのでち」

「残すのか？　じゃあ我がもらうぞ。このパンに入れたらカレーパンになるかもしれぬ」

なにやら左右の手でヒンドゥー教の印を結んで説教してくるエリーザと、創作カレーの残りで創作カレーパンを作るルシフェリアに挟まれ──何だか食べた気がしなかった俺は、

（……カレーを大きく……？　よく分からんな……）

そう心中でボヤきつつ、アリアたちのトレーにあったサンバールというスープを分けてもらった。そしたらこれはスパイスの香りで野菜のコクが引き立ってて、うまかったよ。


第2回イ・ウー同窓会の会場は、ホテル内に複数あるホールの1つ。最近リニューアルされたらしいそこは現代的な内装で、日本で結婚式場や政治パーティーに利用される一流ホテルのホールと大差ない。強いて違いを言えば生花の装飾がハデハデしい事ぐらいで、ここにもインドは感じられないね。ＢＯＳＥのスピーカーから流れてる音楽も１９世紀のスペインのバイオリニスト・サラサーテのツィゴイネルワイゼンだし。

（……まあ、女子たちがお花で喜びそうだからいいか。男は俺とシャーロックの２人だけだし。一応ワトソンも自称・男だけど……）

あと女子たちが喜びそうな事には、ホールの壁際に大量のフルーツとホールのケーキがズラリと用意されてある。ケーキはハスの花を象った巨大なバターケーキ、琥珀色をしたブランデー入りのチョコケーキ、赤とか紫のバラの形にクリームを固めたベリー系ケーキ——どれも欧米でよく見るコッテリ系のやつで、見てるだけで胸焼けしそうになる。

午前８時５５分、そんな会場に俺・アリア・ルシフェリア・リサ・エリーザが入ると、

「遠山、おはようです！」

既に会場入りしていたカットオフ・セーラー服姿の猴が、バナナとバナナケーキを食べながら笑顔で挨拶してきた。そしたらリサが目を輝かせ、

「まあまあまあ！　かわいらしい！　眷属の頃より、お噂はかねがね。猴様ですね」

などと、急にテンションを高めて猴に急接近してる。猴は１３８㎝、リサは１６２㎝。かなり身長差があるから、リサは中腰になってニコニコと猴に挨拶してるが——どうやら猴の見た目に母性のツボを突かれたらしい。猴も「あいー」とロリっちい笑顔を返して、リサをクラクラ萌えさせている。サル系女子とイヌ系女子で犬猿の仲になったりしないか少し心配してたが、むしろ仲良くなれそうだね。

「主様、ここの食べ物もタダで食べていいみたいじゃぞ！」

ルシフェリアはフルーツとケーキのコーナーに突入し、喜色満面の顔中で食べ始めてる。今さっき朝メシ食った直後だってのに、アリアとエリーザもケーキを皿に取ってるね。

「――グッド・モーニング、レディース・アンド・ジェントルマン」

「うわ、花の飾りが凄い。ロゴも花だし、このホテルは花が好きなんだね」

メヌエットと、メヌエットの車イスを押しながらのワトソンが、それぞれ女子・男子の武偵高制服姿で現れた。

「……おはようメヌエット。今はいないみたいだが、サシェとエンドラは元気か？」

「この旅行中は暇を与えてあります。故郷のコーンウォールへ帰省していますよ」

そんな話をしつつ、俺はさりげなく車イスの後ろに回って押す係をワトソンと交代する。

というのも……心の底から、本当に、自分の本能がイヤになってしまうんだが……

女子が車イス――つまりイスに座っていると、太ももは地面に対して水平になる。その女子がミニスカートばきの場合、太ももの上半分だけに載っかってるスカートの短い布も水平まで持ち上げられる。その結果、生で露出している左右の膝、太ももの間に――奥が見えそうで見えない、魅惑の暗がりが生じてしまうのだ。

車イスの女の子のそんな所が気になるなんて、人としてダメだろ！　とは思うんだが、そう思えば思うほど背徳感に誘われてチラチラ目が行ってしまう。ロンドン・ベーカー街でのメヌエットはロングスカートのドレスで暮らしてたから安全だったが、武偵高の短いスカートを穿（は）かれると目のやり場に困るよ。メヌエット本人は貴族のお嬢様らしく両膝をしっかり閉じて座面に脚を乗せてくれてはいるが、ハプニングは起こり得るしな。

とか悶々（もんもん）と考えつつ、甘党のメヌエットにケーキをたっぷり取らせてやってると……

「……あれがルシフェリア——ルシファーの実物ですか。お姉様に電話で大丈夫そうとは聞いていましたが、実物はやはり凶々（まがまが）しいものですね。生物学的な興味は湧きますけど、この会、魔物と同席はしたくなかったものです」

「トオヤマは今回も色仕掛けに掛かってるらしいけど、あれとは仲良くしない方がいいよ。ルシファーは聖書にも記載があるほど大物の堕天使だ。一応メヌエットには純銀を箔（はく）した銃剣を持たせてある」

　割と敬虔（けいけん）なキリスト教徒（クリスチャン）のメヌエットとワトソンは、ツノが悪魔っぽいルシフェリアに差別的だ。メヌエットは車イスの背に鞘（さや）入りの銃剣とライフル銃（リー・エンフィールド）を搭載してきてもいる。

　しかしそこのルシフェリアは今、笑顔でケーキを貪（むさぼ）ってるだけの無害な女子。聖書にはルシフェリア族の事が悪く書いてあるのかもしれんし、あの個体も最初は凶暴だったが、俺に負けてからは比較的おとなしくしてる。生まれで人を差別するのは良くないぞ。

　と、俺がお小言しようとしたら——

「あら、じゃあ私もお邪魔だったかしら？」

——ワトソンの足下から、そんな声が聞こえてきた。

キョトンとするワトソンの影から、ぞぞ……ぞぞぞ……

近くに立っていたアリアのスカートの側面をめくりつつ、黒いフリルつきの日傘が——それから縦ロールの金髪ツインテールが、鋭い流し目が、口元に添えた駝鳥の羽根の扇が、コウモリのような黒い翼が——竜悴公姫・ヒルダが浮かんできた。美少女ゲームキャラのコスプレみたいな、ややドレスっぽいデザインの女学生の制服姿で。

「……ヒルダ……！」

俺たちは驚き、アリアは拳銃を抜こうとさえしたが、

「——相変わらず野蛮ねえ。私はこの同窓会の正式な招待客よ？」

ヒルダは、マニキュアをした指に挟んだ招待状を見せてくる。

「勝手にボクに取り憑くな。プライバシーの侵害だぞ。イ・ウーの頃にも言ったけど」

「人に影がある限り、竜悴公姫はどこにでもいる——と思いなさいな。イ・ウーの頃にも言ったけれど。理子が来られないみたいだったから、お前の影に憑いて来たの」

ワトソンにエラソウに言ってるヒルダだけど……こいつめ。今回も香港の時みたいに、人の影に取り憑いて飛行機にタダ乗りしてきたんだな？

「熾天使ルシフェリア、私は竜悴公姫ヒルダよ。貴女たちレクテイア人の最近の動きは、私も一通り調べたけど——不愉快なものだわ」

ルシフェリアに扇を向けるヒルダは、体の周囲にキラキラしたエフェクトみたいな光を

生じさせている。ゲームとか少女マンガの演出っぽいそれは、チリッチリッという微細なスパーク音を伴ってる。極小のアーク放電らしい。ヒルダは電気を操る、紫電の魔女——

「ほう、不愉快とは？」

ルシフェリアは紫色のケーキを手に、ヒルダにメンチを切り返す。

「竜悴公(ドラキュラ)の一族は、恐れられる事で人の心を支配するものよ。なのに貴女たちがこっちの世界に大挙して来たら、人々が魔女に慣れて恐れなくなってしまうわ。何世紀も世界的に恐れられる名誉をほしいままにしているお父様も、同様……サード・エンゲージは起きてほしくないし、今いるレクテイア人もできるだけ元の世界へ還(かえ)ってもらいたいわね」

いきなりケンカ腰のヒルダはベイツ姉妹とほぼ全く同じ『砦(とりで)』のイデオロギーを語り、

「——ほう、我(われ)と戦(や)りたいのか？　そこの2人も、ヒルダとやらも。こちらの世界でも、この首級(くび)は高く売れるのかのう……フフッ。よいぞ、まとめて地獄に落として(みちびいて)やろう」

……ニィ……と嗤(わら)いながら、ルシフェリアも口周りのクリームを紙ナプキンで拭いてる。

売られたケンカは買う構えだ。メヌエットとワトソンを巻き込みながら。

「お、おい。どうせケンカになるだろうなーとは思ってたが、早いって。やるなら閉会後、俺がいなくなってからにしろ」

「わわわ、や、やめましょう。やめましょう」

俺が割って入り、猴(コウ)が股の間から前に回した自分のシッポを抱っこしてビビる。リサと

エリーザは困り顔で、アリアは溜息だ。そこに、

「――キンジ！」

明るい声と共に、笑顔のネモがホールに入ってきた。めちゃめちゃ色的に似合ってる、どこからか入手したらしい武偵高の夏セーラー服姿で。

なぜかネモは俺の姿を見たら気持ちがワーッと盛り上がっちゃったらしく、そのせいで口論のムードに気づかず……デイドリーム・ブルーのショートツインテールと肩掛けしたポシェットをぴょんぴょんさせて、こっちへ女の子走りしてきた。で、むにゅんっと胸を俺の二の腕に押しつけるような感じで抱きついてくる。

うう、今日は何だかチェリーっぽいネモさんスメルが強めですな。女子の体のニオイは日によって強弱があり、玉藻、猴、かなで以外のみんなには月に2～3日、特に強くなる謎の時期がある。今のネモはそれらしい。

「お、おいネモっ……」

みんなの前という事もあり、俺がテンパると――ネモも我に返り、腕を放し、

「あっ、あ、す、すまない。あはは。いや、これはちょうど掴まりやすいところに貴様の腕があったから」

今日は軍帽ナシの上目遣いで、何だか分からん事を言ってくる。走ってちょっと乱れたツインテールを梳かすように、落ち着かない手つきで触りながら。

そんなネモの奇行に注目が集まった事もあり、メヌエット・ワトソン・ルシフェリア・ヒルダのイザコザは暴力沙汰に発展する一歩手前で一時停止してくれて──

「……なんかネモ様、最近明るくなったでちね。おかげで、助かったけど……」

ネモを出迎えるように来たエリーザが、俺とネモを交互に見てる。

「──何か問題が起きていたのか？」

「いや、いいから。ほら、どれかのケーキでも食べろよ。けっこう味がクドそうだけど」

「う、うむ。では、昔お婆様が作って下さったものによく似ているこれを。アジョワンの香りがするから、見た目より爽やかな味がするハズだぞ」

俺に手を引かれてケーキの所へ行き、ハスの形をしたやつを選んだネモは……オシリとポシェットをこっちに向けて、積まれた皿を取ってる。

「へー……じゃあせっかくだし、俺も分けてもらおうかな。ああ、皿はいらない。まずは薄く切って、ちょっと味見するだけだから」

ネモの背中に言いながら、俺はホールケーキを16分の1切って取ろうとするんだが……フリーハンドでは、うまくいかなさそう。かといって適当な切り方をすると、後から切る人の迷惑になる。こういう事は、ちゃんとやりたい。

その時俺は、ネモが海図に航路を書き込む時に使うアレを……『物に当てて角度を測る、半円形の文房具』って、なんて名前だっけ。小学校で使って以来使ってないから、ど忘れしちゃったよ……とにかくアレを、普段からネモがポーチに入れていたのを思い出す。

で、皿代わりの紙ナプキンを手に取り、

「おい、ちょっと当てるアレを借りるぞ。これ切ってナプキンに載(の)っけて食うから……」

ちょうどこっちを向いてたネモのポーチに手を入れ、中をゴソゴソ探ったら——

「——わぁああぁぁあぁ！　なななななぜだ！　どういう事なのだぁぁあぁ！」

ネモがこの世の終わりみたいな顔になって振り返り、ぽかぽかぽかぽか！　鞘(さや)に入ったままだと鈍器と化す、ネモ家のショートソードでブン殴ってきたぞ!?　なんでですか!?　ていうか第2回同窓会も、やっぱいきなり暴力沙汰になってるじゃんここ——あっ、頭を殴られて神経細胞(ニューロン)が繋(つな)ぎ直されたのか、思い出した！　『分度器』！　『分度器』だ！

9時ちょうど、シャーロックがハリー・ポッターっぽいオックスフォード大学の制服で現れた。それからアリアの紹介を受け、礼儀正しく自分の胸に片手を当て、メヌエットと「はじめまして(ナイス・トゥー・ミート・ユー)」の挨拶を丁寧に交わす。家族にも礼節をしっかり尽くす辺り、やっぱりイギリス人ってカッチリしてるよな。

ふと気がついたら、レキも武偵高(ぶていこう)のセーラー服姿でホールの壁ぎわにいた。ハイマキもリサの足下に伏せてる。実は百獣の王(ジェヴォーダン)だからね、リサの正体は。

これで参加者は全員揃(そろ)ったらしく——

「おはよう諸君。そしてほとんどの顔とは、お久しぶりだ。では開会を祝して、チャイで乾杯しよう。なにしろここはムンバイ、インドなのだからね！」

　シャーロックが指パッチンすると、花のマークが制服に入ったタージマハル・ホテルのウェイターたちが、金属製の茶器を載せたワゴンを運んでやってくる。

「インドには——イングリッシュ・ティーとは別に、人々に愛されるスパイス・ティー(マサラ)がある。それがこの、チャイだ。茶葉、ミルク、砂糖、スパイスを混ぜて煮出したもので、元気が出ること請け合いのドリンクだよ。なお、チャイに用いるのは高級な茶葉より格安(ダスト)茶葉(ティー)の方が望ましい。それにより砂糖・ミルクの甘みやスパイスの刺激に負けない、野性的な味が出せるからだ」

　ウェイターたちが、熱々のチャイを器から器へと滝のように何度も落として冷まし——それをバックダンサーみたいにして、シャーロックがいつもの調子で知識をひけらかす。第1回同窓会では殺されかけて昏睡(こんすい)状態になったのに、しかもその加害者(ネモ)が目の前にいるのに、よくその第2回の開会でゴキゲンにハシャげるな。

「あー、この場の全員に対して面識があるのは俺(おれ)ぐらいだよな。じゃあ紹介しとく。まずみんな知ってるだろうが、名探偵のシャーロック・ホームズ。その曾孫娘(ひまごむすめ)たち、アリアとメヌエット。シャーロックの相棒のジョン・ハーミッシュ・ワトソンの曾孫、ワトソン。ここまではイギリス出身。ルーマニアのドラキュラ伯爵の娘、ヒルダ。香港(ホンコン)から来た猴(コウ)は西遊記の孫悟空本人だ。オランダ出身、ジェヴォーダンの禿狼、リサ。チンギス＝ハンの子孫、レキ。レクテイアの王族、ルシフェリア。レクテイアの貴族、エリーザ……あと、俺は遠山キンジ。この流れだから言うと、遠山金四郎って武士の何代目かの子孫だ」

　砂糖の甘み、茶葉の渋み、スパイスの香りがミルクでマイルドに融和している——お茶というより甘味っぽい飲み物・チャイをいただきつつ、俺が各々の事を雑にだが紹介する。

　みんなもチャイを飲みつつ、お互いの出自を聞いて軽く引く顔をし合っているけど……ホームズ、ドラキュラ、孫悟空、チンギス＝ハン、ルシファー、遠山の金さんｅｔｃ…が、インドでチャイ・パーティーか。人類史上発想すらされた事のない、トンチンカンな光景だろうなコレ。

「キンジあんた、自分が何代目なのか知らないの？　遠山の金さん——ご先祖様は江戸のヒーローだったんでしょ？」

　今さらアリアがそんな事をツッコんでくるんで、

「ヒーローとかそういうんじゃないって。遠山金四郎景元は、今でいう都知事だ。大小の悪を自ら倒して江戸の治安を守ったのは史実だが、普段は昼行灯でむっつりスケベだったらしいぞ。俺が何代目なのかは子供のころ父さんに聞いたんだが……忘れちゃったんだよ。あんまり興味ないし、家系図は虫食いだらけで読めないし。こないだ爺ちゃんに聞いたら『ワシは5代目か6代目じゃ』って言ってたから、俺は7代目か8代目だ」

そう正直なところを答えたら、女子どもが「雑ねえ」「雑じゃの」「雑」「雑ですね」の合唱。シャーロックにも「７代目か８代目か、推理してあげようか？」とか気を遣われてしまったよ。うう。余計なカミングアウトするんじゃなかった。


花柄の洒落たイスを車座に並べ、メヌエットの車イスもその一角に運んで……

ホームズ家の――シャーロック、アリア、メヌエット。

元Ｎの――ネモ、ルシフェリア、エリーザ。

元イ・ウー乗員の――ヒルダ、ワトソン、リサ。

なんでかいる――レキ、猴、俺。

計12人で、今回のイ・ウー同窓会が始まった。

おしゃべりシャーロックが喋り出す前にと、俺は、

「もはやどこがイ・ウーなのか分からんから、話す上でこのチームを『リユニオン』って呼ぶことにしないか。『キング・オブ・ファイターズ』だとか、『スマッシュブラザーズ』みたいな具合で。この混成軍団を表す名称がないと、話してるうちに混乱するぞ」

そう提案する。ゲーム知識のないアリアやヒルダは「ＫＯＦ……？」「スマッシュ……何？」と首を傾げてたが、メヌエットだけは「キンジにしては良い思いつきですね。先日アメリカで製作が予告された映画、『アベンジャーズ』のようです」と気に入ったようで、

この話は通った。

「では、『リユニオン』の諸君――」

改めて、リーダーのシャーロックが語り始めるが……

「諸君のうち何名かには手紙で伝えたが、我々はモリアーティ教授の暴挙――すなわち、人為的なサード・エンゲージを阻止しなければならない」

その声には、けっこう感情が籠もっている。モリアーティがキライだ、という感情が。

シャーロックって論理的ではあるんだけど、同時にけっこう感情的な男でもあるんだよね。

「この件、やはり本当なんですね。世界は見えざる危機にある……」

招待状の手紙を手に、ワトソンが言っている。これでアイツもNの件に巻き込まれたな。

「エル・ワトソン君。きみは若いから知らないのかもしれないが、世界とはしょっちゅう何らかの危機にあるのだよ。しかし、モリアーティ教授は強い。ノーチラスとイ・ウーが同盟し、ここの皆が結束して戦っても――残念ながら、敗れるだろう」

俺(おれ)はイ・ウー＋ノーチラス、対、ノア＋ナヴィガトリアで、やっと数的不利を脱したと思ってたけど……シャーロックの見立てでは、まだハッキリ不利なのか。

「――そこでだ。アリア君、レキ君、キンジ君。君たちは、僕と戦った時の武力の急騰(パワー・インフレ)を覚えているかね」

武力の急騰。それは過去、シャーロックが色金(イロカネ)争奪戦に備えて俺たちの戦闘力を急成長させた強化策だ。死闘を繰り返させるという手法はブラックだったが、それがあったから俺たちが後の極東戦役(FEW)や緋緋神(ヒヒガミ)事件を辛うじて生き延びられたのも事実だ。

「昨夜の君に倣った呼び方をするが——インドにある財宝・『神秘の器(ワンダー・ノッギン)』を入手すれば、あれを上回る武力の急騰が僕にもたらされる。僕の力は2倍、3倍、いや、10倍にだって跳ね上がるだろう。そうなれば、我々の力の合計値をモリアーティ教授たちの軍勢と拮抗(きっこう)するところまで持っていけるはずだ」

え……マジかよ。

ただでさえ最強クラスのシャーロックの戦闘力を、10倍増させる財宝……!?

まるでドラゴンクエストのバイキルト、いや、ドラゴンボールの界王拳(かいおうけん)だ。スゴイな。

「入手するだけで、そんなに強くなれるのですか。リサは驚きです」

「そんな都合のいい財宝があるなんて……」

「それが、あるのだよ。さすが神秘の国、インドといったところでね」

リサとアリアに返すシャーロックのセリフは自信満々だが、なんか怪しい。

とはいえシャーロックが怪しいのもいつもの事だ。この状況下で俺たちをハメるハズもないので、この件は基本マジなんだろう。

「では今すぐ取りに行け、シャーロック。主様(ぬし)も手伝うなら、我(われ)も行くぞ」

「蒙昧(もうまい)ねえ。それができないから、シャーロックは私たちに話しているんでしょ」

ルシフェリアが単細胞な事を言い、ヒルダにツッコまれて……

「ははは、その通り。僕には宝探しに行けない理由が3つあってね。1つ、僕が不在の時イ・ウーがNに襲われたら良くない。2つ、僕はインドの気候が苦手なので、あまり長く出歩きたくない。そして3つめ——神秘の器がある土地には、僕だけが近づけない呪いが掛けられているのだ。他の者は誰でも近づけるが、僕が近づくと多量の中性子線を浴びているような状態になり、数時間で死ぬ」

2つめはギャグとしても……

「……3つめは、マズいな。玉藻が昔使った鬼払結界の対個人版、シャーロック払い結界って事か」

「シャーロック卿個人を遠ざける呪いを掛けられた、という事は……その神秘の器は元々、卿の物だったのだな」

俺とネモに、シャーロックは頷いて——

「——そう。あれは、僕のものだ。あれが無いせいで、僕はずっと真の力を出せずにいる。若かった頃の、世界最強の僕に戻れずにいる。言い換えれば、まだ諸君は本当の僕を見ていないのだよ」

そんな事を、打ち明けてくる。

名探偵シャーロックが10倍の強さになった、真・名探偵シャーロック……見てみたいな、そいつは。いち男子として、超強いものは見てみたい。もちろんモリアーティとの戦いに向けても頼もしいし。

「神秘の器について、過去の来歴を話そう。19世紀、僕とモリアーティ教授は自分たちの戦いになかなか決着がつかず、神話のように永きに亘ることを互いに推理した。そのため競い合って、寿命の克服に挑んだのだ。有り体に言うと、不老長寿の追求だね」

……シャーロックとモリアーティの戦いは、もう出だしからブッ飛んでるな。

「僕は遺伝子工学と緋緋色金の2方面から、その研究を行った。ヒルダ君、君のお父様とお付き合いさせていただいたのも、不老長寿の研究がきっかけなのだよ」

「ええ、聞いた事があるわ」

屋内でも日傘を差したままのヒルダが、渦巻きツインテールを揺らしてうなずく。

「モリアーティは、レクテイアに不老長寿の秘術を求めた。彼はトーマス・エジソン氏の協力を得てレクテイアとの通信を開き、僅かにだが通行も可能にした。それらの技術で、なんと7人もの女神と取引し――7つの命を彼女たちからもらう契約をしたのだ」

「……い、命結びですか……！」

猴がイスから軽くジャンプして驚き、皆がそっちを見る。

「あ、命結びというのは、自分の命を人に与える術です。とっても難しいです。超能力を共有する法結び、意志を共有する心結びと違って――命結びはこの世で技術が確立されてない、というか、無いものとされている術なのです。そもそも命を与えるのは、持ち主の強い意志——死の同意が無いとできない事ですから、命を1つしか持ってない人間は誰もやらないです。それと命とはガラスのように散りやすいもので、ちょっとでも失敗すると消えてしまうです。ものすごく危険なのです」

「その難しく危険な魔術が、レクテイアの女神には気軽にできるらしくてね。命を与える行為を縁組に近い意味合いで行う文化もあるようなのだ。ルシフェリア君。調べたところ、当時モリアーティは君の3代前のルシフェリアからも命を1つ受け取っていたよ。つまり君とモリアーティには、血脈ならぬ命脈がある。それで、君はモリアーティ4世なのだ」

シャーロックの説明に、それを知らなかったらしいルシフェリアは「ほー」と感心しているが……

「おい、シャーロック、猴。命をあげたりとかもらったりとか、概念がよく分からないぞ。一般人の俺にも分かるように説明しろ」

クレームした俺を、「一般人の!?」とみんなが見てくる。リサやレキまで。なんだよ、こっち見んな。

「——便宜上、まずは命を乾電池のようなものとイメージしてくれたまえ。誰の中にも、1つある。その電池が複数ある者もレクテイアの女神にはいて、電池を他者に与える術もあるのだ」

またもや、ブッ飛んだ話ではあるものの——確かにルシフェリアにも命が７つあったし、その１つが失われて２つめに切り替わる死と復活は、この目で見た。レクテイアの女神にとって命はゲームの残機みたいに増減するだけでなく、与えたりもできるものらしい。

「ちなみに女神から命をもらうと、もらった者は与えてくれた者に姿が似ていく。これはもらった命が何らかの形で遺伝子に影響するためだと僕は考えている。つまり命を与える行為は、相手に自分の遺伝情報を上書きする、ある種の生殖活動とも言える。それによりモリアーティは、７人が混ざった姿形になってしまっているのだ。彼が昔の姿とは似ても似つかず、神がかった中性的な外見になっていたのはそのためだ」

……ずいぶん思い切った方法で、不老長寿になろうとしたもんだな……

「ですが、曾お爺様。命とは尊いものです。タダでもらえるものではないことでしょう。ではレクテイアの女神たちから命をもらう代償に、モリアーティは何を差し出したのか？　状況から見て、答えは限られますけれども」

「ふむ。それは僕の調査と推理でほぼ判明しているのだがね。メヌエット君、君の推理を以て確認としよう」

「——この世界を売ったのです、モリアーティは。レクテイアの女神たちを迎え、世界を侵攻・支配する手引きをするという契約で。それがサード・エンゲージの一部なのです」

そう言ったメヌエットに、シャーロックは「同じ推理だよ」と返す。

マジかよ。モリアーティ……なんてヤツだ。売国奴どころか、売界奴だな。

「モリアーティ教授は——ガイデロニケ、カーバンクル、ウェゼルフー、ルシフェリア、ラミエリア、アレハハキ、リービアーザン——7柱のレクテイア神に1つずつ命をもらい、この世界の7大陸を分け与えるような形で上陸させる契約をしたと思われる」

シャーロックが列挙する名を1つ聞くごとに……特に後半でルシフェリアが顔を青くし、ズルッ、ズルッ、とイスごと後ずさってる。そのリアクションで、説明不要で分かるね。どいつもこいつもガチでヤバイ女たちなんだろう。

「だが、モリアーティが受け取った命にはシステム上の欠陥があった。改めて命を電池に喩えるが——複数の命を持つ者の命は、直列繋ぎの電池のように体内で一列に並んでいる。しかし通常の直列繋ぎの電池と異なり、命の電池は前から順に1つずつ消費される。電池1の寿命が尽きたら電池2を使い始め、電池2の寿命が尽きたら電池3を使い始める……といった具合にだ」

シャーロックに言われるまま、俺は脳内でその様子を想像する。モリアーティの体内で——複数の命は並んでいて、使う順番がある……

「この電池1、2、3……の列は、もらう順番はどうでもいいのだが、使う順番は事前に決めておかなければならないというルールがある。これは命をもらう前に、体内に個々の電池を並べて容れる魔術的な器の列を用意しておかなければならないためだ」

イメージとしては――命の電池は、大きかったり小さかったり丸かったり四角かったり、それぞれ形がバラバラなんだな。多数の電池を体内に装填したいなら、それぞれの電池の形に対応してる電池ホルダーを事前に用意し、並べて、基盤を作っておく必要があると。

そういう複雑な準備をして、ようやく、電池1、電池2、電池3……と、寿命を順々に消費していけるようになるのだ。複数の命は。

「そこに脆弱性があってね。命の電池の列の途中でどれかの電池が抜けていると、そこを飛ばして次の電池を使う事ができないのだ。たとえば電池2が外れていたら、1が尽きたからといって3を使い始める事ができない。電池1を使い果たした時点で、その持ち主は永遠に死ぬ。電池3以降の残りの命は、ああ、もったいないことに――消える」

複数の命の電池は、もらう前に決めた1、2、3、4……の順番でしか使えず、しかも1から3、2から4といった具合に途中を飛ばすことができない。

つまり、たとえば1つめの命の電池が尽きると2つめの電池の消費が始まるはずなのだが――この際2つめの電池が外れていると、3つめ、4つめへ電池の消費が進行しない。後ろの電池は全て使えず、そこで死ぬ。って、事か。

で、それを滔々とシャーロックが説明したってことは……

「外したのか、モリアーティの命のどれかを」

「その通り。僕はモリアーティがもらう契約になっていた2番目の命を女神から横取りし、神秘の器に封じたのだ」

神秘の器は——シャーロックの眠れる力を覚醒させるだけじゃなく、命を収納する器も兼ねてるのか。さすが神秘だけあって、多機能だな。

「2番目か。いい所を外したな。3番目以降、5つの命が全て使えなくなる」

「実は、そこは全くの幸運でね。当時その命がモリアーティの何番目にセットされる予定だったのか、僕は知らなかったのだよ。ともあれ、彼は女神たちからもらった命の1つめしか使えず、残り寿命はわずか150年ほどと考えられる。殺せば1死、多くても2死で亡き者にすることができる」

「それにしても、よく命を女神から横取りできたな。レクテイアに行ったのか？」

「いや、2番目の命を持っている女神が来ていてね。こっちの世界——インドに。彼女を襲わせてもらった。100年ほど前の事だが、当時の僕には神秘の器があったから女神をあしらう事だってできたのだ。ルシフェリア君は知っているかな？　カーバンクルという女神だよ」

言われたルシフェリアは、その名前にニガテそうな顔をする。

「カーバンクル。あの日焼け肌の、背が高くて、胸がでかくて、額に赤い宝石が嵌まっておる、相撲を取るのが好きな美人じゃな。こっちの世界にいるのはNも感知しておったが、あやつは大地の女神。大の海嫌いで有名じゃから、艦に招待はしなかった。ていうか……

めんどくさいんじゃよ、あいつ……ナワバリ意識の塊みたいな女だし、考え方が古いし、キレるとすぐ人を呪うし、でかいハンマーで殴ってくるし……」

……いろいろ気になる点はありまくりなんだが、カーバンクルは大地の女神──女神は女神らしいな。レクテイアの。

そしてレクテイアでいう神とは、この世界を滅ぼせる者という意味だ。

「20世紀初頭、僕は当時ドイツにいたモリアーティ教授が部下と交わした電信を傍受した。それはモリアーティが別世界の女神たちから幾つもの命をもらっているという、驚くべき情報だった。教授は手下の魔女に別世界へ通じる小規模な魔法円を描かせ、そこを通じて女神たちから命を受け取っているようだったが──女神の１人・カーバンクルはそもそも命を２つしか持っておらず、失敗が許されないので、本人が別世界からインドに来るとの事だった。それで教授は、カーバンクルには直接会って命をもらう予定を立てたのだ」

……まあ、そこは分かる。なにせ取引するものが命だからな。何より重要なものだし、猴(コウ)の話によればガラスのようなコワレモノ。あの不可解な部分の多い魔法円を通じてより、直(じか)に会って受け渡しする方が互いに安心だろう。

「僕は彼がチケットを取ったインド行きの汽船に工作を施し、彼を足止めした。それから当時発明されたばかりだった飛行機を使い、インドへ先回りしたのだ。そうして体よく、教授が行く予定だった寺院の遺跡へ潜入し……魔法円を発見して、カーバンクルの出現に

「……出てきたカーバンクルを、どうしたんだよ」

「出現するなり、彼女が教授に渡す予定でいた命を神秘の器に横取りした。そうしたら、そのせいか、まだ魔術的な動作(アルゴリズム)を終了していなかったらしい魔法円に不具合が生じたのだ。それは危険な事だったらしく、カーバンクルは魔法円から出ようとした。だが、ギリギリ間に合わず……出られた部分と、出るのが間に合わなかった部分とで、半分に切断されてしまったのだよ。おおむね、右半身と、左半身に」

……ひっど……

でも、神クラスのレクテイア人を相手にそんな会心の一撃を与えられるとは、さすがは神秘の器を持ってた頃のシャーロックだな。実行力がケタ違いだ。

「し、死にましたか？　半分にされて……カーバンクルは……」

顔を青くして引いてる猴(コウ)が恐る恐る尋ねると、シャーロックは首を横に振った。

「さすがは女神でね。死ななかった。そういう緊急時に自動で発動する魔術があるらしく、左右がそれぞれ1人ずつのカーバンクルになったのだ。元は16歳ぐらいに見えていたのが、8歳ぐらいの外見の2人にね。意識は、こちら側に残った右のカーバンクルにしか宿っていないようだったが」

半分になって、年齢も半分になったとか……シャーロックは、当時コカインでもやってたんじゃないの？　って感じの光景を語る。とはいえ俺もそっち系との戦いではサイケでシュールな光景を何度も見てる。実話なんだろう。

「そのタイプのエラーを起こした魔法陣の先は、誰もいない時空の狭間──時の止まった異次元空間じゃ。カーバンクルの左半身は腐ることもなく、今もそこにあるのじゃろう。ただ、右半分のカーバンクルは──半分になったとはいえ、タダではやられなかったはず。きっと報復があったじゃろう」

「ご明察だ、ルシフェリア君。右カーバンクルは、２つの呪いを神秘の器に掛けた。僕が頼っていた神秘の器を、僕と入念に引き離したのだよ。彼女はさっき話した『神秘の器がある土地に僕だけが近づけない呪い』に加え、『神秘の器がカーバンクルから遠くに離れられない呪い』を掛けたのだ。僕はモリアーティが使える命を減らす事に成功したが……その代償に神秘の器を失い、その場から退却するしかなくなり、以降、近づく事さえできなくなってしまったのだ」

その、女神カーバンクルと名探偵シャーロックの戦いは……

戦闘として見ればカーバンクルの負けだが、戦術的に見ればシャーロックの負けだな。カーバンクルの目的を阻止したものの、自分の力を最大10倍増させる神秘の器を奪われ、さらに取り返せないようにされたという報復のダメージがデカすぎる。

「僕が危惧しているのは、カーバンクルが左半身を魔法円の向こう側から取り戻し、元の女神の姿に戻る事だ。完全体カーバンクルはあの手この手で神秘の器から命を取り出し、モリアーティに与える契約を果たそうと試みるだろう。右半分のカーバンクルは全能力が大幅に制限されているから、何も出来ていないがね」

「え、それで2番目の電池が入ったら……電池1から電池7までの命の直列繋ぎが揃ってしまうでちか」

そこに気づいたエリーザが言うと、

「そうなる。その場合、推定だがモリアーティの寿命は1000年以上にまで延びるのだ。さらに、殺されても殺されても最大7回は復活できる能力を得る。あの犯罪界の皇帝に、そんな力が備わったら――」

「――この世の終わりだわ」

シャーロックに続けて、アリアが深刻そうに言う。だが、

「そこは心配ないだろ。カーバンクルは今まで、ずっと左半身を取り戻せなかったんだ。100年近くできなかった事が、急に今できるようになりはしないさ」

俺はヤレヤレのポーズで、2人の取り越し苦労を鼻で笑う。そしたら……

「科学が日々進歩するように、魔術も日々進歩していてね。最近、魔法円の技術に関する『エンディミラ仮説』という新たな発見が公知の事実となった。とても大きな魔力が要る手法にはなるが、その発見を応用すれば――そろそろカーバンクルも、左半身を取り戻す

魔法円の準備ができる頃と考えられるのだ。これはなぜか僕にも推理できなかった事でね。条理予知でも、さっぱり予測できていなかった」

とか、シャーロックが妙にハッキリ俺の方を向いて言う。

「え、そのエンディミラ仮説のエンディミラって……あのエンディミラか？」

何が何やらの俺が聞くと、ネモが腕組みして口をへの字にする。

「そうだ。貴様が囲っていたあのエンディミラだ。エンディミラはレクテイアへ還る直前、日本政府にその仮説をメモ書きして渡していた。自分とテテティ・レテティ姉妹を安全に送還させる、代金のような情報だったらしい」

確かに……あの時エンディミラは、何かのメモを国会議員たちに渡していた。あれってそんなに凄い文書だったのか。一〇〇円ショップで買ったメモ帳に書いてたのに。

「そのメモを日本の環境省がスキャンし、データ化して保管したのだが――翌日までに、中国のハッカーからのハッキングを受けて流出した。データは闇サイトですぐ販売されて、今ではウィキリークスで公開されているよ。僕もヒルダ君にエンディミラ仮説を送付し、カーバンクルが左半身を取り戻すために作っているのであろう魔法円を停止させる魔術を用意してもらった。魔法円のプログラムを破壊する、コンピューター・ウイルスのような魔術をね」

「――用意するという程でもなかったわ。プログラムで言うならシンタックス・エラーを入れるだけの簡単な術よ。魔法円の近くにいれば0・1秒で掛けられるし、掛けた瞬間、魔法円は動かなくなる」

シャーロックに続けたヒルダの話を聞きつつ、分かってきたが……

「お前がインドで第2回同窓会を開催した理由が、やっと飲み込めたよ。『神秘の器（ワンダー・ノッギン）』を取れればお前に武力の急騰（パワー・インフレ）をさせられて、Nとの戦いも有利になる。取れなきゃその逆で、モリアーティは1000年の命を得る。ところがお前は自分じゃ取りに行けないから――いろんな人材をここに集めて、奪還チームの選抜会をやりたかったんだな」

「ご明察だ。そして君には、ぜひチームの隊長になってもらいたい。僕も男だが、君も男。いざという時に雄々しさが求められるリーダーには、やはり男性が適しているものだよ」

「そういうのはセクハラ扱いされるぞ、今の時代。だがまあ、エンディミラが還（かえ）らなきゃならなくなって、魔法円の技術が漏洩（ろうえい）したのは……元々、俺（おれ）がエンディミラをNから引（ひ）き剥（は）がしたせいでもあるからな。その責任もちょっとはあるし、引き受けてやるよ。ただし、報酬は払ってもらうからな」

それに――モリアーティの非道な人格や前科を知っている以上、ヤツが命を増やすのをみすみす見逃すワケにはいかない。急進的なサード・エンゲージとそれに続く戦争・紛争だけで終わらない、多くの女子供が泣く戦乱の時代を1000年も続けられてたまるか。戈（ほこ）を止めると書いて武だ。いち武装職の男としても、断固阻止させてもらうぜ。

「ありがとう。隊長を引き受けてくれて安心したよ。なにせ君には、僕よりずっと人望があるからね。ここの諸氏の中から誰と誰を連れていくか、直接相談して決めたまえ」

「俺に人望なんかあるか？　お前に人望が無いのはよく分かるが」

「君はもう少し、自身に備わる潜在的なカリスマ性について理解した方がいいようだね。あと今の君の発言の後半には少々腹が立つのだが？」

「――まあ、とにかく……まず行けないヤツはその旨を伝えてくれ。あと行きたいヤツの自薦も受け付ける」

流れで『神秘の器（ワンダー・ノッギン）』奪還チームの隊長になった俺がそう言うと、しばし一同はガヤガヤ話し合う。

とりあえずネモはノーチラスの補給があるのと、万が一ノアやナヴィガトリアが近海に出現した場合に備えて艦を離れられないようだったので――

「アリア。お前はムンバイに残れ」

俺は視線でネモとシャーロックを示しつつ、アリアにそれだけ言う。

ネモとシャーロックはリユニオンの最重要人物だが、まだ同盟したばかり。かつて殺し合ってたこの2人が残るなら、見張りが必要だろう。そして超々能力者のケンカに割って入れるのは、同じ超々能力者のアリアぐらいのものだ。

俺の考えをアリアは以心伝心で読み取ってくれて、「分かったわ」と頷（うなず）いてくれる。

それから、連れていく人員について考えるが……

神秘の器には『カーバンクルから遠くに離れられない呪い』が掛かっている。できれば戦闘は回避したいが、カーバンクルと遭遇して器の取り合いになる確率は低くないだろう。戦う場合は俺が戦力的な柱になるとしても、俺の戦闘力は格闘戦距離か拳銃交戦距離に限定されている。狙撃が可能なレキ、レーザーが使える猴のどちらかがいると心強いな。

カーバンクルが自らの左半身を魔法円の向こうから取り戻すのを阻止するのも、重要なミッションだ。神秘の器には、電池2——モリアーティの寿命を延ばすのに使われる命が収められており、カーバンクルが真の姿に戻ったらそれを取り出せるかもしれないという懸念があるからだ。従って、魔法円にウイルスを仕込む係のヒルダは参加必須。

さらに……

カーバンクルの事を知っていて、レクテイアの文化に精通しているルシフェリア。インドは俺たちにとってアウェーもアウェーなので、通訳や案内役にエリーザ。衛生科・救護科で鳴らしたワトソン・リサのどちらかも欲しい。

あと、ミッションが煩雑なので頭のいいヤツが要る。メヌエットだ。戦力的には予備だが、ライフル銃を持ってて狙撃係の控えも兼ねられるしな。

……という話を俺がすると、皆も大体その意見に同意という感じだった。ここまでは、モメずに済んだのだが……

「狙撃係には猴君を連れていきたまえ。レキ君は不適切と思われる」

とかシャーロックが名指ししたので、ちょっと場がピリつく。行くのを止められたレキ本人は、ボーッと座ったまま無言だが。

「俺的には、どっちでもいいんだが……なんでだ？」

俺が聞くと、シャーロックは――

「――見ているのだろう？　璃璃色金君。僕は君と対立したいわけではないけど、君との間には少しばかり信頼関係が不足しているとも思っていてね。この会へのレキ君の参加を許可してあげたのは、まず君へ先払いで信用を投資してあげたつもりなのだよ」

レキに向かって、しかしレキ本人にではなく、璃璃色金に語りかけた。

「レキ君が意識しているかどうかは別として、レキ君が見たものは璃璃色金君に伝わっているのだ。情報提供はするが、諜報は御免被りたい。今回の件、璃璃色金君には僕たちが検閲した上での情報を持ってもらった方がいいだろう。レキ君も、いいね？」

なんだかシャーロックは色金に対して猜疑心があるようだが、まあ分からないでもない。

俺たちは璃璃色金と敵対してるわけじゃないが、レキを使って介入しようとしてるのを伝えてきていなかったのは怪しいからな。俺たちにレキが漏らしてくれた『集うべきではない集いです』というコメントも、ポジティブとは言えないものだったし。

「私は構いません」

そう言ったきりダンマリだし、璃璃色金も憑依してこないので……レキは、ムンバイで留守番だ。結果論だが、イザという時アリアと組ませるなら猴よりレキの方がいいしな。

医療係のワトソンとリサについては、ここまでの旅程でメヌエットの介助に慣れているワトソンに来てもらう事にした。

こうして——『神秘の器』奪還チームは、俺、猴、ヒルダ、ルシフェリア、エリーザ、ワトソン、メヌエットの7人に決まった。

「カーバンクルはインド北西部・ザンダーラという街の郊外、チャト遺跡に巣くっている。そこに出現した98年前からずっとだ。神秘の器は遺跡から1km離れたチャトの村にある」

シャーロックがそう言うと、エリーザが——

「ザンダーラは知ってるでちよ。鉱石の卸売りでそこそこ栄えてる、イナカの小都市でち。パキスタンから違法に流れてきてるっぽいパラジウムの出荷地としても知られてるでち」

そんな情報提供をしてくれる。カーバンクルがどうしてそんな地域に出現し、そのまま棲み着いたのかは謎だが……現地に行けば、分かる事もあるだろう。

「キンジ。Nと西半球で会合する日程の都合上、ノーチラスがムンバイ港にいられるのは1週間だ。それがタイムリミットだと思ってくれ」

ネモに言われつつ、俺は改めて頭の中で今回のミッションの成功条件を整理する。

俺たちは1週間以内にチャトの村へ行き、神秘の器を入手する。それを達成できれば、

『成功』だ。リユニオンはシャーロックの武力の急騰(パワー・インフレ)という大きな成果を得る。

入手できなかった時はチャト遺跡に潜入し、カーバンクルの魔法円にヒルダのウイルス魔術を仕込む。これができればカーバンクルはすぐには左半身を魔法円から取り戻せなくなり、モリアーティに長い寿命を与える事もできないままになる。一時の現状維持にしかならないが、最低でもここは達成しなければならない『及第点』のラインだろう。

神秘の器の奪還、魔法円へのウイルス注入、どちらも出来なければ『失敗』——

——この世の終わり、だ。さっきのアリアの言葉を借りればな。

シャーロックは奪還チームのメンバーについても予知できていたらしく、各々に必要な弾薬や日用品といった補給物資を用意してくれていた。俺の9㎜弾(ルガー)、エリーザのヘナ化粧、猴のおやつのバナナチップ、ヒルダのおやつのボタン電池まで。俺はそれらを配りながら、リーダーとしてこの急造チームのモチベーションを見て回る。

「ネモ様(しゃま)。ムンバイの治安は良くないので、艦からあまり離れないようにして下さいでち。規則通り、副長代理にはアルトゥスかレノアエルを」

「うむ。作戦中、チームをしっかり支えるように。それからキンジが女性にセクシャル・ハラスメントをしないよう、しっかり監視しておくように」

俺への風評被害を置き土産に、ネモはエリーザを残してノーチラスへ帰っていくが……

エリーザはそのネモへの忠誠心が高いので、正式に命令された以上頑張ってくれるだろう。

　あと忠誠心をモチベーションにしてるタイプで言うと、

「ルシフェリア。インドは俺たちにとって超アウェーで補給にも難儀しそうだから、もしカーバンクルに遭遇しても安易に戦闘はしたくない。その時は対話で状況を有利にできるよう、レクテイアの大物としてお前に交渉してもらうからな」

「おう。主様のためなら頑張るぞ♡　カーバンクルとルシフェリアは、仲が悪いワケでも良いワケでもなかったからの。まあ、話は通じるかもじゃ」

　ルシフェリアも俺に貢献できそうという事で、やる気が高い。

「インド――天竺は歩くだけでも徳を積める国って、三蔵法師玄奘さまに昔言われたです。でもその代わり、天竺で乱暴を働くと倍の罰が当たるとも言われたですけど」

「カーバンクルを見つけたら、噛んでもいいかしら？　大地を司る女神の生き血だなんて、クレオパトラの涙と謳われた土器ワインみたいな味がしそう。そそるわ」

　笑顔でそう俺に語る猴とヒルダは、半ば遠足気分だが……少なくともヒルダはサード・エンゲージで既得権益を侵害されたくないのだし、頑張ってくれるハズだ。

　メヌエットとワトソンは、シャーロックのためとあってミッションには前向き。しかし未だにルシフェリアやヒルダの事が気に入らないっぽい。宗教上の理由もあるっぽいから難しいかもしれないが、移動中になんとか関係を改善させたいところだな。

と、チームの状況を頭に入れてから……

「――シャーロック。この物資もありがたいんだが、出張となると先立つものが必要だぞ。報酬は後で別途もらうつもりだが、それとは別に貸せ。無利子で」

俺が手でコインの形を作ってカネをせびると、シャーロックは無言の笑顔で応じ、

「じゃあ、私が無利子で貸してやるでちよ。返済は日本円でもいいでち。フロントで両替するよりいいレートで取引してやるでち」

勢いよく間に割って入ってきたエリーザが、そんな事を言ってきた。そしてジャンパースカートのポケットから――バサッ、と、ルピー紙幣の束を出してきたよ。

「私にはインドでの活動資金がノーチラスから出てるでち。ほれ、とりあえず5万ルピー貸してやるでち」

「え……あ、ありがとう。いや、でも、借りる方が言うのも何だが……俺に金を貸すって行為の意味はだな、つまりその……」

ベレッタ社からの借金を踏み倒した前科のある俺は、キラキラローンの吉良以外で俺に現金を貸してくれる人間がまだ地球上にいた事に驚いてしまう。ていうかエリーザは俺にむしろ金を貸したがっているっぽい態度だ。どういう事？

と思いつつ、5万ルピー――1ルピーは約2円なので、日本円にして10万円ほど――を俺が受け取ると……

「これで私とお前は一緒に旅をして、一緒に戦う理由が増えたでち。うん、うん」

エリーザは俺と握手でも交わしてるかのような笑顔で、そんな事を言う。

それで何となく伝わってきたが――インドには、仲間同士で金銭の遣り取りをするのを良い事とする文化があるんだ。日本人は親しい友人同士でも金の貸し借りをためらうが、インド人は金の繋がりを積極的に作って仲間意識を強化するらしい。

「……分かった。これが焦げ付かないように、お前もしっかり俺を助けろよ？」

郷に入っては郷に従え。じゃあガッツリ借りよう。確かに、どこの誰か分からん相手に借りるより踏み倒しづらい責任感は感じるね。

と、俺は受け取った札束を数えるのだが――

この紙幣が、メモ紙にされてるわ、計算用紙にされてるわ、穴があいてるわで、しかもなんかクサイ。エリーザはそれを何とも思ってないっぽいので、インドじゃ紙幣って物はボロボロで当たり前のようだ。

国内に1600種類の言語があるというインドを象徴するように、紙幣には10を超える言語で価値が書いてある。ヒンディー語、英語、ベンガル語、タミル語、ネパール語……凄いな。でも――これを見るに、この人種も国籍もバラバラの凸凹奪還チームがピッタリ似合う国なのかもしれないな。インドは。

3弾　バス旅フルスロットル

wild bus tour

携帯の地図で調べると、チャトの村への中継点になりそうな小都市・ザンダーラは――インド西海岸のここムンバイから北へ約６００㎞。パキスタンに接するグジャラート州の山地にある。問題はそのアクセスの悪さで、電車だと途中の町までしか行けず、そこからバスで行くしかない。だがネットで写真を見るとインドのバスはスシ詰めが当たり前で、ルーフ上に座ったり車体の側面や後ろにしがみついたりの行為も横行してる。日本の満員電車で鍛えた俺は大丈夫だが、女子たち、特にメヌエットにはムリだろう。

さらに、ザンダーラからチャト遺跡までの道も怪しい。経路検索をしてみても通行止めだらけで、グーグル翻訳を使ってその辺の道を探ると「進入禁止」「封鎖」「治安警察」「戦車がいた」「パキスタン対策？」などの不穏なワードに行き当たる。そういった道路を回避して行くとなると、自前で車を借りた方がよさそうだ。

ただ、奪取チームは7人いる。ワゴン車でもギュウギュウ詰めになるし、メヌエットの車イスを乗せる必要もあるので、小型バスを借りようという事になった。

つまり、まさかのバス旅だ。インドで。

大都会ムンバイにはバスのレンタカーもあるという事で、エリーザが都合をつけに出ていき……20分ほどしたら、俺に電話してきた。『いい感じのバスがあるけど、借りる前にメヌエットさんの車イスを乗せられるかどうか試してみたいでち』との事だ。

エリーザが詳細をSMSで送ってきたレンタカー会社の場所は、徒歩15分ぐらいかかりそうな所だ。俺はメヌエットの車イスを押してやりながら、

「今からエリーザの所に行くが、俺にはムンバイの土地勘も知識も無さすぎる。香港ではそれで大失敗してな。誰か詳しい人、歩きがてらインドの案内をしてくれよ」

リユニオンの一同にそう打ち明けると――

「僕が案内しよう」

手を挙げたのは、まさかのシャーロックだ。

シャーロックと出た正午前の屋外は、日差しが強い。暑くはないものの、メヌエットも車イスに搭載してあった折りたたみ日傘を取って差したね。

「昔ムンバイは僅かな漁師しかいない群島だったが、17世紀に東インド会社が埋め立てて港にし、瞬く間に大都市となった。今やインド最大の商都ムンバイは、ほとんどゼロから生み出されたのだ」

「ムンバイの人口は1400万人ほど。東京と同じぐらいの大都市です。しかし東京より国際色豊かな町で、陸路ではペルシャ人が、海路ではヨーロッパ人・アフリカ人が、凡そ

400年の時を掛けて集まり混ざっているのですよ」

シャーロックは蘊蓄を喋るのが大好きで、メヌエットもその生き写しだから、喋る喋る。人間オーディオガイドと化した2人の話を聞き流しながら、リゾート感を出すためなのかわざとらしくヤシが植えられた湾岸の遊歩道を行く。

道すがら、一様にサングラスを掛けた欧米やインド各地からの観光客たちと擦れ違う。その観光客にペットボトルの水やジュースを売る地元の露天商が、あっちでもこっちでも排気ガスでくすんだパラソルを広げてる。それはローマでも見られた光景だ。観光地価格なのか、物価は思ったより高い。欧米と同レベルだね。

車道は酷く渋滞してて、運転マナーは悪い。日本でいうチャリンコのノリで原チャリが歩道を走ってくるから驚きだ。排ガス規制も有って無いようなものなのか、空気はとても汚い。道路上空には環八雲みたいな公害雲が薄く張ってる。

乗用車も走りまくってるバス優先車線を、赤い二階建てバス――広告だらけで、まるでラッピングカーだが――が走っていったので、つい、

「あの二階建てバス、ロンドンのと似てないか？」

そう言ってしまったが最後、「インドはイギリスとの係わりの中で発展してきたので、イギリスの文化が色濃く残っているのだよ」「英国統治時代を偲ばせる建築物はムンバイ各地にあります」「たとえば、そっちに聳えるチャトラパティ・シバージー・ターミナス

駅」「まるでイギリスのお城のような形をしているでしょう」「世界遺産にも登録された、ネオ・ゴシック様式の荘厳な駅舎で」「それもそのはず、あれを1888年に建てたのはイギリス人なのです」「夜はライトアップされて、美しいものだよ」と、シャーロックとメヌエットはベイツ姉妹並みに息の合ったコンビネーションで蘊蓄を語りまくる。

観光案内もちょっとならありがたいんだが、ステレオで延々やられると正直しんどい。

それと、豪華な駅舎は確かに一見の価値アリなんだが……

「な……なんか、クサイぞこの辺。なんだこれ。樟脳(しょうのう)っぽいニオイが……」

「これは殺虫剤ですね。あと消毒液」

「この辺りではかつて、マラリア蚊が大発生していたからね。今の季節だと蚊は少ないが、ムンバイ市役所は殺虫・消毒に熱心なのだよ」

マラリアと聞いて震え上がった俺(おれ)は、毒ガスみたいな異臭を必要悪と辛抱しながら——旅行者と旅行者目当ての客引きがウヨウヨしていたコラバ地区を抜ける。その向こう側は、フォート地区というビジネス街だ。そこではスーツ姿のサラリーマンたちが、街角のメシ屋で揚げたクレープっぽいものを立ち食いしてる。駅そばを食べる東京(とうきょう)のサラリーマン、サンドイッチ片手にランチミーティングをしていたニューヨーカーと同じ光景だね。

黒山の人だかりがあると思ったら、そこは映画館だった。インドは映画大国と聞いてたが、人々のお目当てはハリー・ポッターの新作らしい。グローバル化ってやつは容赦なくインドの文化を侵食し、娯楽のトレンドまで世界の他の都市と同化させちゃったんだな。せっかく来たのに、なんか、ガッカリだ。

レンタカーの会社は高速道路と一般道の間、雑草だらけの余った土地にあった。眩(まぶ)しい日差しの下、乗用車だけじゃなくお目当てのバス、それにトレーラーヘッドやトラックも野晒(のざら)しでズラリだ。トラックは日本でいうデコトラで、ヒンドゥー教のド派手な神様――頭が象の商売神ガネーシャや神鳥ガルーダなんかがデカデカと描かれ、隅々まで極彩色の幾何学模様がペイントされてある。絵柄がバラバラなのは、そこら辺で売り飛ばされてた車両を適当に買い集めて貸し出してるからだね。ちなみにインドの車市場はインドの国産メーカー・タタと、フィアット、フォード、あとスズキがシェアを得ているらしい。

それらの車体の向こうで……

「おーいメヌエットさん、シャーロック氏、キンジ。こっちでちよ。条件に合うのだと、タタの古いバスしか都合がつかなかったでち」

ボロい小型バスの前から、日光の下だと一層爽やかなジャンパースカートのエリーザが花化粧(メヘンディー)をした手を振ってくる。ていうか、なんで俺(おれ)だけ呼び捨てなのか。

エリーザが選んだバスは、日本でいうコミュニティバスぐらいのサイズ。レトロな丸み、下半分が濁色グリーン・上半分がクリーム色の色彩。かわいいじゃん。でも、

「おいエリーザ。なんてもん借りようとしてる。こいつは一目で分かる整備不良車だろ。サイドミラーが無いッ」

ゴッゴツ、と、車体側面を叩いて俺が怒る。しかしエリーザはキョトンと俺を見上げ、

「は？　サイドミラーなんかあってもなくてもいいじゃないでちか」

何が悪いのか分かってない顔。えええ……？

「いや、だって無きゃ後ろの車が見えないだろ、運転中。そしたらぶつかるじゃん……」

「後ろの車が前を見てるから、ぶつからんでち」

なんちゅうロジックだ。しかし言われて他の車を見回すと、サイドミラーが無いやつがいっぱいある。付いてても、あさっての方向を向いてる。マジですか。

「インドのことわざでは、安全なドライブにはブレーキ、クラクション、それと幸運さえあればいいって言うでち」

と、エリーザは観音開きのバックドアを開いて座席を1つ2つ外してる。それから俺とシャーロックとでメヌエットを車イスごと神輿みたいに担いだら、余裕で載せられた。

「じゃあもうこれで行くとするか。スピードはどのくらい出る？」

「レンタカー屋が言うには、最高時速は100㎞ぐらい。ただ、ずっとそんなスピードで走らせてたら絶対故障するでち」

それなら、道路の状況にもよるが……ザンダーラの町までは、1日ってとこだな。

メヌエットの車イスをハーネスで固定し、バスの座席に俺（おれ）とシャーロックも乗る。

インドの免許を持っているエリーザが運転席につくんだが、見ればダッシュボードには小さな額縁入りの神様の絵が祀（まつ）られた神棚があり、デフォルトで花やお香が供えてある。盛り塩ならぬ盛り灰――インドでは灰が魔除（まよ）けになるらしい――もあって、仰々しいな。なんでだろう。ジャマじゃないのかな。

「じゃあ、このままタージマハル・ホテルにみんなを迎えに行くでち。連絡するでち」

ドリルみたいな銀髪ツインテールを傾けて、エリーザは耳と肩に挟んだ携帯でホテルに電話しながらキーを回す。ゴロロロロロッキュルキュルガラガラ！　という、ファンベルト劣化しまくり・ベアリング摩耗しまくりのあり得ないエンジン音が鳴り、それをごまかすように車内ステレオが歌と音楽を大音量で流し始める。ヒンディー語なんで分からんが、この異様に明るくてダンサブルな感じ――インド映画のＢＧＭだな。

「るっくぶっくびっきにょーん♪　びっきにょーん♪　にょーん♪」

ヒンディー語で歌いながらでかいハンドルをぐりんっと回すエリーザが、バスを車道へ出す。どうも運転が好きらしいのだが、ハンドル捌（さば）きはジーサードよりも乱暴だ。段差を降りる際、がくんっがくんっ――サスペンションが効いてないせいもあって、座るケツの骨が割れそうになったよ。こないだ鹿取一美（かとりかずみ）のトレーラーでカーチェイスしてた時の方が揺れてないぐらいだね。とんだバス旅になりそうだぜ。

宮殿の門みたいなタージマハル・ホテルの車寄せに、古いエンジン音を轟かせてボロいバスが付ける。そこで待ってた猴、ヒルダ、ワトソン、ルシフェリアがワイワイ楽しげに乗ってきて、シャーロックは降りた。

指さし確認で、７人いるのを確認する――みんな学生服なんで、修学旅行みたいだな。

「ご主人様、お弁当をどうぞ。皆様の分もありますので」

リサが窓から渡してくれたのは、タージマハル・ホテルと協力して中身を詰めてくれたらしい、丸っこいアルミの重ね弁当箱だ。さらにアリアも「マハーラージャー・セット。ヒンドゥー教徒は牛を食べなくてイスラム教徒は豚を食べないからパテがマトンだけど、一応ビッグマック・セット的な感じよ」とマックの紙袋を幾つも窓から差し入れてくれる。レキもペットボトルのミネラルウォーター、弾薬、医療箱を無言で搬入してくれたよ。

「よし、行くぞ。道中、進捗は報告する。アリア、ムンバイ側をよろしく頼む」

このバスには電車の網棚と同じラックがあり、ルシフェリア以外の女子は身長が低く、ルシフェリアは手伝わないので、アリアと話しながらの俺がそこへ荷物を次々上げていく。

その最中に、ゴロロロロゥ……と、引き続きエリーザの運転でバスは出発した。

改めて車内を見回すと――バナナジュースとトマトジュースを飲んでいる猴とヒルダの

極東戦役(FEW)OGコンビ、ポーションを使ってアイスティーを淹(い)れるワトソンとメヌエットのロンドン出身コンビが並んで座ってて、俺(おれ)の座る席は、

「主様(ぬし)。ほれ、ここを空けておいたぞ」

　窓側に座ったルシフェリアが手でポンポンして、自分の隣を指定してくるので……仕方なく、そこに座ってやる事にした。

「楽しいのう。主様とバスで宝探しの旅じゃ。カーバンクルの器を取りに行くのじゃ」

「『神秘の器(ワンダー・ノッギン)』な。正式名称は神秘的で絶対的で真実(ワンダー・アブソリュート・トゥルー)……何だっけ……まあいいか」

　なんかバンズがシワシワで貧相なマックをムシャムシャ食べてるルシフェリアの隣で、俺もリサのお弁当を早弁する。アルミのワッパみたいな弁当箱は数段重ねになっていて、各段から辛い煮豆・煮卵・鶏(とり)モモなどを取り、マフィンっぽい揚げパンと食べる感じだ。

　自分の分を確保してから、俺が弁当箱を前の席の猴(コウ)に渡していると……ハンバーガーを一気食いしたルシフェリアが、

「えい」

　ハイヒールの足を、足に絡めてくるんだが？　イヤだな、ルシフェリアの生足。長い分肌色面積が多くてヒス血流に悪いぞ。ノーチラスの黒セーラー服もスカートが短いし。

「な、なんだよ」

「せっかく花嫁と仲睦(むつ)まじく旅行をしておるのじゃぞ。我(われ)をかまえ。キヒヒッ」

小悪魔っぽい笑い方をしたルシフェリアが、今度はヒールで俺の足を踏んでくる。いたた。何その幼稚なコミュニケーション強要。お前俺と同い年だよね？

「あのなぁ……」

「――おっ、主様。見ろ！　あっちにも城があるぞ！」

ガラッと窓を大きく開けたルシフェリアは、今度は俺の肩を抱き寄せて――２人して、半ば窓から上半身を出すような感じの体勢にさせる。

「俺それさっき見たからっ。城じゃなくてチャトラナントカ駅だ、あっ、危ないから！」

擦れ違う車にクラクションを鳴らされるわ、ルシフェリアの３連縦ロールの黒髪が風で俺の首にマフラーみたいに巻き付くわ、密着した胸元や腋から甘ったるいニオイがするわ。危険の三重苦だ。落ち着きのカケラもなく車内に体を引っ込ませたルシフェリアは、次はヒールを脱いで幼稚園児みたいに座席に足を上げ、俺の太ももの上に座ってくる。何なの、このいかがわしいキャバレーみたいなバス旅は。ええい、両腕で俺の首に抱きつくなっ。

「――るっくぶっくびっきにょーん♪　びっきにょーん♪　にょーん♪」

カーステレオからは、また例のアゲアゲな映画音楽が流れてる。どうも違法コピーしたＣＤ－Ｒがデフォでプレーヤーに入ってたらしく、音飛びしてその１曲がループしてるぞ。それをエリーザが元気よく歌い上げるもんだから、次第に歌詞を覚えてきた猴、ヒルダ、ルシフェリアも合唱を始める。歌が５周目、６周目になる頃にはバスも高速道路に入り、スピードと共に気分がアガってきたらしい——ワトソン、メヌエットまで歌い出したよ。みんなハッピーそうだな。ルシフェリアに絡みつかれてて辛い俺以外。ていうかエリーザさんに一つお聞きしたい。今あなた両手を上げて人差し指をぐるぐる回してるんですけど、ハンドルは？

しばらくバスが行くと、客席付きのオート3輪が見られるようになってきた。ムンバイ市内には乗り入れが禁止されてた、俺がインド映画で見た乗り物だ。ようやく遭遇できたインド特有の文化の光景なので携帯で写真を撮りたかったんだが、俺と知恵の輪みたいに手足を絡めてきてるルシフェリアのせいでうまく撮れん。3回シャッターを押したものの、ピースしてウインクしてるルシフェリア、変顔してるルシフェリア、ルシフェリアの髪が撮れてしまった。ルシフェリア写真集じゃん、これじゃ。

にょーんにょーんうるさい歌と共に、さらに数時間、ムンバイを北へ離れていくと——排気ガスで白く曇っていた空が、突き抜けるほどに青く晴れてきた。地上には地平線まで黄色い菜の花畑が広がり、天国みたいな光景になってきたな。俺が勝手にイメージしてたインドとはこれまた違うが、見とれてしまうね。

「——キレイじゃのう、主様。ちょっと暑いが」

「暑いと思うなら、抱きつくのをやめてくれないか……」

俺の太ももの上に両太ももを載せる迷惑な座り方をしてるルシフェリアは、暑いらしくスカートをばさばさするという更なる迷惑行為。うう、見ないようにしよう。

　人が通らなそうな車道脇に、数㎞おきに見かけるのは——傷だらけのヘルメットだの、古びたシャンデリアだの、タンスだのベッドだの、あるものを何でも売っている露天商だ。いわゆるリサイクルショップ、ないしは泥棒市を、高速道路の脇でやってるんだな。と、窓の外を見てたら——

　プップップー！　と、クラクションを鳴らしまくりのバスが、ガロロロロッ！　と同じタタ製と分かるエンジン音を鳴らしながら真横を追い抜いていったぞ。いま俺の目の前を通った向こうのバスの窓の中では、インド人の乗客たちが『ワーイ！　勝ったー！』的な歓声を上げてる。え、何それ。車の追い越し・追い抜きって、インドでは勝負事みたいなイベントなの……？　いやまあ、日本にもそういう大人げない人はいるけどさ……

「ぬぅー！　エリーザ！　やり返せ！　追い越すのじゃ！」

　ここにもいた！　大人（ルシフェリア）げない人！

「もちろんでち！　ふおおおっ！」

　うわうわ、エリーザも怒ってドリルツインテを逆立てて——プップップップー！　と、クラクションを鳴らしまくってバスを急加速させてる。

　ガロロロロッ！　というエンジン音と共に——さっきのバスに追いつき……ギュイッと

反対車線にハミ出し、追い越そうとする……って、おい！

「エリーザ！　前！　前前！　対向車！」

真っ青になった俺（おれ）が叫ぶ。前方から、もう1台のバスが走ってきてるぞ！

だがエリーザは「負けんでちッ！」と道を逆走したまま譲らない。いや、勝ち負けとかじゃないから！　このままじゃ衝突しちまうよ！

正面から走り来る第3のバスも、路肩に避（よ）けりゃいいのに避けない。インドにはバスとバスは『道を譲った方が負け』という、不条理なしきたりがあるっぽいのだ――！

「ぶつかるってマジでッ！」「ひゃあああ！」「全くもう……これだからインドは……」

俺、猴（コウ）がパニックになり、メヌエットは十字を切りながら溜息（ためいき）。

「ふおおおっ！」「弾（はじ）き飛（と）ばすのじゃ！」「負けるんじゃないわよエリーザ！」

エリーザ、ルシフェリア、ヒルダはアグレッシブすぎるインド文化に合ってるらしく、目やら拳やらをグルグルさせながらチキンレースに熱狂。もう、向こうのバスのダッシュボードにもこっちと同じようなミニ神棚があるのも見える距離だ。それがぐんぐん詰（つ）まる。

――ぶつかる――！　神秘の器を手に入れる前に、ここで全滅か――!?

と思った瞬間、バスはどうやったのか対向車のバスと擦れ違っていた。だが少し速度は落ち、さっきこっちを追い抜いたバスからは遅れてしまっている。

「ボクに代われ、エリーザ！　必ず追い抜いてみせる！」

　わあもう1人いた、大人げない人（ワトソン）が！

「やめろワトソン！　お前こないだスナック感覚で人を撥ねてたろ！　サイオン（エージェント）を！」

　慌てる俺がワトソンのズボンを女物のパンツが見えちゃうぐらい引っ張り、ワトソンがエリーザを引っぱって、『おおきなかぶ』状態——からの、エリーザが「みぎゃぅ！」と運転席から抜け出てきた。うわうわうわ運転席が無人になってる！　高速道路で！

　俺の顔にカンガルーキックを入れたワトソンが、その反動を活かしてヒラリと運転席に飛び込み——右手でハンドルを握り、左手でシフトをガコンガコンッとトップに入れる。そして車が分解するんじゃないかってぐらいの勢いで前のバスの追走を始めた。

　ワトソンが急加速したせいもあり、俺は無人のシート最前列に背中から倒れ込む。で、

「みゃみゃみゃっ！」

　同じく後ろ向きで俺の方に倒れてきたエリーザは、いっぺん床に両手を突いてバック転。そこまでは良かったが、狭いバスの中なので——両膝からバシッと着地したのは、俺の上。偶然だが、ダブル・フラッシュ・キックみたいなのを俺の両肩にモロ命中させてきた。

　その衝撃で俺とエリーザを載せたリクライニング・シートがバキッと真後ろに折れて、バタンッ。フラットなベッドになってしまった。

　結果……仰向けに寝た俺の顔面の上に、エリーザが女の子座り、通称ぺたん座りしてるというあられもない体勢が完成するハメになった。け、けつけつ、血流ッ——

「ぎゃあー！　この、エッチ者（もの）！」

一応これでもレクテイアの貴族らしいエリーザは、このアンラッキーなスケベポーズに大赤面。俺（おれ）の上半身をテントみたいに覆い尽くしてる紺色ジャンパースカートをどかして身をよじり——ばりばり！　俺の顔面をツメで引（ひ）っ掻（か）いてきた。ネコ系レクテイア人って、ビックリすると敵を引っ掻くんですね……！

「——はっ！」

華麗なハンドル捌（さば）きでワトソンがさっきのバスを追い越し、メヌエットが「お上手（スプレンディッド）」と拍手し、ルシフェリアも「面白かったのー！」と笑い、ヒルダは追い抜いたバスに窓からアカンベー。気がついたら猴（コウ）は泡を吹いて気絶してた。

なるほどね……インドの車の運転席に神棚がある理由が、ようやく分かったよ。みんなこんなにも運転が荒い国民性だから、神頼みが必要って事なんだね……

「——これだからオトコはサイッテーの生き物でち！　なんでよりによってそんなとこを狙って顔を潜（もぐ）り込ませたでちか！」

全く狙ったつもりはないし、両足を開いて飛びかかってきたのはそっちなんだが、俺はエリーザに耳を掴（つか）まれて窓から車外に放り出されてしまった。耳を掴んで俺を意のままに移動させるのはアリアもよくやるが、これって貴族女子の通常技なの？

もちろん窓から放り出されても道路に落ちる俺ではないので、バスの側面にへばりつき、それから濠蜥蜴（ほりとかげ）で無事ルーフに上がっている。バスはさっきの乱暴な運転のせいかブスンブスンッと咳（せ）き込（こ）むように黒い排気ガスを吐き出し、時速は50㎞ぐらいに落ちてる。

（こりゃザンダーラに着くのは明日の朝になるね。まあ、走ってるだけ良しとしよう）

いつしか陽（ひ）は傾き、空には星が瞬き始めている。周囲は田舎……どころか人家すら無い赤土と低木だけの荒野になりつつある。空気も乾燥して、砂っぽくなってきたな。

バスの屋根で胡座（あぐら）をかけば、ここは究極のオープンカー状態だ。ムンバイでは酷（ひど）かった大気汚染は全く無くなり、雲でマーブル模様になった黄金色の夕焼けが視界中に広がっている。空はどこでも広いものだが、インドの空は特に広大な気がするね。なんか悟りとか開けそう。

太陽が沈んで夜になると、バスはまるで宇宙空間を走っているかのようだ。日本の高速道路じゃ40mおきとかに設置される道路照明灯は1本も無く、月と星の光が天空を青白く照らし上げ、明るい天と暗い地を分ける稜線（りょうせん）が周囲360度に見えている。

ヘッドライトが照らす、赤砂（あかすな）に3割ほど埋もれた、ヒビ割れたアスファルトの道だけが明瞭に見えるものだ……ていうかそれはそうと、腹が減ったんだが？

「——ほら。夕食よ」

ルーフに開いた通気口から、アルミの弁当箱が1つ、2つ、3つ出てきた。出したのは、真っ赤なマニキュアをした白い手。ヒルダだな。コイツは夜の方が元気に働くからな。

ありがたくそれを開けたら、1つめにはサフランライスに誰かの嚙(かじ)りかけの揚げ餃子(ギョウザ)が載(の)っていた。2つめには漬物。3つめには黄色いお汁粉みたいな液体が少量入っている。どう見ても残飯なんだが、まあ無いよりゃマシか。

「……おいヒルダ。俺(おれ)も中に入りたいんだが。風を切ってるし、寒くなってきた」

マックの紙袋に入ってたプラスチックのスプーンでそれらを食べながら、通気口に声を掛けたら……ぞぞ、ぞぞぞぞと、ヒルダがルーフの鉄板からクルクルのツインテールの頭だけを出してきた。コイツは地味に壁抜けが出来るからな。ていうかこれ、車内からは天井から体だけがブラ下がってるみたいに見えてるのかな。だとしたらホラーだ。

「貴男(あなた)はそこで寝なさい。エリーザがワトソンと交代で運転して、今から寝るところでね。男性と同じ車内では寝たくないって言ってるから」

「そのワトソンだって男だろ。イケメンを特別扱いしてキモメンを差別するルッキズムは時代遅れだぞ。ポリティカル・コレクトネスと言ってだな……」

と、キモメン代表の俺が演説しようとしたら、

「ワトソンは女の子でしょ」

眉を寄せたヒルダがヒソッと言ってくるから、キョトンとしてしまった。

「え、知ってたのか、お前」

「私だけじゃないわ。シャーロックも最初から気づいてたし、メヌエットも出会ってすぐ推理できてたみたい。エリーザとルシフェリアも何となく分かってるわ」

「じゃあ何でみんなで男扱いしてんだよ。俺だけ秘密だと思っててバカみたいじゃんか」

「今は自分の事を男性だって言ってる女性に『それは違う』って指摘しちゃいけない時代。ポリティカル・コレクトネスというやつよ」

ヒルダに意趣返しをされてしまったが……じゃあもうワトソン、腹括って女の子として生きればいいじゃんね。でもそう言うと、またあのいかがわしいリハビリを強要されかねない。言わないでおこう。ポリティカル・コレクトネスは人のためならず。自分の保身のため、都合良く転用する事もできるものなのである。

眩しいほどの天の川の下、風切るバスのルーフ上で、3Gになったり2Gになったりの携帯で調べたところ——インドは仏教発祥の地なのに今や仏教が下火で、仏教徒は1％もいないとさえ言われているそうだ。圧倒的多数なのはヒンドゥー教徒だが、ザンダーラのあるグジャラート州はパキスタンと隣接している地理的な都合上イスラム教徒も割といる。自分が何教徒なのかさえ曖昧な日本人の俺としては、各宗教の戒律とかを最低限調べて、失礼が無いように気をつけなきゃな。

……いつしか涅槃仏のポーズで寝てた俺を乗せ、バスは一晩中走り……

　四方八方で鳴り響くクラクションの音で目が覚めると、そこは渋滞しまくった交差点の信号前だった。猛烈な排気ガスと牛の臭(にお)い。歩道と車道を分ける境界線の無い赤土の道を歩く大勢の人々、チャリ、バイク、牛が行き交い、あちこちで挨拶かケンカか分からない怒鳴り声が上がってる。濃い朝霧の向こうに見える密集した民家、ヒンドゥー教の寺院、イスラム教のモスク。元はド派手な原色だったのであろう、煤煙(ばいえん)で黒味がかったスーパーマーケットやＰＣパーツショップの看板。情報量が多すぎて、脳がフリーズしてしまう。携帯のＧＰＳで確認すると、ここはグジャラート州北部。『神秘の器(ワンダー・ノッギン)』があるチャトへの中継地、小都市ザンダーラだ。

　これも昨晩調べたが、ザンダーラの人口は2万人ほど。工業都市アーメダバードと商都ウダイプルの間にある宿場町みたいな所だ。

　見れば……霧だけじゃなく、このバスのエンジン部分からも白煙が薄く出ている。もう朝だから戻ってもいいだろうと、窓から車内に降り——シートで寝てる女子たちを起こさないようにしつつ、操縦席のエリーザに「運転お疲れだ」と声を掛ける。

「おはようでち、エッチ者(もの)。バスが限界っぽいんで、このザンダーラで整備するでちよ。その間でチームも英気を養うでち。そのためのレストランとホテルも予約したでち」

「さすがノーチラスの副長、仕事が出来るな。固いルーフで寝てた俺(おれ)も体がバキバキで、整備が必要なところだ」

「ムンバイは外国人に慣れてる町だけど、ザンダーラは全くそうじゃない町でち。バスを降りても、ここでは私から離れない方がいいでちよ。特にお前は危ない気がするでち」

　俺のイヤミをスルーしたエリーザは、運転席の窓から道ばたの女学生にヒンディー語の大声で道を尋ねてる。女学生も大声で道を教えてくれて――バスは街の一角、ボロボロに錆（さ）びてはいるが一応『T』字のロゴが見えるタタ系列の小さな自動車整備工場に入った。その一角には他にも店が幾つか密集してて、レストラン、ホテル、床屋、紳士服店もある。それぞれの店は繋（つな）がってて境目が分からんし、どの店にも『シン（Singh）』と看板が出てるから、全部シンさんの資本の店なんだな。自動車整備工場・シン、レストラン・シン、ホテル・シン、床屋・シン、服屋・シンだ。

　バスはゴロゴロと胃腸炎みたいな音を立て、前から後ろから白煙を上げつつ、どうにかこうにか整備工場にピットイン。エリーザはここにも電話で事前に話を付けてあるらしく、工場の奥からはツナギを着た何人かの整備士が来てくれたよ。

　俺とエリーザは、バスを降りて――ルシフェリア、ヒルダ、メヌエットの乗る車イスを猴（コウ）と協力して降ろしながらのワトソンも出てきた。

「あら、日本人（ジャパニ）かい？　なんとまあ、疲れた顔をして！　ほら、まず入って食べなさい！　食べ物は奇跡（フード・イズ・ミラクル）！」

　レストラン・シンからは紫のワンピースを着たデカい女将（おかみ）さんが出てきて、エリーザと同じ花化粧（メヘンディー）だらけの腕で俺（おれ）を引っぱっていく。超訛（なま）った英語だが、慣れたのか聴き取れるようになってきたな。あと、どの国にもこういうパワー系のオバチャンっているんだね。

俺が引っぱられていくホテル併設のレストランは日本でいう定食屋みたいな感じだが、日本ほど屋内に煌々（こうこう）と明かりをつけないので薄暗い。壁には何枚もヒンドゥー教の女神のポスターが貼ってある。それと目を引く事には、みんなで集まって手を洗えそうな大きい手洗い場があるんだが。なんでだろう？

テーブルや床は古かったが、意外にも清潔。ヘタな日本のメシ屋より衛生的なぐらいだ。これはインドが高温多湿なため、食事に関する場所は清潔にしておかないとすぐ食中毒を起こしてしまうせいだろう。その辺、かなり気を遣ってるのが分かる。

俺・ヒルダ・猴（コウ）・ルシフェリア、エリーザ・メヌエット・ワトソンで、隣接する2卓に分かれて座り――それぞれラミネート加工されたボロボロのメニューを手に取るんだが、ヒンディー語で、読めない。と思ったらウラ面が英語で読めた。でも、

「チャパティ、プーリー、パパドゥ……どれもこれも、聞いた事がないのだけれど？」

「すみません、猴も分からないのです」「カレーライスも、ナンも、タンドリーチキンも、シシカバブも……無いな。俺が知ってるインド料理というと、あと何かな……」「主様（ぬし）、我（われ）は肉か魚をガッツリ食べたいのじゃが。あと酒もチョット欲しい」

こっちの卓は全員、メニューが1行も分からない。

向こうの卓でもワトソンは「ベジタリアン・メニューと、肉とか卵を使ったメニューが分けて書いてある……って事ぐらいしか分からないね」と首を傾げ、博学なメヌエットも「名前だけは知っていても、実物を食べた事はありませんね」と、お手上げらしい。

そんな一同を、エリーザが優越感に浸ってるドヤ顔で見回してから……

「ナンも、タンドリーチキンも、シシカバブも、インドでは日常的には食べないものでち。ベジタリアン・メニューがそう明記されてあるのは、バラモンの血筋の人たちが肉も魚も卵も全く食べないからでち。あと酒を飲むのはクシャトリヤの血筋の人だけでち」

と、いわゆるカースト制度というやつの片鱗を感じさせる知識を教えてくれる。

「酒はともかく、肉は俺も食べたいぞ。ビーフカレーはあるか？」

そう俺が言うと、エリーザはプーッと吹き出す。

「ビーフカレー自体がありえんのでち。牛はシヴァ神の乗り物なので、食べてはならないでち。イスラム教徒の行くレストランには、ハラル牛肉のメニューもあるけど」

……そりゃ笑われてもしょうがないか。ていうか、そういえば昨日ネットでヒンドゥー教徒は牛肉を食べないって見てたな。さっそく失礼なもんを注文しかけちまった。

「分かった、分かった、降参だ。エリーザ様、何とかして下さいよ」

俺がそう言うと、エリーザは銀髪ドリルツインテを揺らして含み笑いしながら、

「昨日ここに電話をした時、食事も頼んであるでち。バラモンはいないって連絡してある

から、肉も出るでちよ。今はランチタイム前なんで他に客がいないけど、ここは地元民も来るレストラン。キンジ、ここで真のインドのカレーというものを教えてやるでちよ」

とか、気の利いたことを言ってくれる。

「……真のカレーか……！　そいつは楽しみだな」

さすが仕事の出来る女・エリーザだ。部下に欲しいぐらいですよ。いや、どうりで店に入るなりスパイスのニオイが漂ってて、もう料理ができてる気配があると思ったんだよね。

それからシャーロックに電話を掛け、ザンダーラに安着した事を報告していたら……

「——さあ食べなさい！　食べ物は奇跡（フード・イズ・ミラクル）！」

それが口癖らしいオバチャンが、多段式のワゴンに大量の飲食物を搭載して運んできてくれたぞ。そしてテーブルには配ってはくれず、またキッチンへ引っ込んだ。

「まず、水についてでち。サービスで出てくるインドの水道水は池の水とか井戸水と同じようなもの。インド人は慣れてるから大丈夫だけど、外国人は一発で水あたりになるでち。必ずミネラルウォーターを買い、飲む前にもフタを確認すること。カラのペットボトルに水道水を入れてフタを接着剤で付けたニセモノが出回ってるでちから」

事前に頼んでくれてたらしい『ＹＥＳ』なるブランドのミネラルウォーターのボトルをワゴンの最下部から取って配りつつ、エリーザがそんな怖い注意喚起をしてくれる。

それからいよいよ料理を配ってくれる段になるんだけど、その前に——

「フォークとナイフは？」「スプーンが見当たらないのですが……」「俺は箸が欲しい」

ヒルダ、猴、俺が言うと、エリーザは──

「真のインドのレストランには、そんなもの無いでち」

「え、じゃあどうやって食べるんだよ」

「手で食べるでち」

「「「──！」」」

物心ついた頃から食器を使って生きてきたヨーロッパ人、中国人、日本人は揃ってドン引きだ。向こうのテーブルでもワトソンとメヌエットが顔を青くしてる。レクテイアではそれもアリだったのか、ルシフェリアだけは平気そうだが。

「だからインドでは常日頃から右手は清潔にキープしといて、左手はそうでなくてもいい感じで暮らすでち。左利きの人は逆でもいいでちよ」

な、なるほどね。インドでは左右の手に浄不浄があると昨晩ネットで読んだが、それは宗教的な理由じゃなく衛生上の理由で使い分けてたんだな。

というわけで俺たちは、最初からこのレストランで目についていた手洗い場でみっちり手を洗い……

「こういうセット料理を、『ターリー』と呼ぶでち。日本でいう定食みたいなもんでち」

と、エリーザが1人ずつに配ってくれたのは──直径50㎝ほどの円形のアルミの大皿に、いろんな料理が載っているものだ。この大皿1枚が1人前って事らしい。手で食べるって聞いて下がったテンションが、改めて上がるのを感じるぞ。中央にこんもり盛られた炒飯みたいなやつの周囲にアルミの小鉢が5つもあって、バラエティ感がある。

「ふむ、いい香りだわ」「おいしそうですー！」「いただきます」「うまいぞ主様！」

ルシフェリアがパクパク手で食べ始めたので、俺も勇気を出してド真ん中の炒飯っぽいやつに手を突っ込んでみると……ナシゴレン、いや、ドライカレーのようだ。

「うんうん。まずはその『プラウ』でカレーを学ぶといいでち」

──エリーザからも、これがカレーだというお墨付きが出た。真のインドのカレーとは、ドライカレーだったのか……？

パラパラに炒めたインディカ米には、豆と、細かく切られたキノコが混ぜられている。どちらも何豆・何茸なのかは分からないが、手で口内に入れた第一印象は淡泊──だったものの、豆の殻を噛み割った瞬間──中から黒胡麻サイズの種子が溢れ、口内にインドが広がった。正確にはインドのあちこちに漂っていた、お香のようなスパイスのニオイが。これは……スパイスの女王・カルダモンが種子鞘ごと入ってたんだ。豪勢だな。

このニオイには食欲を増進する力があるのか、そこからこのプラウが進むこと進むこと。それで半分ぐらい食べた頃には汁気が欲しくなり、俺の手がスープの小鉢を取った。

「それは『ダル』。日本食でいう味噌汁みたいに、インド料理には欠かせないものでち」

　エリーザに説明してもらいながら啜ったダルは、味があまりない豆の汁。しかしこれもターメリックの香りは高い。エリーザに教わりながら食べた『アチャ』はセロリか何かの漬物で、クミンの風味が豊か。ターリーはニオイに敏感な俺をタップリ楽しませてくれる、フレーバーの遊園地だな。手はヌルヌルになったけど。

　と思って見回したら、ヒルダは私物らしきスプーンでプラウを食べており、ワトソンとメヌエットはパパドゥなる煎餅みたいなもので諸々の料理を掬って食べてた。不器用かつ無様に指の股や手のひらをチュパチュパ・ペロペロしているのは俺と猴だけ。エリーザとルシフェリアは右手首を脱力させるように垂らし、伸ばした指先だけで優雅に食べている。それが手でインド料理を食べる時のマナーなんだな。

　食べ方がキレイだと、なんだか2人が妙にセクシーに見えてしまい——つい、ボケーっと見とれていたら、

「美味しいでちか？」

　目が合ったエリーザが可愛く微笑んできたから、軽くテンパってしまった。

「あ、ああ。うまいよ。でも、これが……真のカレーなのか？　お前、教えてくれるって言ってたけど」

「インドは深遠な国なんでち。おまえの干しぶどうサイズの脳みそで考えろでち。さて、さらにカレーが来るでちよ」

クスクス笑うエリーザの所に、「食べ物は奇跡（フード・イズ・ミラクル）！」――オバチャンが元気よくまた来た。けっこう、もう満腹なんだが……ここでさらにボリューム的にはガッツリ1食分ある、しかしかなり俺（おれ）の知ってるものに近いカレーが出てきた。茶色いスープカレーに見える。

日本のスープカレーには様々な具が入っているものだが、このチキンのスープカレーは具が鶏（とり）モモ肉しか入ってない。いや、この印象は訂正しよう。目には見えなくなってるが、もはや読み解けないほどに多彩なスパイスが、インド人にしか織りなせない絶妙な配合で入っているんだ。それが、芳醇（ほうじゅん）で刺激的な香りから伝わってくる。

「これはチキン・ラジャ・ミルチ。今日はキンジのために、ナンも焼いてもらったでち。さあさあ、食べてみるでち。飛ぶでちよ」

別途カゴで運ばれてきたナンを、エリーザがニヤリと笑って渡してくれたんだが……

「……このナン、小さくないか？　俺の知ってるサイズの5分の1ぐらいだ」

「ナンは本来そのぐらいのサイズでち。ネットで見たけど、日本のナンはオバケみたいにでっかい。あれはインド人の料理人が日本でウケようとして作ったら実際ウケてそのまま定着した、日本ローカルのナンなんでち」

そう言われて、この小さなナンでカレーを食べると――実際、こっちの方が食べやすい。それは、良かったんだが……

「〜〜〜〜辛い！」

辛い辛い辛い！　ココイチだったら10辛でしょコレ！　瀕死のヒステリアモード（ヒステリア・アゴニザンテ）が覚醒しちゃいそうだよ！

「あらやだ、美味（おい）しい。とびきりスパイシーね」「う……こ、これは、ムリですぅ……」

「えっ、これそんなに辛いか？　主様（ぬし）」

チキン・ラジャ・ミルチには、ヒルダ、猴（コウ）、ルシフェリアが三者三様のリアクション。ワトソンは手で口を覆って絶句してて、メヌエットは「ふむ。今日のプレートの中で一番美味しいですね」と、そっちのテーブルも二者二様だが——

「エリーザ。あまりの辛さに昇天しかけたが、おかげで悟ったぜ。真のカレーの正体をな。カルダモン、ターメリック、クミン、コリアンダール、トウガラシ（ミルチ）——他、俺の知らない無数のスパイス……」

　辛い辛いと言いつつ、気がついたら完食しちゃってたチキン・ラジャ・ミルチの中鉢を前に——俺は天井を仰ぎ、おそらく微妙に覚醒しているアゴニザンテの頭で語る。

「ふむ。それらを調合したものを、インドでは香辛料（マサラ）と呼ぶでち。さて、では問うでち。カレーとは何か？」

「——大きく、広く、自由なもの。すなわち、全てだ」

　俺の答えに、エリーザは『やっと分かったか』的な、満足げな笑みを浮かべる。

「カレーとはマサラ。マサラとはスパイス。無限の組み合わせを持つマサラは、あらゆるインド料理に使われる。多くの日本料理に醤油が使われるのと似てるかもな。だから俺は、最初からカレーを口にしてたんだよ。タージマハル・ホテルの創作カレーの時からな」

「正解でち。日本人は日本で、カレーの語義を変えて使ってるんでちよ」

「礼を言うぜ、エリーザ。インドでカレーの原点に出会えて、驚くと共に光栄な気分だよ。俺たち日本人は日本人でカレーを愛しているが、いつしか原点の精神を半分離れて新しいものにしてた。でも、その上で敢えて言うが——日本のあれも、カレーだ」

「その通りでち。カレーの懐は広い。インドの懐が広いのと同じでちよ」

「学ばせてくれて、ありがとう。ごちそうさまだ」

腹いっぱい食べた俺が、カラにした定食の大皿を前に手を合わせようとしたら……

様子を見に来ていたオバチャンが——「食べ物は奇跡！」の掛け声と共に、もう1食分甘辛くて美味そうなマトンのスープカレーを俺の大皿にオタマでガッツリ追加してきた。

マジかよ。もうここで３０００kcalぐらい摂取してるんじゃないの？　俺。

そのマトンコルマという脂っぽい肉の甘辛カレーも結局平らげ、デザートにダヒというプレーンヨーグルトまで食べ……エリーザが「消化を助けるものでち」と説明してくれた、薄い塩水にライム汁を加えた謎ドリンクも飲んで、もう腹が爆発しそう。食事は辛さで、デザートは甘さで、無限に食べれちゃうもんなんだね。インド料理って。

「明日はアジア人の好きなヤキソバ（チョーメン）を作るから、楽しみにしときなさい！」

オバチャンにバシバシ背中を叩（たた）かれながら、俺たちはベタベタになった手を手洗い場で洗う。それがインド流らしく、そこでエリーザは指を歯ブラシにして歯もゴシゴシしてた。

それから、レストラン・シンに併設されているホテル・シンへ皆で移動すると――

俺たちにあてがわれた部屋は、団体客向けの大部屋。パステルカラーの壁紙、ペルシャ絨毯（じゅうたん）……っぽい文様のカーペット、ジャラジャラしたプラスチックのシャンデリア。目がチカチカする内装とはいえ、男女を分ける衝立（ついたて）は有るので良しとしよう。

猴（コウ）とルシフェリアはこういうキッチュなムードが好きらしく、ラメで飾られたベッドでさっそくトランポリン。エリーザはバルコニーへの窓を開けて換気。メヌエットは車イスの下から出した黒いノートＰＣを、部屋の隅の机にあったＬＡＮケーブルに接続してる。

そのメヌエットの車イスを押していたワトソンと俺が、

「とりあえず、このホテルが拠点（キャンプ）だね。『神秘の器（ワンダー・ノッギン）』はチャトにあるらしいけど……」

「理由は分からないが、チャト周辺には警察が屯（たむろ）してるっぽい。神秘の器を合法的に奪還できるか分からない以上、出くわしたくない相手だ。まずはヤツらを避（さ）けてチャトの村に入れる経路を聞き込みで調べておきたい。このザンダーラはチャトに近いから、知ってる人もいるハズだ。ノーチラスとイ・ウーの出航日までに戻らなきゃならないから、あまり時間はないが……」

と話していると、ＰＣの電源ケーブルをコンセントに——インドと旧宗主国イギリスはプラグの形が同じで面倒は無いらしい——挿していたメヌエットも、

「時間の制約がある以上、カーバンクルに神秘の器を隠されたら困ります。私たちが奪還しようとしている事を向こうに悟られぬよう、聞き込みに際しては注意するように。昨日曾お爺さまからお聞きしましたが、神秘の器に掛けられた『カーバンクルから遠くに離れられない呪い』は——カーバンクルから15㎞ほどは離れられるものと推察されるそうです。つまりこのザンダーラも圏内に入るくらい、隠す場所は広範囲に選べてしまうのです」

年少者のくせに上から目線なのには軽くイラッと来るものの、そんな助言をくれた。

確かに……俺たちが狙ってるのがバレて、カーバンクルが神秘の器をどこかに埋めたりしたら面倒だな。数日で半径15㎞を捜索するマンパワーは、こっちには無いんだし。

「その注意を払いつつ、神秘の器やカーバンクルの情報もできればここで集めたいですね。チャトの村からカーバンクルの巣くうチャト遺跡までは、わずか１㎞。相手は神を名乗る存在。目立つ外国人——私たちなど、村に入ったらすぐ嗅ぎつけられてしまうでしょう。神秘の器の奪取を迅速にするためにも、カーバンクルに遭遇した場合に備えるためにも、調査はチャトからまだ距離のあるここからしっかりするべきです」

そこも、メヌエットの言う通りだ。何の手がかりも無しに村へ入り、ドラクエみたいに人の家の引き出しやツボの中を探って回るワケにもいかないもんな。神秘の器がある場所、

あるいはその場所を知ってそうな人ぐらいはアタリを付けておかないと。

カーバンクルについても、噂話ぐらいは聞けるかもだ。98年も遺跡に棲みついてるヤツなんだから、妖怪みたいなものとして生態が知られてるかもしれない。

「そうと決まったら、さっそく行こう。全員で歩くと目立ちまくるから、適当にグーパーでもして班分けを——」

と言いかけた俺の背中をシャーロックのパイプでゴチンと叩いて、

「キンジ・エリーザは通常の人的諜報。猴・ヒルダ・ルシフェリアは超能力者の観点から捜査を。私とワトソンはここに残りますので、どちらの班も適時報告に来て下さい。その情報を元に、電話で曾お爺様に助言を求めながら、オンラインでの調査も行いますので」

メヌエットがテキパキと、班分けをしてくれた。通常の捜査班、超常の捜査班、拠点班——班の性質を分けつつ、戦闘力も適切に按分されてるな。よし、それでいこう。

俺たちが外出するムードになると、

「ルシフェリア様、ヒルダさん、猴ちゃん。もしノドが渇いたり小腹が減ったりしても、買い食いは果物だけにするでちよ。ジュースは搾る機械を洗わないし、アイスはいっぺん溶けたのを集めてまた凍らせたりしてるから、外国人は一発で腹を壊すでち。インドではコレラも赤痢もまだ普通に発生してるでち。そういうのに当たっても平気なのは、キンジぐらいのもんでち」

エリーザがインドの田舎事情についてレクチャーを始めてくれるんだが、

「おい。さすがに俺だってそういうのにやられたら少しは参ると思うぞ」

一部納得いかなかった俺の抗議はスルーされて……

「外では周囲をよく見て、ノラ犬に噛まれないよう気をつけるでちよ。狂犬病になったら死ぬでち。下もよく見て歩くこと。マンホールの蓋がよく盗まれてて、落ちたら死ぬでち。上もよく見るように。ちょいちょい電線が切れててブラさがってるでち。触ると死ぬでち。それと、猴ちゃん・キンジは、１人にならないように。インドは中国と関係が悪いんで、疑心暗鬼になってるでち。観光地でもない所に東洋人がいると中国のスパイだと疑われて、警察に留置場へブチ込まれるでち。そしたらちょっとやそっとじゃ出られんでちよ」

……なんか、あれこれ凄まじいな。さっきのレストランもなんだが、地方都市に来たらインドが本性を現してきた感がある。ムンバイではネコをかぶってたんだな、インドよ。

ヒルダがルシフェリアの足下の影にズブズブと潜っていき、子供好きのルシフェリアが「ほーれ、高い高いじゃー」と猴を肩車し、猴はルシフェリアのツノをハンドルのように掴み、俺たちにシッポでバイバイ。超常捜査班は三魔一体となって出ていき……

「俺たちも行くぞ。頼りにしてるからな、エリーザ」

「まあ、頼りにされてやるでちよ」

と、俺とエリーザも宿を出たら……細い路地を3歩も歩かないうちに、ハサミを持ってターバンをかぶった若い男に行く手を阻まれた。俺たち――というか俺に目を付けていて、出てくるのを待ち伏せしてたっぽい感じだ。

「日本人(ジャパニ)！　今あなた本当の自分の姿じゃないよ。髪をさっぱり整えれば、本当の自分の姿になれるよ。あなた前髪がチョット長くて目に掛かってるよ。見た目がよくないよ。私、この町で一番の床屋よ」

などとまくし立ててくる男は、ホテルと同じ『シン』グループの床屋だな。隣というか同じ建物のレストランの女将(おかみ)さんから、俺が日本人らしいって情報も行ってるっぽい。

「余計なお世話だ。ターバンしてて髪型関係ないヤツがそんな事言っても説得力ないぞ」

俺が言い返すと、男はヒョイと帽子みたいにターバンを外し……外せるんだ、それ……

「これはパグリーよ。高潔さと勇気の象徴よ。あなたにも巻いてあげようか。追加料金を払えば王族の巻き方にしてあげるよ」

とか持ちかけてくる。日本人は金づるだと思ってやがるな。無視して俺が通過しようとするが、ターバン――パグリーをかぶり直した床屋はバスケのディフェンスよろしく俺の行く手を阻み続ける。

床屋の店から、つけっぱなしのラジオが大音量でサラサーテのツィゴイネルワイゼンを流す中……真後ろにエリーザを伴った俺がフェイントをかけて路地を通ろうとし、床屋が通すまいとする。右と見せかけて左、と見せかけて右。クソッ、やるな床屋。通れん。

　そんなコントっぽい動きをしていると、

「――日本人(ジャパニ)！　今あなた本当の姿じゃないよ。立派なスーツを着れば本当の自分の姿になれるよ。インドの繊維は最高よ。一式2万ルピーするものが今なら1万ルピーよ！　私、この町で一番の服屋よ」

　うわっ、ディフェンスが増えた。床屋の隣からスーツ姿の服屋が出てきて、俺(おれ)の前方をさらに塞いできたぞ。ていうか顔がそっくりだから分かるけど、床屋の弟じゃん服屋。

　あとそのスーツ、撫で肩気味の肩線(ナチュラルショルダー)、狭い返り襟(ナローラペル)、高めでウエストを締めた、純英国風なのな。見てるとロンドンで着たやつを思い出して、緋鬼(ひおに)戦のトラウマが甦(よみがえ)って不愉快っ。

「このォ……お前ら2人とも、どけッ！」

「日本人、髪を整えていこう」

「日本人、服を整えていこう」

　狭い路地で、大音量のツィゴイネルワイゼンをBGMに、俺、エリーザ、床屋、服屋が、反復横飛びを繰り返す。床屋もスーツ屋もそこそこ儲(もう)かってそうなんで腕や品(しな)は確かなんだろうが、今はノンビリ身なりを整えてる場合じゃねーんだよ。町に出るのすらこれじゃ、情報収集は難儀しそうだぜ。右、と見せかけて左、と見せかけて右ッ……通れねえ！

4弾　ザンダーラの喧噪

　インドでは、いつでもどこでも何かの音が聞こえる。車やリクシャーのクラクションは鳴り続け、ヒンドゥー教徒が殺生を嫌うため野放しになってるノラ犬やカラスの鳴き声もひっきりなしに聞こえてくる。人々は常に大声で喋り、笑い合い、怒鳴り合う。ラジオやテレビは軒並み最大音量で歌と音楽を響かせまくる。ヒンドゥー教の寺院やイスラム教のモスクはラウドスピーカーを全方位に掲げ、競い合うような大ボリュームで聖典の朗読を町にこだまさせている。とても冥想の国とは思えないね。

　ムンバイや高速道路でもインドの交通マナーはヤバかったが、田舎町ザンダーラはそれ以下だ。交通ルールなんか無いに等しい。大勢の無賃乗客を車体にしがみつかせたバスが傾いて走り、とんでもない過積載の大八車を男たちが押して力技で運んでいく。人力車を自転車で牽くリクシャーも列をなして走っており、乗客だけでなく荷物もよく宅配してる。あれはエコだし、いい風習かもな。俺をたびたび轢きそうになること以外は。

「チャトの村から来そうなのは、どんな種類の人間だ？　特産品——たとえば、農産物を売りに来たりとかしてないかな」

「そう思って最初にここを見に来たんでち。でもやっぱり、危ない感じでちね……」

エリーザが曲がり角から向こうを覗(のぞ)いてるので、俺(おれ)もエリーザの頭――ツインテールのネコ耳っぽい結び目の間に頭を置くようにして、街の一角を覗(のぞ)き見る。

そこには、コンクリートの低層オフィスビルが建っている。周りの建物より少し造りが立派だが、インドではビルの壁をクリーニングする習慣が無いっぽく、全体的にキタナイ。

「何だあれ。商店じゃなさそうだが……あそこでチャトの特産品を売ってるのか？」

「粗鉱商工会議所でち。実質、チャト産パラジウム取引所(とりひきじょ)でちよ」

パラジウム――出所は怪しいものの、チャトから流れてくるという希少金属の取引所か。受験勉強で覚えたが、パラジウムは白金族元素の一つ。工業用触媒や電気接点に使われる、現代社会には欠かせない高価なレアメタルだ。

それを売りさばく場所らしいビルの玄関先では、自動小銃(AK-47)を持ったヒゲの警官が座って煙草(たばこ)をふかしてる。確かにチャト情報が聞けそうな場所ではあるが、ちょっと探りを入れづらい感じだな。

「あれは警察官だよな？　インドの警官は自動小銃で武装してるのか」

「インドでは交通警察と治安警察が別組織で、治安警察は重武装。この辺の治安警察は、対テロリスト用にハイテク兵器も持ってるでち。民生用ドローンで敵の位置を撮りながら撃つ迫撃砲とか、無人車輌(UGV)……ってレベルじゃないけど、車や建造物に肉薄して自爆するラジコンカーも保有してるでち。そういう武力でオラついてて、腐敗しまくってるでち」

「そうなのか……」

「昨日フェイスブックで検索したら――チャトから流れてくるパラジウムは、なぜかその治安警察の下っ端が売りさばいてるっぽかったでち」

「そこを守ってるのも治安警察だしな。しかし、パラジウムか……そもそもそれが妙な話なんだよな。パラジウムはプラチナやニッケルを採掘する時ついでに採れる金属で、精製するにはそれなりの工業力が要る。言っちゃ何だがこの田舎町よりさらに山奥のチャトに、そんな工場があるとは思えないぞ」

「うーん。どうあれ、パラジウムのセンからは調べ難(にく)そうでちね。警察は市民をカツアゲしまくるから、近付かない方がいいでち。人の多い別の所でチャト関係者を探すでちよ」

俺とエリーザは商工会議所に背を向け――原付バイクやリクシャーを避(よ)けながら歩き、ザンダーラで最も賑(にぎ)わっているっぽい商店街へ向かう。

「チャトの村にはパラジウム以外に名産品は無いのか？　畜産物とか、手工芸品とか」

「ないんだな、それが。でち。強いて言えばスイート・アーモンドが採れるみたいだけど、事業になるほど大量じゃないそうでち」

人通りの多い所に近づくにつれ、俺たちの周囲には看板が増えていく。ヒンディー語の文字だから読めないが、商店街に入った頃には前後左右が看板だらけだ。看板の密集度は香港(ホンコン)と同じぐらいだが、ここの看板は垂直や水平が保たれておらずナナメってる物が多い。

建物も目で見て分かるほど傾いてるのが当たり前にあるので、インド人は水平や垂直にはあまりこだわらないのかもしれないね。

店はどの店にも屋内にヒンドゥー教の神様の絵が貼ってあり、花や線香が供えてある。その絵はどこで売ってるのかというと専門店があって、ポスター、絵はがき、ワッペン、キーホルダー等、神様グッズがいっぱい売られていた。雰囲気で言えばアイドルグッズに近い扱いだ。日本では神さまを恭しく奉るが、インドだとアイドルっぽく崇めるらしい。

（……？）

不意に——違和感を覚えた。視線。インドでは俺は肌の色が相対的に明るく人目を引くのだが、『あ、黄色人種だ』の気付きの視線ではない。こっちが捜査に入ったのに、逆に何か調べられた気配がした。でも、その出所が分からない。足下からのような気もしたが、地面に立っている状態でそれはあり得ない。

（……どこからだ……？）

倒れんばかりに大量の看板が付けられた、デリバリー料理店のステッカーだらけの電柱——その先に、こことは異なる気配があるような……違うような……？

「……エリーザ、ちょっとこっちへ」

電柱を遮蔽物にしながら、エリーザと一緒に道の先を盗み見ると——

そこでは、１棟の建物の前に人集りがあった。女の子がエアコンの室外機を机代わりにして、男たちと喋(しゃべ)りつつ何かを書きつけた紙と封筒を売ってる。男たちはその紙と封筒を持って、何やら役所っぽいその建物へと入っていく。さっきの違和感は、あの群衆によるものだったのか……？　だとしたら『調べられた』とかいう感覚も、俺の思い違いか。

　俺がそこを見ていると、エリーザが俺を斜め下から「？」と見上げつつ教えてくれる。

「そこは郵便局で、あの子は代書屋でち。インドの識字率は70％ぐらいなんで、非識字の出稼ぎ労働者は識字者に手紙を書いてもらって、郵便為替で故郷に送金するんでち」

「あ、ああ。ヘンな空気を流しちまって、済まない。思い過ごしだった。ただ、今あれを見て思ったんだが……ザンダーラにはチャト出身の出稼ぎ労働者もいるんじゃないか？　パラジウムを治安警察にガメられてて、他に何の売り物も無くたって、売れるものはある。人手、労働力だ」

「出稼ぎ……」

「労働者が来てるなら、帰れる道——警察に出くわしてカツアゲされたりしない抜け道も知ってるハズだ。それってまさに、俺たちが知りたい経路だろ？」

　俺が探偵科(インケスタ)で習った考え方を語ると……

「うん。いいセン行ってるかもしれないでち。お前、時々やたら冴(さ)えてる時があるでちね。そのセンで調べてみるでちよ」

　これにはエリーザもニッコリ。普段キツい印象のあるツリ目女子が不意に笑顔になって俺(おれ)をドキッとさせるという、アリア・カツェ・ベレッタと同じ流派の萌(も)え技を放ってきた。そういうのよくない！　ただでさえエリーザは魅惑的な褐色肌をしてるんだから、それにさらにヒスに悪い仕草を加えることはしないでいただきたいでち。

それからエリーザは、チャトの村から働きに来た人がいないかと様々な店に聞き込みをしてくれた。この田舎町は英語が喋(しゃべ)れない人だらけなので、俺は出番が無くなり……店や商品を眺めてインドの理解に努めるしかない。雑貨屋、靴屋、薬屋、携帯ショップ——ただ、どの店に入ってもちょっと感じたが……一目で分かる外国人の俺に、インド人はみんな少しよそよそしい。どこに入っても追い出されたりはしないのだが、店先・玄関先までしか入れてはくれない。店の奥まで入ろうとすると、それとなく拒否感を示される。信用されてないのを感じるぞ。でもエリーザに対しては、そんな反応をしない。

辺境に近いこの辺りのインド人は、インド人じゃない人間を——あからさまにならない程度にではあるが、ヨソ者扱いしてくるのだ。外国人の多いムンバイでは、そういうのを感じなかったんだけどな。

その後、かなりの軒数エリーザは聞き込みをしてくれたんだが——

「——なかなか見つからないみたいだな、チャトの人間は」

「うーん。いるはいるらしいんでち。でもパラジウムの件で治安警察が絡んでるせいか、チャトの事は軽くタブーになってる感じでちね。むー……こうなったら奥の手を使うでち。キンジにも働いてもらうでちよ」

花化粧(メヘンディー)をした手で俺の胸をつつき、その遠慮が無くなってきた接触で俺を狼狽(ろうばい)させ——

「お、俺に？　いや、何か役に立てるなら立ちたいが……」

「1つ、国を聞かれたら日本人と答えること。2つ、警察が来たらダッシュで逃げること。絶対これを守るでちよ」

ドリルみたいなツインテールを揺らしつつ、エリーザが看板だらけのザンダーラの道を行く。俺を先導して、最も人通りの多い交差点の方へ。

インドでは音だけじゃなく、いつでもどこでも何かのニオイがする。排気ガスのニオイ。草や土のニオイ、人いきれのニオイ、洗剤のニオイ、スパイスやフルーツのニオイなどだ。

それと、牛のニオイがする。町の中でも。インドの牛は茶色くて肩に大きなコブがあるコブウシなのだが、それが普通に路地を歩き回っているのだ。牛はゴミ捨て場で生ゴミを漁(あさ)ったり、八百屋から野菜を食い逃げしたり、ワイルドな町暮らしをしてる。

最初は幻覚でも見てるのかと思ったが、あまりにしょっちゅう見かけるから——近くを通った牛を指して「何だこれ」とエリーザに聞いたら、「ノラ牛でち」と言う。ノラ牛！そういうのもいるのか。

ノラ猫を可愛がる的なノリで牛をヨシヨシするエリーザ曰く、

「ヒンドゥー教では牛は聖なる生き物だから、殺しちゃいけないんでち。でも歳を取って荷物が運べなくなった牛とかは、捨て犬みたいなノリで捨て牛されちゃうんでち」

との事だ。世界は広いな。そして実際に来てみて、食べてみて、嗅いでみて、見てみて、ようやく分かる事ばかりだ。前はインドに象・ヨガ・シタールの音色をイメージしていた俺だが、今はそれらもノラ牛・真のカレー・クラクションに上書き更新された。

その後……エリーザが撫でてたノラ牛は「ンモー」と一鳴きしてから、何かに呼ばれたようなムードでドシドシ歩いて行ってしまう。そんなノラ牛のケツを見送っていると……

「日本人？　この腕時計は日本製？　２００ルピーで売らないか？」

いきなり麻の服を着た若いインド人の男が英語で話しかけてきたんで、ビックリした。

「な、何だよお前。いきなり。日本人だし日本製だが、売らんぞ。高いモノじゃないが、そんなに安くもないんだ」

馴れ馴れしく俺の腕を掴んで腕時計を興味津々で見てくる男に引いてると――他にも、オジサンやお爺さんが次々やってくる。ラフなカッコの人も、カッチリしたカッコの人も。で、どいつもこいつもゼロ距離で「お前のベルトはカッコイイ。売らないか？」「上着を交換しないか？」などと持ちかけてくる。俺のポケットから勝手に携帯を取って、物珍しそうに眺めてるヤツまでいるぞ。

「お、おい、携帯返せよッ」

「もうちょっと見せてくれよ。俺とお前はトモダチだ」

「いつ友達になったんだ、いつ」

「今だよ、今」
　3、4人が来てからは、もう留まる事を知らず——道行くインド人たちが次から次へと足を止め、俺を取り囲んでいく。どうやらインド人には「何かあるぞ」と思ったら群がる国民性があるらしい。で、みんな俺から物を買い叩こうとしてくる。ここはインドの辺境なんで、日本の物は何でも珍しくて高く売れるっぽい。このままだと身ぐるみ剥がれて、パンツ一丁にされちまうぞ。いや、パンツも確か日本製だったから危ういかも……！
　助けを求めるようにエリーザの方を見ると、

「お前たちの中で、チャトから来た者はいるでちか！」

　とか、男たちに手メガホンで呼びかけてるんだが。

　コイツめ。これがさっき言ってた奥の手か。俺を餌にして人を集め、一気に聞き込みをしようってんだな？　全身くまなく日本製だからリスクは低いと思うが、それでも巧妙に偽装している中国人スパイだと思われたらどうするんだっちゅうの。しかし天竺で乱暴を働くと倍の罰が当たるらしいんで、男たちを蹴散らすのもアレだし。チクショウ。

　と、俺が膨れていると……俺のジャケットの中を探ろうとした若い男が、ホルスターに入った拳銃を見て「わっ」と声を上げた。

俺(おれ)が武装してる——という事に皆がどんどん気づき、引いていく。図々(ずうずう)しく俺の携帯を操作してた男も「あ、あんた、ヤクザか？」と慌ててポケットに返してきたよ。

「あー……似たようなモンだが、違う。俺は武偵(ぶてい)だ。武偵免許は国際免許だから合法的に帯銃してる。警察にタレ込んだらそっちがどやされるからな」

インドにも武偵の制度はあるので——俺が武偵手帳(チヨウメン)を見せると、拳銃については皆さん納得してくれたご様子。でも俺から日本製アイテムを安く買うのは難しいと思ったらしく、全員すごすごと解散していく……助かった……と思ったが、皆が踏まないように避(よ)けていった道端に1人残ってた。信号機のポールに寄りかかり、歩道に両足を投げ出している30過ぎの男。そうなった事情もあるんだろうが、ザンダーラの道には仕事もせず座ってる人や寝っ転がってる人がそこそこいて、歩行者はけっこう上手に避けて歩いてるのだ。

そんな失業者の1人らしい、げっそり痩せてるその男が……シェイクみたいな飲み物の入ったプラカップを手に、ニヤニヤこっちを見てる。

「——日本人(ジャパニ)。チャトの人間を探してンのか？　1人知ってるぜ、いや、2人かな」

そいつが英語で話しかけてきたので、俺はエリーザに「何飲んでんだあれ。酒か？」と小声で尋ねる。すると「多分バングー・ラッシー。薄い大麻の汁を混ぜた乳飲料でち」と背伸びして耳打ちしてくる。

……ヤク中のホームレスか。だがああいう輩は一日中そこにいて往来を眺めてるわけで、実は誰より町への人の出入りを把握してるものだ。呂律が回らないレベルまでラリってるワケでもなさそうだし、聞いてみる価値はあるかもな。

俺が歩み寄るとエリーザもついてきて、500ルピー札を恵んでやっている。ところが男はもらって当然という偉そうな顔。ありがとうの一言もなく、逆に「もっと。これじゃ何も買えねェよ」とふて腐れてる。

「キンジもカネをあげろでち」

「お前があげたからいいだろ。こいつ態度が悪いぞ」

「この辺のヒンドゥー教はイスラム教の影響が強くて、喜捨の解釈が広いんでち。喜捨は、もらう方が偉いんでち。あげる方が功徳を積めるから」

俺はヒンドゥー教徒でもイスラム教徒でもないんだが……つまり、お賽銭みたいなもんか？　しょうがないなあ。と、俺も500ルピー払うと——

「——そこの坂の上にある小学校のマーヒって先生は、チャト出身だぜ。メガネをかけた若い女。今朝もここを通って通勤してたから、昼過ぎまで学校にいるハズだ」

痩せ男は十字路の北側の坂を指して、そう俺に教えてくれる。

「なんで知ってるんだ」

「オレもチャトから来たからさ」

おっと。どうりでニヤニヤこっちを見てたと思ったよ。さっきの『いや、2人かな』は、そのマーヒ先生と自分をカウントしたって事か。

「お前はチャトのどこから来たんだ。家族はどうしてる」

「5つめの聖なる石の脇。家族は娘が1人いたが、3ヶ月前から行方知れずだ」

「行方知れず？　警察に届けないのか」

「警察が何をしてくれるってんだよ？　アイツらは俺を殴るだけだ」

「……まあ俺も、警察にはあまり出くわしたくない身でな。チャトの村に行きたいんだが、そこまでの道には治安警察がウロチョロしてるんだろ。お前、警察を避けてチャトへ入る安全な道は分かるか？」

「それでチャトの人間を探してたのか。分かるが、オレがザンダーラへ来たのは先月だ。情報が古いかもしれねェぞ」

「構わん。無いよりマシだ。もう1000ルピーやるから教えろ」

――まず俺は敢えて間髪入れずに質問を繰り返したが、男は全て即答した。俺が見せた携帯電話の地図上でチャトへの安全な道を示す指つきや喋り方にも、迷いがない。嘘じゃなさそうだな。

痩せ男は英語で喋れたものの、少し細かい事を聞くにはヒンディー語でないとムリそうだった。なのでそこからはしばらく、エリーザに聞き込みをさせて……

「あの男は娘さんが消えちゃったんで、自暴自棄になってあんなになったそうでち。あと、『神秘の器(ワンダー・ノッギン)』っぽいものはチャトの村で見た事がないそうでち」

などと教えてもらいつつ、次は小学校へと急ぐ事にした。

日差しが強くなってきた晴天の下、ボロボロの縁石がある、ヒビ割れたアスファルトの坂道を上がっていくと――

（――視線？）

また、さっきと同じ違和感がある。だが、やっぱりどこからの気配なのかが分からない。地面に立ってるのに地下から見られたような、ありえない錯覚も同じだ。

さっきと違い、今は道の見通しもいい。Eランク武偵(ぶてい)とはいえ探偵科(インケスタ)で学んだ俺なら、尾行や監視には気づける環境のハズなのに。

（いや、あれか……）

見れば、小学校の前にある赤土むき出しの広場……校庭と言えるほどに広くはないが、それっぽい使われ方をしているのであろう所に人だかりが出来ている。さっきの代書屋の時もそうだったが、人が集まった場が放つ空気は他の場所と異なる。それは違和感として武偵に伝わり、誤解を生じさせやすいものだ。またそれに躓(つまず)いちまったかな？

（とはいえ、違和感は2度目だ。一応、あの集まりについて確認しとこう）

そう思って見に行くと、広場には今も近隣住民が家々から続々と出てきて集まっている最中。老婆が騒ぎの方をありがたそうに拝んでたり、中央の方ではライスシャワーっぽく花びらを撒(ま)いてる人がいたりするので、どうもおめでたいムードなんだが……

「あのお祭り騒ぎは何だ？　宗教行事か？」

「いや、分からんでち……」

目をぱちくりさせる俺(おれ)たちの横から、さっきエリーザが撫(な)でてやってた茶色いノラ牛も広場の中央へノシノシ歩いていく。それで人垣が割れたので、牛について行くと……

「あちゃあ……」

エリーザが頭痛を押さえるように額に手を当ててしまう事に、白いノラ牛に横乗りしたルシフェリアと猴(コウ)がいたのだ。

「なんで崇(あが)め奉(たてまつ)られてるんだ、あの２人は」

「ルシフェリア様(しゃま)のツノを見た住民たちが、『牛の女神様がおいでになった』と騒いでるでち。猴ちゃんはその従者だと思われてるでち。若い人たちは外国の映画女優がそういう扮装(ふんそう)で撮影に来たと思ってるみたいでちよ」

ああ……

そう言われてみると確かにルシフェリアは旄牛(ヤク)っぽいツノがあるし、神崎かなえさん(アリアのママ)、中空知(なかそらち)、メーヤ級の巨乳。牛の女神様と思われちゃってもしょうがないかもだ。シッポの

生えた少女を連れてるのも、それっぽいし。そしてインドでは牛は神聖な動物。それで、この騒ぎになったって事だね。

声がしたので見上げると、小学校の窓という窓から——授業そっちのけで、生徒たちが広場を見下ろしてた。先生たちまで『この田舎町に珍しく外国の女優が来た』的に喜んで見てきてる。売れない女優とかは、この町に来たらチヤホヤされて自信が付くだろうな。

「おいルシフェリア、猴。エライことになってるな」

白いノラ牛に横乗りしている2人を見上げて、俺が声を掛けると……

「おー、主様。道に牛がおったから、乗って移動しようと思っての。そしたらこうじゃ」

「ルシフェリアさんが持て囃されるのは分かるですけど、猴も人気があって驚きです」

悪い気分ではないらしく、2人は照れながらそんな事を言ってる。

「インドでは、体に動物っぽい特徴がある人は神の化身と思われる事があるでち。ベロが長かったり毛深かったりするだけでも、田舎のお年寄りは拝んでくるでちよ」

へー……ヒンドゥー教には半人半獣の神々がいろいろいるから、そのせいかな。今ならヒルダも影から出てきたら、コウモリ女として人気が出るかもね。

さっきの俺の時と同様「何かあるぞ」でここに群がった老人たちは、花卉店で売ってたらしき大量の花びらをルシフェリアと猴の頭上へ投げ上げては拝んでる。ルシフェリアはともかく闘戦勝仏の猴はリアルに仏様なんで、いいのかもしれんけど……

とか思ってたら、ヒンドゥー寺院からカーンカーンと鐘の音。小学校からも、福引きで当たりが出た時みたいなベルの音が響く。どうやらそれがデイタイムの終わりを告げる音らしく、学校からは子供たちがワーッと広場に出てきて騒ぎに加わってくる。子供好きなルシフェリアは喜んで祭の中央に君臨してるが……

「キンジ、あの人……」

そうエリーザが視線で示した先にいたのは、子供たちを見守るように出てきていた若いメガネの女教師だ。彼女がマーヒさん——チャト出身の女性だな。

どこの国でも子供は可愛(かわい)いもので、お祭り騒ぎのついでに遊んでやってたら日も暮れた。その間にエリーザがマーヒ先生に「チャトについて聞きたい」と伝えたところ、彼女は驚き、ここでは話せないと言う。なので、後でホテルに来てもらう事にして……俺たちは一旦、シン一族の街角に戻った。

自動車整備工場・シンで修理中のバスを確認し、レストラン・シンで山盛りの晩メシを食べ、ホテル・シンに戻ってメヌエットとワトソンに見たものや聞いたことを話す。

そして、夜8時頃——約束通り、マーヒ先生がやってきた。イスラム教徒のように顔をスカーフで隠して、こっそりと。そして部屋に入るとスカーフを外し、

「——女神様、私たちを救いに来て下さったのですね……！」

と、ルシフェリアを拝んでいる。この国じゃ外国人は信用してもらえないみたいだが、牛の女神っぽい姿形のおかげで信用を通り越して信仰までしてもらえるとはね。世の中、何が幸いするか分からないもんだな。あと先生はさすが先生だけあって、英語が流暢(りゅうちょう)だ。

「救いに……というのは、どういう事ですか？」

猴(コウ)が尋ねると、

「チャトの村からは、若い女が攫(さら)われていくのです。何年か前に私の親友も消えました。村は長年それに苦しみ、悲しんでいるんです」

若い女が、攫われる——さっきの男も、自分の娘が行方不明になったと言っていたぞ。

「もう少し話を聞いてみないと確かな事は言えぬが、カーバンクルの仕業(しわざ)じゃな？」

ルシフェリアが言うと、マーヒ先生は息を呑(の)んで膝を落とす。『カーバンクル』の名を出すだけで呪われるかのような驚き方だ。だがルシフェリアは彼女の前に片膝をつき、

「畏(おそ)れるでない。我(われ)はカーバンクルと同じ格の神よ」

優しく、肩を支えてあげている。

「俺(おれ)たちは過去カーバンクルと戦ったある男の仲間で、今後カーバンクルがのさばらないようにする手段も持ってる。今はその男を助けるため、俺たちが『神秘の器(ワンダー・ノッギン)』と呼んでる宝物をチャトの村に取りに行きたいんだ。あんたがもしそれっぽい物のことも知ってたら教えてほしいんだが……まず、チャトの村までトラブル無く行ける道を教えてくれないか。

それから、カーバンクルについても知ってる事を聞かせてくれ」
　携帯の画面上で地図を示しつつ、マーヒ先生に頼むと……
「神秘の……？　器……には思い当たるものがありませんが、ザンダーラからチャトへは
――こう行って、ここから、こう行って……車とラクダを乗り継ぐのが安全です。ここや
ここには治安警察が駐留していて、こっちでは装甲車のような大きな車輌の影を見た事が
あります。カバーをされていたから、形は定かではありませんが」
　画面を指で示しながら、先生が教えてくれる。若干の差異はあるが、ほぼあの痩せ男が
言ってたルートと同じ。どちらかの情報が間違いだったり適当だったりする事はなさそう
だ。さすが先生だけあって記憶力がいいらしく、こっちの情報の方が詳細だし。だが、
「……装甲車まで？　どうして治安警察はそんなに重装備なんだ。こんな山間の地域に、
鎮圧する暴徒もいないだろ」
「どうしてなのかは分かりませんが……治安警察は、チャト遺跡方面の山岳を守っている
ようでした。村では、パキスタン対策と噂していましたが」
　インドは中国とだけじゃなくパキスタンとも領土問題があって、関係が悪い。チャトの
山岳はそのパキスタンに近いので、監視してるのかもって事か。
「……ザンダーラの人々はチャトについてあまり語りたがらないと伺いましたが、それは
カーバンクルの悪行があっての事だったのですね。語ると女を攫われる、と恐れている」

そう推理したメヌエットに、マーヒ先生は「……はい……」と項垂れている。

俺は、この町でカーバンクルが妖怪みたいなものとして知られてるかもと考えたが——語るのも怖い、人攫いの魔物として知られてたか。当たらずと雖も遠からず、だったな。

「どうして女ばっかり攫うのかしら。血を吸うのなら、若い女の方が美味しいけど」

「昔の猪八戒のように、人を食べてるですか……？　女の方が肉が柔らかいとか……」

ヒルダと青ざめた猴がヒソヒソ日本語で語るが、

「カーバンクルはヒトどころか、肉を食わぬぞ。豆ばかり食う」

ルシフェリアがそう言うので、そこは杞憂のようだ。

「じゃあ、働かせてるのかな。鉱山とかで」

「そういった労働力としてなら、男性を攫う方が良さそうですね。身の回りの世話などをさせているのかもしれません。マーヒさんも攫われそうになって逃げてきたのですか？」

ワトソンと話すメヌエットがマーヒ先生に尋ねると、

「いいえ。私がザンダーラへ来ているのは仕事のためです。私は、カーバンクルに選ばれませんでした。カーバンクルは自分が選んだ女だけを連れ去り、そうでない女は目の前にいても攫わないのです」

「選ぶ……？　何の基準で選ぶんだろう」

「見た目とか体型に好みがあるのかもしれないな」

ワトソンと俺が話すと、メヌエットがパイプを咥えてしばらく考え……

「いかにも男性的な発想で、それも否定はしませんけど。マーヒさん、カーバンクルには何歳から何歳ぐらいまでの女性が攫われていますか。その人数も教えて下さい」

「12歳から、25歳ぐらいまででしょうか……いま攫われているのは、12人です」

「チャトの村にいる、その年齢層の女性の人口は分かりますか」

「人口ですか。チャトは若い人の多い村なので……そうですね、100人強です」

「ふむ……100人強の内、12人。その割合は9分の1ほど。お姉様から聞いた、ある話を思い起こさせる割合ですね。ヒュドラとアスキュレピョス——」

パイプからチェリーの精油の香りを薫らせつつ、メヌエットがその名を出す。それで、俺も気づいた。9人に1人——

「女子の内、生まれつき魔力を持つ者の率と同じだ。おいヒルダ、年齢って魔力の強弱に関係あるのか？　俺のイメージだと、老婆の方が大魔力を持ってそうな気がするが……」

「人間に限って言えば、長く魔を学べば体外にあるⅡ種魔力・Ⅲ種魔力を得る技術が高くなるというのはあるわね。だから、お婆さんの方がそういうのが上手いわ。でもⅠ種魔力——体内で自然に発生する魔力は、若い方が大きいものよ。子供すぎてもダメだけど」

ヒルダが、そう教えてくれる。魔力を持つ者が無意識に生成するMPみたいなものは、若い方が多いって事か。ヒュドラ同様、きっとカーバンクルはそれを吸い取るために若い女性を攫ったんだ。

「遺跡に巣くい、捕らえたヒトの女どもから魔力を集めておるのじゃな。カーバンクルは。魔力を持つ弱い種族を城や迷宮に囲って魔力を搾取し続けるのは、女神が重病になったり負傷した時の療養法。やたら手間がかかるから廃れた、古い方法なんじゃが……」

胸を寄せて腕組みしたルシフェリアがすぐそれを断定できなかったのも、ムリはない。

その手法は確かに、レクテイアでも難しいハズだ。たとえば12人の人間を囲うには12人分もの衣食住を提供し続け、脱走しないよう管理しなければならない。アスキュレピョスがヒュドラをミツバチみたいに使って魔力を集めていたのより、遥かに高コストな営みだ。

「この世界の大気や水や土は人間に汚染されておる。カーバンクルは土が汚いと弱る種族じゃから、元気が出ないいんじゃろ。我はそういう種族じゃないから平気じゃけど」

なるほど……種族によっては、レクテイア人はこっちへ来ても本領が発揮できないのか。

だとすると、もしカーバンクルに遭遇してもそんなに怖くないかもしれない。敵の妨害が怖くないなら――見つけさえすれば、チャトの村から神秘の器を持って帰るのは容易だ。

そしてそれがあればシャーロックは無敵化して、俺たちはNとの戦いに完勝できる。

とはいえカーバンクルも、自分の左半身を魔法円の向こうから取り戻す準備をしているところと考えられている。ここは後手に回らないよう、急いでチャトの村へ行って先手を打とう。警察に見つからず行ける道も、いま明らかになったしな。

「マーヒ先生、ありがとう。おかげでチャトの村にすぐ入れそうだ。これは時間との勝負なんだが、チャトですぐ神秘の器が見つかって手に入るようなら……カーバンクルから、捕らえられた女の人たちを救出もできると思う」

まず神秘の器を入手し、カーバンクルの魔法円にウイルス魔術を仕込んで復活を防ぎ、シャーロックを無敵化する。一連の計画を成功させた後、強化シャーロックを連れてきてカーバンクルを倒させ、攫われた12人の女性を救出する。そこまでできれば、ムンバイで想定した『成功』の上を行く『大成功』だ。

この全スケジュールを残り6日でこなすのは難しそうだが、

「チャトの村に着いたら、ダイダラ＝ダッダ様に会って下さい。彼は村に1人しかいないお医者様で、昔からカーバンクルを悪く思っています。きっと皆さんに力を貸してくれるはずです。とても長生きしていらして、チャトの生き字引みたいな人なので……神秘の器、でしたか？　その宝物のことも、ご存知かもしれません」

――ありがたい。協力者が得られるなら、現実味も増してきたぞ。

改めてスカーフで顔を隠したマーヒ先生が、俺たちの部屋から帰り……一時的に8人になっていた室内が、7人に戻る。ケバケバしい装飾の室内で――一息つこうと思った時、

（……っ……!?）

心臓が止まりそうになった。7人に戻ったはずが、8人のままだ。1人増えている。

その1人はドアや窓を開閉することもなく、音も立てず現れていて、部屋の中央にある丸テーブルについていたのだ。いつの間にか。あまりにも自然にそこにいたので、出現に気づくまで一瞬の時間を要したほどだ。

「……!」

8人目と同じテーブルについていたメヌエット・ワトソン・エリーザが、それから他の皆が、次々に気づく——女の子だ。猴(コウ)よりも幼く見える、8・・・・歳ぐらいの。

床に届くほど長く、細い黒髪の三つ編み。アラビアの踊り娘(おどりこ)のように肌も露(あら)わな衣装。そのシースルーの薄布(うすぬの)が僅かに覆う褐色の素肌は、まだ凹凸の無い幼児体型。薄く儚(はかな)げな胸には皮下脂肪の影も形も無く、手は玩具(おもちゃ)のように小さく、イスからぷらりと垂れた足もほっそりして、熟れきらぬスモモみたいな臀部(でんぶ)も子供のそれだ。

その顔立ちは、畏(おそ)れを感じるほどに美しい。瞳孔がハッキリ見える紅寶玉(ルビー)色の瞳、筋の通った鼻、可憐(かれん)な唇、全てが完璧に整っている。その表情に動きはほとんど無いのだが、彼女の顔の中には蠢(うごめ)くものがある——額についている楕円形(だえんけい)の赤い宝石が、脈打つような、燃えるような光を放っているのだ。額に赤い宝石。ルシフェリアがムンバイで言っていた、・・カーバンクルの特徴だ。

だがルシフェリアは、

「そちは、カーバンクルか……!?　随分と、小さくなってしまったものじゃの……！」

彼女の姿に、驚いている。ルシフェリアが知っていたのは、シャーロックのせいで体と年齢が半分になってしまう前のカーバンクルだからだろう。

「……やっぱり、ルシフェリア。見るのは久しぶり」

ルシフェリアに目を合わせることもせず、カーバンクルがカタコトの英語で呟く。その抑揚の無い囁きのトーンは高く、これも少女のものだ。聞き惚れてしまいそうな声質には透明感があり、汚いものや穢れたものなど見たことも触れたことも無いような印象がする。そして発話内容から、やはり彼女がカーバンクル本人らしい。

俺たちが重々警戒し、距離を置いて調べていたカーバンクルが——突如、今ここにいる。

これには皆が一瞬ある種のパニックに陥り、言葉を失ってしまう。

「ルシフェリア。なぜカーバンクルを狙う？」

体も視線も彫刻のように動かさないまま、口だけを微かに動かしてカーバンクルが言う。

相手が幼い姿をしてるからといって油断禁物な事は、ハビやヒノトで学習済みだ。だがカーバンクルは彼女らよりさらに幼く見える。俺が戦った敵の中で、見かけ上は最年少だ。こっちの世界の環境が合わないという事前情報の通り、どうも元気が無いようにも見える。

正直、強敵には思えない。

（……こいつは、飛んで火に入る夏の虫ってヤツかもしれないぞ……！）

どうして俺たちに気づいたのか、どうやってここに突然現れたのかは謎だが——ここは、どう考えても攻めに出るべきシチュエーションだろう。頭数は7対1。しかも、俺たちはカーバンクルを最初から包囲できている。一気に取り押さえるチャンスだ。

「カーバンクル、どうして俺たちに気づいた。誰かから俺たちの動きを聞いたのか⁉」

俺は拳銃を抜き、仲間に弾が当たらない射撃線を目で探る時間稼ぎも兼ねて詰問する。

そんな俺にも目を合わせず、カーバンクルは……

「カーバンクルにはナワバリがある。ナワバリに近づいてうろついてる敵の気配は分かる。でもカーバンクルはヒトたちの前に姿を現したくないから、しばらく見張るだけにしてた。ただ、チャトの村のヒトと話し、チャトと関わろうとするのは許さない。カーバンクルはチャトの村に畏れられ、禁忌として適度な距離を置かれている。お前たちがヘタに騒いで、その均衡が崩れるのはよくない。チャトやザンダーラから女が全部逃げたりしたら困る」

——町で俺が感じていた謎の視線は、カーバンクルのものだったのか。

呟くように語るカーバンクルは、ようやく赤い瞳だけを動かして……

自分と同じテーブルについている、メヌエットを見た。

「だからお前たちを追い払うため、ここを探り当てた。そしたら思いがけないものがいた。シャーロックの子孫。似てるから分かった。シャーロックはカーバンクルを傷つけたから、チャトに近づいたら死ぬように呪った。そうしたら、また傷つけようとして子孫を送ってきたか。不敬なやつ。罰当たりなやつ」

すとん、と、裸足のカーバンクルがイスから床に立つ。やはり小さい。身長は120㎝程度だ。しかし、自分より大きい俺たちに取り囲まれている事を全く意に介していない。浜で見つけた綺麗な貝殻を拾おうとする子供が、それ以外の貝には目もくれないように。

「カーバンクルは――子孫のお前を捕まえて、仕返ししてやる」

「……っ……私がホームズ家の者だから、復讐をしようというのですか」

狙われたメヌエットは、ライフルと銃剣を車イスの背から取る。さらにカーバンクルとメヌエットの間には減音器付きのP226Rを手にワトソンも割って入った。

すると……ワトソンの凛々しい顔を見上げたカーバンクルが、一瞬フリーズする。

「……？　お前、どこかで……？　いや、でも、こっちの女の方が持っていくにはいい。走って逃げたりできないから」

しかしカーバンクルが動きを止めたのはあくまで一瞬で、すぐカーテンを開けるような無造作な手つきでワトソンをどけようとする。そして、メヌエットへ手を伸ばした。

メヌエットは慣れてない手つきで、ライフルに銃剣を着剣しているが――

「立てもしないお前が戦えるワケがないでしょう、メヌエット。退がってなさいな」

さらに割り込んできたヒルダが、両手を左右の腰に当ててカーバンクルを見下ろしつつ詰め寄る――おかげで、俺は拳銃による狙いを外さざるを得なくなってしまう。今の俺はヒステリアモードじゃない。ああも敵味方がゴチャゴチャしてしまった空間へ発砲など、誤射のリスクが高くてとてもできない……！

「カーバンクル。貴女は別の世からこの世を侵したヨソ者。そして今この部屋をも侵した、ヨソ者の中のヨソ者だわ。オシオキにシビレる折檻が必要そうね」

ヒルダが上体を前に倒してカーバンクルの顔に顔を近づけ、真っ赤なマニキュアの指を褐色の胸に突きつけている。今は、ヒルダに任せるしかなさそうだ。と思ったら、今度はそのヒルダのパニエで広がったスカートの背面を、メヌエットが掴んで引っぱっている。

「どきなさいヒルダ。あなたに助けられたくはありませんッ」

未だにヒルダの姿の悪魔っぽいイメージに嫌悪感があるのか、メヌエットとワトソンが猜疑心丸出しでヒルダを押しのける。それで開いた前方の空間にカーバンクルがぺたぺた歩いて入り込み、メヌエットのドレスを掴もうとして――ザッ――！　――バシュッ！

メヌエットの銃剣がカーバンクルの上腕を払い、同時にワトソンがカーバンクルの膝を撃った。だが……

（……ッ……!?）

刃はカーバンクルの二の腕を切り、弾も確かに命中した――ハズなのに。

どちらも、血の一滴も流させていない。カーバンクルの体色と同じ褐色の煙が、微かに立っただけだ。腕は繋がったままだし、弾はカーペットと床に着弾している。

今のは……かつて砂金で出来たパトラのニセモノを白雪が斬った時の光景に似ていたが、あの時よりも遥かに砂の粒子が細かいように感じられた。まるで映像を斬ったり撃ったりしたように、銃剣と弾丸はカーバンクルの肉体を透過したのだ。

「刃と銃は、弱者の道具――カーン――」

カーバンクルは何かを唱え、しゅるっ……羽衣のような衣装を鳴らし、しなやかに……両腕を柔らかく広げた。手は人差し指を丸め、中指と親指の先端を付ける印を組んでいる。それから右膝を９０度ほど上げ、くりっ、と腰ごと左へツイストさせる。肘や膝は自然に曲げられ、体のどこにも余計な力が入っていない。

石像に彫られたヒンドゥー教の神がしていそうな、少しユーモラスなポーズ――しかし体幹は見とれるほど綺麗な垂直で、不思議な事に隙が無い。そして、

「――サク――」

穏やかな発声と共に、カーバンクルの右膝が左から右へパカッと開かれる。これも特に力を入れることなく、踊るように、自然に。しかし、その動きの最中……

――ドンッッッ……！　ドウッッッ……！　ズシンッッッ……！

「――うあっ！」

「きゃあっ！」

「……くゥッ……!?」

カーバンクルの足が届く範囲内にいたワトソン、エリーザ、ヒルダの体内から震動音が響く。さらに、このホテル・シンが揺れた。まるでここの直下に断層が生じたかのように。

多分これは、カーバンクルが今の動きの中で放った超威力のベリー・ショート・キック——足による寸勁（すんけい）の衝撃が、３人の体から地下へ抜けていった影響だ。

ワトソン、エリーザ、ヒルダが折り重なるように倒れる光景に、ヘナヘナと壁際にいた猴（コウ）がへたり込む。腰が抜けてしまったらしい。

（今のポーズは、カラリパヤット……武術の構えだったのか……！）

——強襲科（アサルト）の授業で映像を見ただけだから詳しくはないが、カラリパヤットは伝説ではヒンドゥー教の主神・シヴァが人間に授けたというインドの格闘技。植民地時代に反乱を恐れたイギリスに禁止され、多くの技術が失伝（しつでん）・秘伝化している。カーバンクルが取った今の構えも、恐らくその一つだろう。ワトソンたちを倒したのは、その構えから放たれた——遠山（とおやま）家でいう秋水（しゅうすい）のような、レクテイアの打撃術の三連打だったと思われる。

マズい。見た目は最年少でも、カーバンクルはここにいる誰より強い可能性があるぞ。刃物や銃を受け付けず、今の蹴りの威力を見るに——ヒステリアモード時の俺（おれ）に匹敵する、徒手格闘の戦闘力も持っていると見るべきだ。魔法円を使っていたというシャーロックの証言から考えて、魔術も使えるハズ。ワトソンたちに追撃があれば、殺されかねない。

カーバンクルはライフルを盾にして身を守っていたメヌエットの前襟（まええり）を小さな手で掴（つか）み、

「シャーロックの子孫が、シャーロックと同じことをした。大地の女神の聖なる身体(からだ)を、大地から盗んだ鉄の刃(やいば)で斬った。悪いやつだ」

「……よ、よしなさい！　手を、放しなさい……っ！」

勿忘草(セルリアン)色の目を恐怖に見開いたメヌエットは、ツーサイドアップのテールを跳ねさせてイヤイヤをするように体をよじる。だが、上半身だけでの抵抗は無意味で……だぁんっ、と、床に引きずり落とされてしまう。

「あうっ……！」

「――メヌエット！」

メヌエットを助けなければならないが、倒れたワトソン・エリーザ・ヒルダも放置できない。俺(おれ)は3人を庇(かば)うような位置に膝をつき、近距離からカーバンクルに拳銃を向けるが……弾に体をスリ抜けさせられるカーバンクルに、それは何の脅しにもならない。

「お前の出る幕じゃない。銃の男」

カーバンクルは俺の事なんか見もせずに、這(は)って車イスに戻ろうと藻掻(もが)くメヌエットをしばらく無表情に眺め……メヌエットの手が車輪に届きそうになったところで、車イスを軽く蹴って遠ざけてしまう。

「……なんて事をしやがるんだ！」

これには俺も頭に血が上り、考えもなくカーバンクルに掴(つか)みかかってしまったが――

――俺の手が、その褐色の肌をスッと透過する。古い３Ｄゲームで、キャラの体と別のキャラが重なってしまうように。

　カーバンクルは、自らの肉体が接するものを選べるんだ。

　見かけ上、触れたいものには触れ、触れたくないものは透過させられる。メヌエットを掴み、服を着て、床には立つ。だが刃物、弾、俺の手とは接触を拒める。そういう魔術を戦闘中ずっと発動させていられるんだ。

（こんなヤツと、どうやって戦えばいいんだ……!?）

　それでもメヌエットを、ワトソンたちを守りたくて、俺は拳銃を構える。撃つだけムダだから撃たないが、ベレッタとデザート・イーグルを２丁持ちで。

「まだ頼るか、銃に。ヒトは、愚か」

　口では蔑みながらも、やっと俺にカーバンクルが向けた赤い瞳は――ケモノの生態でも見ているかのような、冷たい目だ。光が蠢（うごめ）くおでこの宝石の方が、まだ生気がある。

「ヒトは石器を、鉄器を、火器を作った。それで、自分たちがよく進化した強い種族だと思っている。でも、それは逆。進化する必要があったのは、ヒトが弱い種族という証（あか）し」

　事典を読み上げるように、カーバンクルが俺を見ながら語る。

「カーバンクルは原初の時代からカーバンクル。カーバンクルは自然と共に生きて、進化しない。進化する必要がない。最初から完成しているから。大地が原初から大地であったように——」

俺が、効かない拳銃をあからさまに向けたのは……比較的よく喋るカーバンクルなら、この愚かな行動に今のような指摘を語る時間を取ってくれると考えたからだ。

銃・剣・拳が効かなくても、魔術なら通じるかもしれない。ヒルダは倒されたが、まだこっちにはその使い手がいる。ルシフェリアと、緋緋色金由来の超々能力を使える猴だ。

(……っ……)

そう思って振り返った先——愕然としているルシフェリアの仕草に、俺も愕然とする。

自分を包む見えない球体を内側から触るような、あの手つきは……!

「『七つ折りの凶星』……か⁉」

かつて南ヒノトがルシフェリアを殺害した、その術とソックリだ。

「カーバンクルが作った術の名を知っているのか、銃の男。でも、違う。そんな大きな術は準備中にバレる。これはそれの元となった術、ただの『凶星』。光の女神ルシフェリアは、土の女神カーバンクルと同格。同格の女神と女神が妄りに戦うのは、女神の掟に反する。だから、しばらく閉じこめただけ。でも、どうしてルシフェリアほどの女神がヒトに付き従ってるか、カーバンクルは分からない……」

——ルシフェリアの様子は、確かにあの時とは違うようだ。透明な球はルシフェリアを閉じこめているが、その径が半減する様子は無い。それと、一生懸命に喋っているらしいルシフェリアの声も外に聞こえてこない。

（こ、猴……！）

残る手札は、猴の觔斗雲（きんとうん）——瞬間移動（イマジナリ・ジャンプ）だけだ。あれでカーバンクルをどこか遠くへ消し飛ばす。それができれば……と思ったが、猴がいない。に、逃げたんだ……！

　今や傍観しかできない俺の前でカーバンクルはカエルみたいにしゃがみ、メヌエットの前髪を掴（つか）んで顔を上げさせる。

「う……」

　そして、何の抵抗もできないメヌエットからライフルを取り上げ——ごつッ、ごつッ！　ストックで横隔膜の辺りを、次いで耳の下を殴った。人間を気絶させる、２大急所だ。

「……ううっ……！」

　息を詰（つ）まらされ、脳を揺らされ、メヌエットは……眠るように意識を失う。

「——メヌエットをどうするつもりだ！　お前は何の抵抗もできない相手を殺すのか！」

「殺さない。子孫——メヌエットを連れ去れば、シャーロックは悔しがる。お前のことも殺さない。お前はすぐ、メヌエットをカーバンクルが攫（さら）ったとシャーロックに教えること。メヌエットを逃がす条件はひとつ。シャーロックがカーバンクルの呪いの渦中（かちゅう）へ自ら来て、カーバンクルの目の前で自分の体を真っ二つにして死ぬこと」

　叫ぶ俺に淡々と告げたカーバンクルは、裸足（はだし）で歩み寄ったバルコニーへの扉を開く。

そして振り返り、

「――𑖝𑖿𑖨𑖯𑖾（タラーク）――」

呪文を唱える。するとどこからともなく、キィイン……と、音叉（おんさ）みたいな音がして……俺（おれ）の背後で、むくり。ヒルダが、腹筋をするように上体を起こす。

意識を取り戻したのかと思って振り返ると、様子がヘンだ。目を開けてはいるが、その顔に表情がない。これは以前俺たちと戦った時のヒルダが使う側だった暗示術（メスメリズム）、催眠術に掛かった状態に似てる。今の呪文は、その系統の術だったんだ。

乗っ取る能力のある者を乗っ取る。それはおそらく、カーバンクルが強力な超能力者でなければできない事だろう。

「ヒルダ……！」

カーバンクルの暗示術はヒルダのより強力なものらしく、ヒルダの表情にはもう一片の自我も残っていないように感じられる。きっと完全に、操り人形だ。

「……」

俺の呼びかけにも全く反応する事なく、ヒルダは物を扱うような乱暴さでメヌエットを持ち上げる。そしてドサリと車イスに戻し、抱きつくように左右の車輪を掴（つか）んで……バサ、バサッ、バサバサバサッ――と、背中の翼を羽ばたかせ、浮かび上がる。

しかしヒルダの翼は本来、飛行するためのものではない。スカイツリーで戦った時も、滑空ぐらいしかできていなかった。その器官を持ってない俺にも分かるぐらい、ヒルダの翼はムリヤリ激しく動かされている。足で言えば、ずっと全力疾走させられてる感じだ。それでも操られている者は苦痛を感じないらしく、ヒルダは車イスごとメヌエットを運び……ふらり……バルコニーから、空へ出ていく。

「──カーバンクルは、土。土は原初にして、全ての母。お前たちもまた、土より生じた。土の女神カーバンクルは、お前たちの母。母には、子の過ちを正す責務がある」

夜空を見上げるカーバンクルは、心が無いかのような目で振り返って俺に言う。

ヒルダには魔臓の無限回復力があるので、翼を撃って救出する手も考えたが──ダメだ、弾がヒルダを貫いてメヌエットに当たってしまいかねない。

「──子の過ち？　何の話だ……？」

「この世界の土を汚し、水を汚し、風を汚した──文明は、ヒトの過ち。カーバンクルは体の半分を取り戻し、ヒトを過去に戻す。それには、シャーロックが生きているのは邪魔。文明に毒された銃の男。この事を必ずシャーロックに教えるように」

カーバンクルは、そう言い残すと……

（……っ……！）

絨毯の下へ、床の下へと沈んでいく。ヒルダが影の中に沈むのと同じ具合で。見えないエレベーターで、存在しない地下階へと下りていくように。小さな裸足も、細い胴体も、薄布の衣装も、長い三つ編みの黒髪も——額の、赤く脈打つ宝石も。そして……

　招かれざる襲撃者は、去った。倒れた仲間たちと、何も出来なかった俺を残して。


　さっきの震動を感じたレストランのオバチャンと床屋と背広屋が、「どこかで爆発でもあったのか!?」と騒いでいる。その震動の元となり、ワトソン、エリーザ、ヒルダを昏倒させたカーバンクルのキックは——俺の見立てでは、寸勁による零距離の秋水を蹴り込み、その衝撃のベクトルを敵の体内で下方向へネジ曲げる『強制絶門』だった。

　運動エネルギーのムチャな方向転換が与える衝撃で、くらった者は体内で爆発が起きたようなダメージを受ける。俺にはヒステリアモードでも出来るか怪しい、至難の蹴り技と思われるが……カーバンクルは、それを同時に3連打したのだ。

　とはいえ、カーバンクルは8歳児サイズ。秋水のような体当たりの威力は体重に正比例するので、3人を即死させるほどの出力は無かった。メヌエットの運搬役として使われたヒルダは元より、ワトソンとエリーザも生きていて、程なく目を覚ましている。

　さすが極東戦役の元・代表戦士だけあって、ワトソンは失神と打撲で済んでいたが……エリーザは、行動不能に陥ってしまった。レントゲンなどのあるしっかりした病院で診察しないと分からないが、痛がり方の様子から——胸骨が折れていたり、内臓にダメージを負った可能性もある。しかし大きな医療施設はこのザンダーラには無く、当面ワトソンがここで看護するしかない。

メヌエットとヒルダは、攫われてしまった。俺たちは神秘の器の在処を推理する探偵役と、ウイルス魔術でカーバンクルの魔法円を破壊できるメンバーを失ってしまったのだ。

もはや『神秘の器の入手』や『カーバンクルの復活阻止』といった当初の目標の達成は絶望的となり、今は『メヌエットとヒルダの救出』が最優先事項に変わった。

猴は――ちびりそうだったのかトイレに逃げ込んでおり、「いきなりだったので、腰が抜けてしまって、戦えなかったです……」と座り込んでシクシク泣いていた。

猴の超々能力があれば、ここまで酷い状況にはならなかったかもしれないが……今さらしょうがない。とりあえずは仲間が1人でも多く無傷で残ってくれて良かったと考えよう。

ルシフェリアを縛めていた凶星はしばらくの後に解け、出てきたが――

「……主様、役に立てず済まなかったの。だが凶星が無かったとしても、カーバンクルをとっちめるのは我にも難しいのじゃ。剣も弓も効かぬし、魔術にも詳しいからのう」

「あれはどうやって躱してるんだ。刃物とか弾を」

「カーバンクルは体を砂粒よりも小さい、目に見えないほど細かい粉に変えられるのじゃ。自分の周囲の物も、特に土や石は簡単にそういう粉に変えられる。自分と土を粉にして、地下では水を泳ぐ魚のように動き回れるぞ。もちろん、どこからでも浮上できる。最初に扉も窓も通らず室内に上がってきたのも、最後に床下に消えたのも、その力でじゃ」

砂粒よりも小さい、目に見えないほど細かい粉――

「ワトソン。お前、昔ヒルダが素粒子を扱えるって言ってたよな。カーバンクルの魔術はヒルダの壁抜けと同じって事かな」

「聞いた限りでは、似て非なるものみたいだね。ヒルダは周囲にある物質を素粒子化するだけで、できる質量もかなり限られているから、地中を移動するのはあまりうまくない。だから移動したい時は、一旦地面に潜った後、影に乗り移る別種の魔術を使ってるんだ。本人がいないから、詳しくは分からないけど……」

ベッドでエリーザに鎮痛キャンディ（フェンタニル・トローチ）を舐（な）めさせてあげながら見解を語るワトソンだが、彼……彼女は魔術の専門家ではないのでカーバンクル攻略に繋（つな）がりそうな話は出てこない。

「――素粒子になれるヤツなんか、どうやって倒せばいいんだ。ルシフェリア」

「カーバンクル退治には、手順があるんじゃ。あやつの弱いところを突いて、戦う条件を整えて……聞いた事があるだけで実際やった事はないし、うまくできるかは分からぬがの。ここでの不面目（ふめんぼく）を雪（すす）ぐためにも、次に出くわしたら我（われ）が頑張ってみるよ」

それこそ雲を掴（つか）むような話だが……メヌエットとヒルダを攫（さら）われてしまっている以上、カーバンクルとの再戦は避（さ）けがたいだろう。言われた通りシャーロックを引っぱってきて二枚に下ろすわけにもいかないし、チャトへ急がないと……

（２人が心配だ。チャトへ急がないと……）

こっちの残存戦力は、俺、ルシフェリア、猴だけだ。ワトソンも無事だが、エリーザの介抱のためザンダーラに置いていくしかない。

どうあれ……こんな事を悔やんでも、後の祭りだが……

この『神秘の器』奪還チームは、元から脆かった。

必要な人材は揃っていたが、急造チームで連携ができなかった。その結果……予想外のタイミングでの敵襲に、壊滅的打撃を受けてしまった。動ける人員は7人から3人に減り、チームは機能不全に陥っている。それでも、人質を救出するため、無謀にも思える前進を余儀なくされているのだ。

この暗澹たる事態を——俺は、情けなくも今の俺にも唯一できる行為——電話で連絡、した。ムンバイにいる、シャーロックに。

『キンジ君がいても敗れるとは……どうやら援軍が必要そうだね。チャトには呪いのため行けないが、ザンダーラの近くまでなら僕も行けるだろう』

この危機には、大将のシャーロックが自ら動く決断をしてくれて——

ムンバイでシャーロックがネモと争う危険も無くなるので、アリアも来るとの事だった。気を遣って、シャーロックもアリアもそうとは言わなかったが……2人ともメヌエットが心配で、居ても立ってもいられないようだ。俺たちのせい、いや、リーダーの俺のせいでカーバンクルに囚われてしまった、ホームズ一族の末っ子の事が。

5弾　大地の女神（カラリパヤット）

　まだバスは修理中だったが、チャトへの安全な道は今や明らかなので——俺（おれ）たちは翌朝早く鉱石運びのトラックの荷台に乗せてもらい、乾いた赤土の埃（ほこり）が舞う道を出発した。

　エリーザをザンダーラに残したため、ここからの通訳は猴（コウ）だ。三蔵法師（さんぞうほうし）たちと天竺（てんじく）まで旅をしていた猴は今でもヒンディー語が聴き取れるし、サンスクリット訛（なま）りが強いものの喋（しゃべ）れもする。年の功というやつだな。

　チャトは奥地なので、トラックも途中の道までしか行かず——そこからはマーヒ先生に教わった荷馬車……というか荷ラクダ車に乗せてもらって、断崖絶壁の道でチャトへ迫る。

　周囲の風景からは人工物が無くなり、電気を引く鉄塔と、所々で治安警察の詰（つ）め所だけが遠目に見えていた。

「メヌエットさんとヒルダさんは大丈夫でしょうか……」

「カーバンクルは自衛や仕返し以外での殺生を好まぬから、最悪の事態にはなっとらんと思うがのう」

「チャトに着いたら、まずダイダラ＝ダッダって医者に会うぞ。彼はカーバンクルと敵対してるらしいから、敵の敵——俺たちには味方してくれるだろう」

猴・ルシフェリア・俺は語りながら、時折ノラ孔雀(くじやく)を見かける砂がちな山道を荷ラクダ車で進む。そして昼過ぎには無事、山間(さんかん)にある村が見えてきた。あれが、チャトの村か。無事、治安警察に出くわさず到着できたな。

村にはどことなく寺院っぽい建築物が集まっており、そのあちこちから煮炊きしているらしき白煙が上がっている。人口は1千人弱だろう。村内に通る無舗装の路地には、この地域での交通手段らしいラクダが行き来している。どれも、ひどく痩せているが。

村の入り口付近で、俺たちは荷ラクダ車を降ろしてもらい——キョロキョロしながら、村に入る赤土の小道を行く。すると、その途中……

第一村人に遭遇した。俺たちの行く手を塞ぐように現れた、小学生ぐらいの男の子たち3人だ。穴だらけの汚れた服を着て、平日の午前中なのに学校に行ってるそぶりも無い。荷ラクダ車から外国人の俺たちが降りてくるのに気づいて、待ち構えていたっぽいな。

彼らはイタズラっぽい褐色の顔に作り笑いを浮かべつつ、5～6mの距離を取ったまま俺たちを見てる。敵対的ではない感じだが、道を塞がれてはいるので……

「『俺たちは観光客だ、通してくれ』と、伝えてくれ」

ネットによれば事実チャトには観光客が来る事もあるそうなので、猴にそう喋らせると……男子たちは何か言いながら、ぽい、ぽい、と、こっちに何かのビンを投げてきた。

俺の足下、カサカサの草の上に落ちたそれは、どうやら捨ててあった香水ビンっぽい。

1つは角の部分のガラスが欠けて打製石器の刃物みたいになってて、危ないな。でも中は香水じゃなく、ドロッとしたもので満たされてる。油か？

「あの、それはチャトで採れるスイート・アーモンドのオイルだそうです。買ってほしいみたいですね。1ビン100ルピーだそうです」

「なんで売り物を投げて渡してくるのじゃ？　無礼じゃの」

ルシフェリアが口を尖らせて言うと、猴はそこも通訳して……少年たちと言葉を交わし、

「えーっと、ちょっと難解なんですが……インド人の自分たちより、外国人の方が身分が低いからなんだそうです。正確には、外国人は身分の序列にすら入らないんだそうです。えっと、そういう人には触れちゃいけなくて、物を手渡しする事もできないんだそうです。

買わないなら投げ返せばいいそうです」

で、出た！　これが噂に聞くインドのカースト制度ってやつか。ザンダーラでも少しは感じたが、さらにド田舎に来るとあからさまになるんだな。

とはいえ、それはインド人の世界観。ここで『天は人の上に人を造らず』とか説くのも場違いだ。アメリカ人や中国人も自国が世界の中心だと思ってるもんだし。というわけで、

「全部は買わん。ただ、ジャマせず村に入れてくれるんなら1つ買ってやる」

俺は少年たちが刃物みたいな部分のある小ビンを持ち歩いてケガしないようにと、角の欠けた1つをズボンのポケットに入れる。で、残りを投げ返したら……少年たちはたった

200円程度の売上で大はしゃぎしてる。貧しいんだな。栄養状態も悪そうだし。

それから少年たちはこっちを指さして何やらワイワイ尋ねているので、

「あれは何て言ってるんだ？」

と聞くと、

「ど、『どっちの奥さんが新しいの？』って聞かれてますぅ……」

猴は赤くなり、なんでか嬉しそうにクネクネしてる。なんか一夫多妻の人とカンチガイされたらしいな、俺。結婚どころか、女子との付き合いさえ極力断ちたい人間なのにね。


少年たちに先導されるようにして入った、チャトの村は……

言っちゃ何だが、ド貧乏なド田舎。家は全て築数百年は経っているもので、薄い石材と木材をミルフィーユ状に重ねて壁を作る珍しい様式で建ててある。下層から上層になるにつれて石材の割合が減っていき、2階や屋上の欄干はオール木材という造りだ。木材には隅から隅まで象・ラクダ・鳥の彫刻がされている。ボロボロだがなかなか見応えのある、ここでしか見られないであろう風景だな。それと——

「なんだか、あからさまに避けられてますね……」

「さっきの、触っちゃいけないルールなんじゃろ」

猴やルシフェリアが言う通り、村人が俺たちを避けてる。

俺たちが前を通ると家々が戸を閉め、水を古いポリタンクで運んでいた——この村には水道が無いらしい——男女は、俺たちと距離を取ってすれ違う。ヒエのような雑穀の穂を叩いて脱穀していた老婆なんか、息を止めて物陰に隠れさえしたぞ。

とはいえ、携帯での調査や少年たちの行動でも分かっていたが……チャトの村は建物が珍しい事もあり、やはり外国人の観光客が皆無というワケではないらしい。一定の距離を取ってさえいれば、半分ぐらいの住民は愛想よく「ようこそ」的な会釈はしてくれる。

あとやっぱり、相対的に若い女性の数が少ない印象もある。カーバンクルに攫われたか、或いはそれを避けるために村から出ていったのだろう。

それと、村の老人たちはルシフェリアと猴の姿を見てしきりにヒソヒソ語り合ってる。いきなり手を合わせたり、土下座するみたいなポーズで拝んだ人もいたよ。ザンダーラのご老人たちと同じで、ダイダラ＝ダッダという牛神様・猿神様だと思ったんだろうね。

「この村に、ダイダラ＝ダッダという老齢の医者がいるはずだ。彼と話したい」

と、猴を通じて少年たちに聞くが——「ダイダラ＝ダッダの診療所って、どこだっけ」「思い出せないなあ」「オイルをもう1ビン買ってくれたら思い出すかもね」などと曖昧。これはもう1ビン買ってやっても、『もう1ビン買ってくれたら思いすかも』を繰り返す手口だな？　それをやる時はカモをあちこち歩き回らせて時間を奪い、焦らせて判断力を低下させるのが定番なので、俺は『その手には乗らんぞ』のアピールとして足を止める。

「日本人が全員金持ちだと思うな。俺の総資産はマイナスだ。お前らより貧乏なんだぞ」

イヤミっぽく言い、大根に似た野菜が干してあるイスぐらいの大きさの岩に腰掛け……ようとしたら、

「――馬鹿者（バーガル）！」

なんか、上半身裸のオジサンが怒鳴ってきた。そして5～6ｍ離れた所で血相を変えて俺のケツを指し、まくし立ててる。『座るな』って事らしい。なので俺は中腰の姿勢から逆回転するように立ち、座るのをキャンセルした。

「あの。それは聖なる石で、その大根はお供え物なんだそうです」

「うわ、そうだったのか」

ここに至るまでにも、大根が干して――じゃなくて、供えられてある岩は幾つかあった。気をつけないとな。

岩や石を御神体にする感覚は日本人として分かるので、俺は自分の軽率さに恥じ入る。

そしたら俺が反省したのがオジサンには伝わったっぽく、うんうん頷（うなず）いて、ニコーっと笑いかけてきた。それから……ぽい。と、ボロいズボンの尻ポケから何やらベタついてるサイフみたいな布袋を投げてよこしてくる。

オジサンの私物感ありまくりの使い古された小袋なので、買えって事じゃないっぽいな。

何かと思って開けてみたら、糸クズみたいな茶色い植物片がいっぱい入ってて、ガムの

包み紙ぐらいのサイズに切り揃えられた薄いチリ紙の束が添えられている。

「『聖なる石の事を知らない外国人に怒鳴って悪かった。金は取らないよ』だそうです」

と、猴が通訳してくれる。ああ、ニオイで分かった。この植物片は、刻み煙草だ。袋がベタついてるのはタールのせいだね。これを分けてくれるって事か。

(俺は吸わないんだが……)

しかし、せっかくコミュニケーションを取らせてもらえそうな大人の村人がいたんだ。ダイダラ=ダッダの居場所について聞けるチャンスを逃さず、タバコミュニケーションを取ろう。これもニオイで分かるが、大麻とかも混ざってなさそうだし。

――俺は薄いチリ紙に茶色い刻み煙草を適量載せ、クルクル巻いて紙巻き煙草を作る。煙を吸う際の通気を考慮し、刻み煙草は大量に載せないのがコツだ。詰まらないよう、ふんわりと……

「わあ。遠山は吸い方が分かるですか?」

「巻き方はオランダで見た。オランダ人はケチなんで、みんなこういう刻み煙草を自分で紙に巻いて吸ってたよ。ちゃんとしたシガレットを買うより安いってんでな」

巻いたチリ紙の内側をペロンと舐めて接着し、これで完成のハズだ。アムステルダムやブータンジェのカフェでオランダ人がやってたのの見よう見まねを、ここインドの山奥で実践する事になるとはね。人生は想像しなかった事の連続だ。

インドでも喫煙者は肩身が狭くなりつつあるのか、オジサンは喫煙者のフリをした俺を同志と認めてくれた様子。煙草入れを投げ返したら、マッチ箱も投げてよこしてくれたよ。

「法的に大丈夫なのか主様(ぬし)。最近の世の中はそういうのにうるさいぞ」

「なんでお前が急にそんなこと気にするんだよ。一昨日携帯で見た情報だが、インドでは煙草の購入には年齢制限があるが、喫煙そのものには年齢制限が無い。合法だよ」

咥(くわ)えた煙草の先に火を付けて……ひと吸い。ワイルドな香りがして、悪くないぞ。とか思ってたら……なぜかルシフェリアと猴が、目をキラキラさせて俺を見てる。

「な、なんだよお前ら」

「遠山、オトナって感じがします。似合います」

「主様、なんかダンディーじゃ。惚(ほ)れ直したぞ」

え、体に超スーパー悪いものなのに、女子って男子が煙草吸うのをカッコ良く思うの？じゃあ今後の人生、女子の前では潜入捜査(スリップ)中でも絶対吸わないようにしようっと。

……って……この煙草、きっつ！　重っ！

潜入捜査で成人を装う事もある都合上、俺は武偵高(ぶていこう)の探偵科(インケスタ)で酒や煙草に関する知識を教わってあるが——煙草には銘柄ごとに個々のニコチン含有量があり、その多い少ないは俗に重い軽いで表現される。日本では０・１㎎の軽い煙草が流行(はや)りだが、こいつはかつて副流煙で嗅ぎ覚えている獅堂(しどう)のラッキーストライク（１㎎）より、爺(じい)ちゃんの缶ピース

（2・3mg）より重いぞ。5mgとかあるんじゃないの？　うう、頭がクラクラする。肺や気管は強襲科の催涙ガス訓練で鍛えられてるから咳き込んだりはしないけど、ヤニクラで聖なる石に倒れ込みそう。ここからは肺喫煙しないでフカシにしとこう。

「『食うものが無い日も、煙草があれば腹をごまかせる。うまいだろ、チャトで密造した煙草の葉だよ』って言ってますが」

「どっちみち違法だったんかい。あ、ああ、うまいよ。こんな煙草は日本にない」

俺はルシフェリアに八つ当たり気味のツッコミの手つきをしつつ、オジサンに苦笑いでマッチ箱を投げ返す。

俺のセリフを猴経由で聞いたオジサンは、自分も煙草を吸い始めつつ真っ黄色の前歯を剥いてサムズアップ。肺胞は多少犠牲にしたが、どうやら俺を気に入ってくれたらしいな。

どうやら農作業をサボってるらしいオジサンは、それから猴を介してチャトの事を俺に教えてくれて……

「『チャトで外国人が長く観光してると、治安警察とか、ヤツらが連んでるインド陸軍の国境警備隊に嗅ぎつけられて面倒が起きる。早く帰った方がいい』だそうです」

「陸軍とは穏やかじゃないな。警察もだが、なんでこんな何もない所にいるんだ……？　ああ、ここは通訳しなくていい。脛に傷を持ってると思われても良くないからな」

「『特に若い女は神隠しに遭うかもしれないから、早く帰った方がいい』とも言ってます。

きっとカーバンクルの事です。この男性の隣家の少女も、失踪してしまったそうで……」

「俺たちは村医のダイダラ＝ダッダに会いに来たんだ。場所は分かるか？」

と、俺が猴を通じて言うと——オジサンは、さらに俺たちを急かすような顔になった。

「ダイダラ＝ダッダは、もうすぐチャトから引っ越してしまうところだとの事です。でも今日はまだいるので、ぎりぎりセーフだそうです」

引っ越し間際とは、危ないところだったな。ダイダラ＝ダッダは今の俺たちにとって、カーバンクルと戦う上で唯一とも言える現地の情報源なんだ。メヌエットとヒルダを救出するためにも、早々にコンタクトしないと。


煙草オジサンに道を教えてもらって辿り着いた、ダイダラ＝ダッダの家は——他の家と大差ない、石材と木材を積み上げて作られた古民家。木の扉には緑色の十字架が描かれたデーヴァナーガリー文字の看板があり、病院を意味している事が分かる。

俺たちがそこへ近づくと、家から明らかに栄養不良の子供を背負った女性が出てきた。ビタミン剤か何かを貰ったらしい彼女は心から感謝してる手つきで、ダイダラ＝ダッダの病院を拝んでる。さらにもう1人、杖を突いたケガ人らしき男も出てきて、肩を貸してる男と「これで仕事に戻れる」「無理しなくていいから」などと語っていた。

患者の出入りがあるうちは遠慮したが、それも一段落したのを見計らい——猴がドアを

ノックし、

「ダイダラ＝ダッダ老師。カーバンクルの事で、お話ししたい事があります」

ヒンディー語で中に呼びかけると……すぐ、木板のドアが開いた。

中には、意外と大きい——ひどく曲がった背を伸ばせば俺と同程度の身長と思われる、引きずるほどに長い白髪と白髭の老人がいた。これも長くて白い前髪と眉毛のスキマから、埋もれていた黒い目がギョロリと俺たち3人を見てくる。

まずは猴が名乗り、俺とルシフェリアを紹介し……自分のヒンディー語が訛ってるのを事前に謝ってるっぽい。そうすると老人は意外にも、流暢な英語で返してきた。

「そろそろ来ると思っていたぞ。今ここにはワシを紹介してくれる人が一人もいないから、自分で自分を紹介するしかない。ワシは、ダイダラ＝ダッダ。諸君も英語で喋ってよい」

嗄れた声で言うダイダラ＝ダッダは——それが彼なりの白衣なのか、ポンチョのような白い貫頭衣を着ている。褐色の首や手はシワシワで、それこそ俺が偏見でイメージしてたインドの行者とか仙人っぽい感じだ。

石壁なので城郭みたいな印象のある屋内へ俺たちを入れてくれる、ダイダラ老師は——100歳を超えてるんじゃないかってぐらいの高齢者だが、足つきはしっかりしてる。

「『そろそろ来ると』……？　俺たちの事を誰かから聞いてたのか？」

「いいや、ワシは知っていた。しかし、さても人生とは意外な事の連続だ。お迎えが全員、ただの人間じゃないとは！　姿形はツノのお嬢さんやシッポのお嬢さんの方がタダ者じゃないが、一番タダ者じゃないのは青年。不思議な事に、君のような気がするぞ」

ダイダラ＝ダッダのキングス・イングリッシュにはインド訛りが無い一方、言い回しは少し古めかしい。ひょっとすると、若い頃イギリスに留学して医学を学んだ人とかかもな。そして——俺たちがタダ者じゃなく、自分で認めるのは激しくイヤだが俺を一番タダ者じゃないと一目で見抜いたあたり、この人もタダ者じゃないようだ。外見も胡散臭いし、少し気をつけて接するべき人物かもしれない。

ダイダラ＝ダッダの診療所・兼・自宅はそんなに広くないが、確かに引っ越しの準備をしているようでゴチャついている。外科・内科を両方診れるらしいが、薬品棚に並ぶ薬は立派な中国の小壷に入れられてる。漢方薬を使いこなす医者っぽいな、どうやら。

それと彼には中医学だけでなく、高度な西洋医学の知識もある事が——この中世じみた村にそぐわない立派な実験室が奥間にあって分かった。電子顕微鏡、遠心機、解析用ＰＣ……血液と思われる試料。細胞か遺伝子か、その辺の生化学的な研究をしている様子だな。

ダイダラ＝ダッダは、やや広い居室で色の褪せた絨毯に座り——

「まずはチャイをご馳走しよう。湯が沸くまで、そこの英字新聞に目を通しておくといい。チャトには数日分がまとめて届くから最新の情報とは言えぬが、インドの新聞には警察の動きの詳細が赤裸々に書いてある。見ておいて損はないじゃろう。しかし、なあ。ワシもアフガニスタンには君ぐらいの頃に従軍し、負傷したものだが……あの国は、永遠の戦地なんじゃろうかのう？」

彼の地で過激派が暴れてる三面記事にヤレヤレと頭を振りながら、ダイダラ＝ダッダは俺たちに素焼きの碗を配る。日本でいう紙コップ的な、使い捨ての碗だ。

そこに注がれたチャイは大茴香が多めに配合され、雑味のある砂糖でとても甘く味付けされてある。普段だったら濃すぎると感じる味だろうけど、旅で疲れた体にはありがたい。

そっちもすぐ本題に入らずこっちを値踏みしていたようだが、こっちも——名前や姿はかなり怪しいものの、ダイダラ＝ダッダが温厚で知性的な人物だという事は分かってきた。カーバンクルについて、突っ込んだ話をしても大丈夫そうだな。

そう俺が考えたのを見抜いたかのように、

「——カーバンクルの事で来たと言ったな」

ダイダラ＝ダッダがパイプを咥え、マッチを擦りながらその名を出してきた。

「俺たちは昨日カーバンクルに襲われて、仲間を攫われた。攫われたのは若い女が2人で、片方は足に障害がある。一刻も早く助け出したい。ていうかチャトからは何人も若い女が誘拐されてるんだろ？　この辺りの治安警察は動かないのか？　カーバンクルと戦えとは言わないが、こっそり救出したり、交渉したり、やれる事はあるだろ」

俺がそう話すと、ダイダラ＝ダッダは溜息をつく。

「嘆かわしい事に、治安警察は昔からカーバンクルの言いなりなのじゃ。買収されておるからのう」

「買収？」

「カーバンクルは昔は宝石、今はパラジウムを官憲に与えて、自分の手駒にしてしまっておるのじゃ。チャトの治安警察はパラジウムをザンダーラの粗鉱商工会議所で売り捌（さば）き、多額の金（かね）を手にしておる。その代わりカーバンクルによる人攫いを見逃し、それどころかヤツの棲（す）む山野を警護してさえいるのじゃよ」

……そういう事だったのか。流通ルートを治安警察が牛耳ってたチャト産の希少金属（レアメタル）・パラジウムは、その出所（でどころ）が謎だったが――どうやってかは分からないが、カーバンクルが地中から取り出していたんだ。そしてそれを腐敗した警察に渡し、自分が魔力を吸い取るために女たちを攫うのを無罪放免にさせる賄賂としていた。悪質なウィン・ウィン関係だ。

「金銀財宝を好む種族を自分の言いなりにさせる、カーバンクルの常套手段（じょうとうしゅだん）じゃな。時に、ダイダラ＝ダッダよ。財宝つながりで尋ねるが――我（われ）らは攫われた仲間も探しておるが、チャトにあるという財宝も探しておる。そちは知らぬか？　『神秘的で（ワンダー）、絶対的で（アブソリュート）』……ナントカの……『器（ノツギン）』」

「えーっと、『真実で（トゥルー）、最強で（ストロンゲスト）』……『圧倒的な（オーバーヘルミング）』……でしたっけ？」

思い出しながら言うルシフェリアと猴（コウ）に、俺は「『神秘の器（ワンダー・ノツギン）』って略してる」と続け、

「俺たちには頼もしい味方がいるんだ。その男が、神秘の器は自分の実力を2倍、3倍、１０倍増させて、無敵になれる財宝だって言ってた。俺も戦った事があるから分かるが、その男が今の何倍も強くなれたらカーバンクルなんか敵じゃないぞ。カーバンクルの事はあんたも良く思ってないって聞いた。何か恨みがあるんだろ。敵の敵は味方ってことで、神秘の器について何か知ってたら教えてくれないか」

　シャーロックはワトソンの曾祖父が書いた伝記が世界中で出版されている有名人だが、公的には１２０年ほど前に死んだって事になっている。なので俺はただでさえ妄言っぽいこの話がこれ以上信憑性を失わないようにと、名前を伏せて語った。

　するとダイダラ＝ダッダは、実に、実に可笑しそうに、ぷーっ！　と吹き出してる。

「神秘的で、絶対的で、真実で、最強で、圧倒的な、器！　なるほど、なるほど。それを財宝だと言ってのけたのか、その男は。いやはや、はははは！」

　あまりに面白かったのか、しばらく笑ってるんだが……え……笑い所は、どこ……？

　ただ、ダイダラ＝ダッダは爆笑してるだけで——神秘の器について、何か教えてくれる感じじゃない。長すぎて語呂の悪い財宝の名前がツボったとか、そういう事か？

「うむ、トオヤマが言う通り、ワシはカーバンクルの敵じゃ。敵じゃから、あやつの棲む遺跡の内部も調べてある。君らの仲間の救出に力を貸してやろう。さあ、行くぞ」

　そう言ってダイダラ＝ダッダは立ち上がり、隣の部屋から医療鞄を持ってくる。

さらに机の引き出しから、拳銃を出してるぞ。古いウェブリー・リボルバーを。

行くぞ、って。今からカーバンクルの棲むチャト遺跡へ行くって事か？

「――ダ、ダイダラ＝ダッダ。調べてあるなら知ってるだろ。カーバンクルは強いんだ。気持ちはありがたいが、危険すぎる。行くのは俺たちだけで――」

「見くびってもらっては困る。ワシはアフガニスタン戦争にも軍医として従軍した男じゃ。危険すぎるなら、なおさら軍医は必要じゃろ。手足や胴がちぎれても生還させてやるから、心置きなく大ケガしてよいぞ。トオヤマ」

軍用の医療鞄を俺に突き出して見せつつ、ダイダラ＝ダッダは反対の手で引き出しから出した銃弾をジャラジャラと貫頭衣の内ポケットに入れている。もう、行く気満々だな。

というより行くことを元々決めていて、俺たちの到着がその引き金になった感じだ。

「ヤツの棲む遺跡へ案内するぞ。この老いさらばえた体では自衛ぐらいしか出来んから、カーバンクルとの戦いは君たちに任せるが……ワシは間もなく、この村から去るところ。今まで世話になった恩返しに、村の娘たちも救い出してやりたい」

俺たちにも来るよう目で促しながら、ダイダラ＝ダッダはズカズカと居室を歩いていく。

そしてそのまま、屋敷から出て行っちゃったぞ。サンダルばきで。

置いていかれても困るので、俺たちもそれに続いて出撃するしかない。心の準備も何も無いな、こうなると。

得てして老人には間々そういう性質があるものだが、彼は直情というか短気というか、よっぽど若い頃に——おそらく俺と同じぐらい——修羅場をくぐり抜けまくってきてて、恐怖心がマヒしてるタイプっぽい。

カーバンクルはナワバリ意識が強いとの事なので、遺跡に突入するのは危険な行為にも思える。しかし、ザンダーラでさえナワバリと称していたカーバンクルが俺たちの接近をチャトまで看過しているのも事実だ。何らかの理由で俺たちを発見できていないのなら、逆に早く距離を詰め切ってしまった方がいい。チャトでグズグズしてると治安警察に嗅ぎつけられるかもしれないワケだし、こうなったら行ってしまおう。ダイダラ＝ダッダと。

俺がさっき座りそうになって怒られた聖なる岩は、同じような岩が村のあちこちにあり……距離があって分かりにくいものの、一直線に並んでいた。それはその直線上にチャト遺跡がある事を示す、ある種の参道の縁石みたいなものだったらしい。

ダイダラ＝ダッダと共にその方角から村を出ると、上り坂の山道があった。無舗装だが、荷ラクダ車やジープぐらいなら往来できそうな幅のある道だ。

乾燥した土に生えている赤茶けた低木と、点々と置かれてある聖なる岩だけが続く坂を上がっていくと——今度は下り坂になって、足下の土壌がさらに乾燥して砂っぽくなる。そこで行く手に見えてきた黄土色の断崖、その壁面に……

「あれがチャト遺跡じゃ」

想像していたより洋風の、城のような建造物が一体化していた。崖のあちこちに横穴が掘られ、石のアーチや柱で補強されている。それらの表面にはチャトの村で見たのと同じ象・ラクダ・鳥、さらに昔はこの地域にいたのであろう馬・猿・獅子の見事な浮き彫りが施されている。まるで垂直に伸びる、石の動物園だ。

「ここは13世紀に城塞として掘られ、その後マハラジャの宮殿となり、さらに後で寺院になった。奥ではニッケルが採れたが、微量だったので鉱山にはならなかった。印パ戦争の時にはインド陸軍の拠点としても使われておる。チャト城塞、チャト宮殿、チャト寺院、チャト基地と名前を変え――今はチャト遺跡。カーバンクルは、この奥に棲んでおる」

この山地を歩き慣れているのであろうダイダラ＝ダッダは、まるで庭を行くかのように遺跡へ向かう。老人なのに、俺たちよりも健脚だよ。さすが元・軍人、軍医だな。

幾つもある遺跡の入り口、その1つに皆で着くと……

無人だが、受付がある。それこそ動物園の入場門のチケット売り場みたいな具合で。

「なにか注意書きがあるぞ、主様」

ルシフェリアが覗き込んでいるのは、ボロボロに風化した木の看板。

デーヴァナーガリー文字・ペルシア文字・アルファベットの３種類が併記された看板は、制作年が１９７５年とある。３５年前、第3次印パ戦争の少し後だな。アルファベットは

英文で、『チャト寺院はヒンドゥー教の寺院なので、牛革製品の持ち込みは禁止します。×革靴　×革ベルト　×革ジャンパー等』的な事が書いてある。俺のホルスターは人工革だから大丈夫……だよな、多分。

「戦後、グジャラート州の役人がチャト遺跡を観光地化しようとした事があったんじゃ。しかし交通の便が悪すぎて失敗した」

「そんな一応は人通りのあったような所に、ずっと棲んでるのか。カーバンクルは」

「チャト遺跡は深いからのう。基地にされておった頃も、観光客がチラホラ来ていた頃も、カーバンクルは棲んでおったが——遺跡の奥で、たまに目撃される程度じゃった。どこで寝起きしておるのかは、誰も知らぬ。村から攫った娘たちがどこにいるのかも……」

ダイダラ＝ダッダは貫頭衣の内側からマグライトを出して、入口から遺跡の中へ入る。

俺たちもそれに続くと……もう誰も管理してないからあれこれ風化してはいたものの、入口付近は普通に歩けるよう床や壁が整備されてあった。今や1つも灯ってないが、頭上には電線と電球を張り巡らせた跡もある。

ここが寺院だった頃の名残で、広い通路の岩壁には立体的な彫刻——神々の像が、直に、数限りなく彫り込まれてある。右にも左にも、真っ暗な路の奥まで、ズラリと。柱にまで神や神獣がビッシリ彫られていて、これは確かに観光客を惹き付ける光景かもな。

俺には、神鳥に乗ったヴィシュヌ神、額に第3の目を持つシヴァ神、4つの顔と4本の腕を持つブラフマー神ぐらいしか分からないが……この神々の向こうに、カーバンクルは棲(す)んでいるのか。まるで自分がその神の１人だとでも言うかのように。

立入禁止の鎖を跨(また)ぎ、階段を下りる。地下１階の壁はコンクリートで補強されており、どうやら戦時中に食糧や弾薬を入れていたらしい木箱や蜘蛛(くも)の巣だらけの棚が散見された。そこもまたダイダラ＝ダッダは迷わず進んでいく。

「ここの構造が分かっているのか？」

地下２階へ下りる階段で、そう尋ねると……

「昔、地図を買ったんじゃ。戦後、軍があれもこれも横流ししてたからのう」

との事だ。ルーズだなあ……昔のインド軍は。

地下２階は、宮殿だった頃の痕跡らしく、壁や天井が華やかな赤御影石(レッドグラニット)で覆われている。通路は敵襲に備えてなのか、曲がり角が多い。装飾も少なく、方向感覚が失われてきた。

「まるで地下迷宮(ダンジョン)だな。ゲームなんかじゃよく見る光景だが、実際に入って歩くとマジでワケが分かんなくなっちまうよ」

「上の階も少し怖かったですが、この階も別の意味で怖いです。光も浴びられないし……なんでこんな環境の悪い所に、わざわざカーバンクルは棲みついたんでしょう……？」

俺(おれ)と猴(コウ)が不平を垂れると、ルシフェリアは「？」という顔をし、

「これはレクティアではよくある建築じゃぞ。この階は、特にそれっぽい。地中は暑さも

寒さも凌げるから、いろんな種族が住む」

と、この遺跡にカーバンクルが定住している事にも違和感は無いようだ。

それでピンと来たが……『ウィザードリィ』、『ダンジョンマスター』、理子がやってた『世界樹の迷宮』といったゲームに出てくるようなダンジョンの概念にも、レクテイアの文化の影響が少しあるのかもしれないな。アスキュレピョスがファンタジーゲームっぽい風景のアニエス学院に棲み着いたのと、カーバンクルがダンジョンのような構造をしてるチャト遺跡に棲み着いたのは、ある意味符合しているし。


地下3階。ここの壁も石垣みたいに石が積まれてて、いかにもダンジョンっぽい造りだ。だがここまでと違い、壁に松明を付けるフックがあったり、飲料水らしき小さな泉が壁にあったりと、少し生活感がある。

「ワシが知ってるのは、ここまでじゃ。上の階の構造から考えると、さらに下の階へ続く階段があってもおかしくないが……無いんじゃ。軍から買った地図も、この階が最深部となっていた。それで、いつ探ってもこの階で引き返したよ。じゃが今回はトオヤマたちも連れているから、カーバンクルが出てくるかもしれぬ。周りに気をつけるんじゃぞ」

ダイダラ＝ダッダがそう言って、警戒するように周囲をマグライトで照らす。

「どうりで喜び勇んで遺跡へ突撃したと思ったぜ。俺たちをダシにして、カーバンクルをおびき出すつもりだったんだな？」

「でも、出てきてくれないと困りますよ。大きな声で呼んでみましょうか」

俺と猴がそんな事を言っていると、ルシフェリアがまたキョトンとする。

「あったではないか、下への道は。さっきダイダラ＝ダッダが目もくれず通り過ぎたから、他にもあるのかなーと思って何も言わなかったが。こっちじゃ」

今度は俺たちがキョトンとして、ルシフェリアについていくと――

「ここ。この石壁の積み方は、階段にフタがしてある印。こんなの、レクテイアじゃ常識じゃぞ。ここを、こうで、こうで、こうじゃ」

言われてみると確かに他の石壁とはちょっと異なる積まれ方の石壁を、ルシフェリアが右手、左手、また右手、みたいな具合に押すと……黒セーラー服の中の胸もゆっさゆっさ揺れるのはともかく……右の石を押すと左が出っ張って、左の石を押すと右が出っ張る。

そうやって、ルシフェリアが左右の石に力を与え続けるのに連動して――ズリ、ズリ、ズリッ。少し離れた所の石壁が、ちょっとずつ引っ込んでいく。これは、壁の向こう側が梃子クランク機構になっているんだな。そしてその石壁の下に、下り階段も見えてきた。

これを造ったのが過去こっちの世界に来ていたレクテイア人なのか、レクテイア人から構造を教わったこっちの人間なのか、はたまたカーバンクルが造ったのかはともかく……ここは向こうの文化を知ってるルシフェリアがいてくれて、助かったな。

それこそ行き詰まったゲームを攻略してもらえた状態のダイダラ＝ダッダも、髭の下の口をあんぐり開けてるよ。激震するルシフェリアの巨乳に対する驚愕っぽくもあるけど。

地下4階に下りるなり、寝食の痕跡が見つかった。小麦粉と水だけで作った無発酵パン、水で戻しているところのヒヨコ豆、新鮮なマスカット。草を編んだ敷物を辿って行くと、色石で飾られた子供サイズのイスもある。大きさから見て、カーバンクルが座るものだ。消されていたが、壁には最近使われたロウソクもある。さらに、女たちが寝る場所らしきベッドが並んでいるのも発見した。だが……この階も、もぬけのカラだ。カーバンクルも女子たちも、メヌエットもヒルダもいない。

「俺たちが来るのに気づいて、攫った女たちを隠したんだろうか？」

「こんなところに、みんなで本当に住んでるんですね……」

「良いところではないか。我はキライじゃないぞ」

「原始的な生活をしておるな。敢えてじゃろうか？」

ダイダラ＝ダッダも指摘してるが、ここにはパソコンや携帯はおろかテレビやラジオも無い。そもそも電気が通ってない様子で、照明さえロウソクだ。鍋や縫い針は金属だが、大体の日用品は石や土、草木から作られてある。

この居住空間の向こうには通路があって、向こう側が明るい。外だ。

俺たちは地下へと潜ったが、水平方向にもかなり移動した。最初に見た絶壁の向こう側には、窪地になってる土地があったんだな。そして、出口はそっちにしかない――

通路を抜けた先、壁際の暗がりから外を窺うと……

そこは大地が黄金で出来ているかのような、豊かな農園だった。

ヒヨコ豆やレンズ豆が風に揺れ、その合間には発芽したばかりの小麦が列をなしている。豆と麦の二毛作をしているらしい畑の周辺には、ブドウ畑もある。ニワトリも放し飼いにされていて、小規模だが養蜂もしているようだ。数ヘクタール程の広さをしたこの円形の盆地に、楽園みたいに穏やかな光景が広がっている。

そしてそこに、カーバンクルと似た衣装を着た若い女たちがいる。年代は10代前半から20代前半で、10人ほど。攫われたのは12人のハズだから、全員じゃないな。

花や羽根で髪を飾った彼女らは、楽しげに会話しながら畑の手入れをしたり、白い石で淵を造った人工川から水を汲んだりしている。痩せていたり傷つけられたりはしておらず、むしろチャトの村人たちより健康そうに見えるぞ。

「……あれが、攫われた女たちか」

「間違いない。皆、チャトの村で見たことのある顔じゃ」

俺はダイダラ＝ダッダが見ていた小さい単眼鏡を借り、メヌエットとヒルダの姿を探す。

視界内には、いないが——畑の片隅には石造りの神殿らしきものが建っている。地下水を揚水してここに人工の川を流している、多翼式風車の小屋もある。そういったものの中に監禁されている可能性があるな。

「中世インドの生活を再現してるんですかね……？」

「いや、これはカーバンクルの故郷の穀倉地帯そっくりの風景じゃの」

女たちに自分と似た——レクテイア人の服装をさせている事から、これは確かに猴よりルシフェリアの表現の方が正しいのだろう。カーバンクルはここに、小さなレクテイアを作っている。

「ここは昔チャト遺跡を宮殿にしたマハラジャの神苑だった盆地じゃ。干魃の多いインドでは、水は生命の象徴での。ああいう川を作り、水音を聴くのが王侯貴族の拝礼だった。そうする事で、ガンジス川に詣でるのと同じ神の恵みが得られるともされておった」

と、ダイダラ＝ダッダがここの歴史を教えてくれる。

この盆地はカルデラやクレーターのような形をしていて、周囲３６０度が全て急斜面に囲まれている。それこそ盆や桶、茶碗や丼の底みたいな地形だ。外界から遮断された箱庭じみた環境なので、そういった宗教的な聖域を造るには打ってつけだったのだろう。

そして、その聖地を俺たちが覗いている事に気づいてか——石造りの神殿から、

（……カーバンクル……！）

8歳児ぐらいの体にそぐわない、あの扇情的な衣装を身につけたカーバンクルが現れた。その小さな姿を見つけ、農作業をしていた女たちが嬉しそうに集まっていく。それこそ教祖様を崇める信者たちみたいなムードで。

距離はあっても、カーバンクルはハッキリと俺たちの方を見ていて……

「──私は大地。大地の女神・カーバンクルの国へよく来た」

感情の籠もっていない、神がかったムードで言うのが単眼鏡越しに読唇できた。

チャトの女たちはカーバンクルの視線やセリフで俺たちの存在に気づき、ビックリして

──物置小屋から出てきたショートカットの1人は風車小屋へ走って逃げ込んでいくが、他はカーバンクルの所に集まる。彼女たちが人垣を作って小さなカーバンクルを守ろうとしてるのを見ると、まるでこっちがワルモノになったような気がしてしまうな。

「ダイダラ＝ダッダ。きっとカーバンクルとは戦いになる。あんたはここに残ってくれ。軍医がやられちまったら、負傷者の手当てができなくなるからな」

「……分かった。幸運を祈る」

俺はダイダラ＝ダッダとそう語り、

「好かれておるな、カーバンクルは。レクテイアでもカーバンクルと妙に気が合う種族はおったものじゃが、ヒトもそうなんじゃろうか？　ああ、主様も猴も焦って攻めるでないぞ。斬っても撃っても平気なカーバンクルを退治するには、まず弱点を突かねばならん」

ルシフェリアがコッソリ言いながら、畑の方へ出る。かつてカーバンクルと戦った事があるようなセリフだが、それは『血の共感（シンパシア・ファミリア）』――血の繋（つな）がりがある者のことを感じ取る精神感応（テレパシー）で閲覧した、このルシフェリアとあのカーバンクルではない個体と個体の戦いの記憶を語っているらしい事が何となく口調から分かった。

「弱点ってのは何なんだ」

ダイダラ＝ダッダを置いて、猴と共にルシフェリアについていきながら聞くと……

「頭が悪いんじゃ、カーバンクルは」

「お前が言うって事は、よっぽどだな」

「ん？　……なんか腹が立つんじゃが何でじゃろ……？　カーバンクルは、カーバンクル一族に代々伝わる物の考え方や生き方が、正しいからこそ代々伝わってきたと信じておる。なので、そういうのを変えてしまいかねない物事を学ぶのは悪事と見なしておるのじゃ。政治、経済、科学とかそういうのが特にキライでの」

ルシフェリアも勉強ギライだが、勉強を悪行と見なすとなるともう別次元だな。どんな伝統を守ってるのかは不詳だが、超保守主義だ。ジャン＝ジャック・ルソーみたいだね。

「そのせいで、あやつは古代のしきたりに縛られまくっておる。そこに付け入って、まずこっちに有利なルールのある勝負を持ちかけるのじゃ」

「どんなルールだ」

「具体的には、あやつが粉になって逃げるのを禁じたい」

「素粒子化のチート能力を、頓知で封じるって作戦か。いかにも神との戦い方というか、それこそ神話とか童話みたいな攻略法だな……」

カーバンクルの素粒子化を、カーバンクル自身に封じさせる。それが出来れば確かに、戦う上で文字通り掴み所が出来るだろう。しかし……

「……とにかくまずは、何か話すんじゃや。会話の流れの中で、あやつをうまくノセるぞ。カーバンクルはレクテイア人の中でも石頭の頑固者なんで、異文化すぎてこっちの世界のマトモな人間とは話にならんと思う。しばらく猴は控えておれ。あやつの事を知る我と、レクテイア人と接した経験の豊富な主様だけで話すぞ」

いつになく慎重な事を言うルシフェリアの口調は、かなり緊張したものだ。会話だけでカーバンクルの素粒子化を封じられるという確証は、ルシフェリアにも無いのだろう。

俺たちが神殿へ向けて歩いていくと、自分を守ってくれていた女たちをカーバンクルが退かせて……俺・ルシフェリア・猴に、対峙した。とにかく話せとの事だったので、

「メヌエットとヒルダを返してもらいに来たぞ、カーバンクル。ていうか、この畑は何だ。自然回帰を標榜する宗教団体みたいに、エコビレッジでもやってるのか?」

人質については『返せ』『返さない』で話が終わってしまうだろうから、まずはここの農園について話させる事にした。

するとカーバンクルは、瞳孔のハッキリ見える目を俺たち３人に向け、

「――ヒトの文明は、誤り」

と、幼い声で語り出す。

「富めるムンバイを見たか。貧しいチャトを見たか。ヒトには、貧富の差がある。とてもある。それがヒトを不幸なものにしてる」

カーバンクルは左右の腕を広げて、自分の背後の女子たちを示し――

「でもカーバンクルの下は平等。平等になるようカーバンクルが配る。ヒトは幸福になる。だからヒトはカーバンクルに支配されるべき」

……原始共産制みたいな事を言ってるな。支配者の女神がいるのはオリジナル要素だが。

確かにチャトの女子たちは幸せそうで、血色もいい。ここから逃げたがってもいない。

一見、こういう暮らしがあってもいいように思えてしまいそうだが……

「そちがここで娘たちを幸せにしてやっておるのは、自分が魔力を吸いたいからじゃろ。そんなの家畜の世話をしておるのと変わらぬぞ。そちは左半身を魔法円の向こうから取り戻すため、大きな魔力が要るのじゃろうしな」

「誘拐した女たちをそういうユートピア話で洗脳して、ここに縛り付けてるってワケか。幸福を目指してようと人攫(ひとさら)いは犯罪だし、その犯罪を周囲の稜線(りょうせん)の向こうで守ってるのは腐敗した治安警察と陸軍だ。お前がくれてやってるパラジウムが目当てのな」

ルシフェリアと俺が、そう話しかけ続けると……カーバンクルはその場に片膝をつき、赤土にしばらく手を当ててから……一掬い、手に取る。

「パラジウム。そう、こんなものを欲しがって——ヒトは何でもする」

カーバンクルがサラサラと土を捨てると、その小さな手のひらに銀色の輝きが残った。

微量だが、何かの金属。まさかとは思うが、パラジウムなのか——？　カーバンクルは今の一瞬で土中から望む金属元素を引き寄せて集め、冶金したというのか。大量の鉱石を採掘する事もなく、広大な産業用プラントが要される製錬もせずに。だとするとその手は、とんでもない巨万の富を自由自在に大地から取り出せる事になるぞ。どうりで治安警察を大規模に買収できちまってるワケだ。

「こんなものは生きるのに必要ない。必要ないもののために生きるな。文明のせいで命を無駄にするな。ヒトは大地と共に——カーバンクルと共に生きろ」

キラキラと光るパラジウムを風の中に捨てながら、カーバンクルは農園を手で示す。

（魔力を搾取するために何人もの女を監禁するのは、高コストだと思っていたが……）

食糧を作る土地を持ち、原始的な暮らしをする思想の持ち主だったカーバンクルには、その下地があったというわけだ。貧困に喘いでいる人間側も、このカーバンクルの豊かな農園に住めるなら文明を捨てても構わないと思うかもしれないしな。

カーバンクルは無尽蔵の資金力で外側に武力を雇い、内側のユートピアを守らせる事ができる。資本主義や現代社会に倦み果てた、こういう暮らしに憧れる賛同者の数次第では……カーバンクルの国は際限なく広がってしまう虞も無くはない。一種のイデオロギー的侵略が、起きてしまい得るぞ。

「どうりで、世界の文明を後退させようとしてるモリアーティとウマが合ったわけだな。だがヤツの命を増やそうとしたのは良くなかったぞ。モリアーティはこっちの人類全員の敵だ。お前はそのせいでシャーロックに襲われ、今も俺たちを差し向けられてるんだ」

メヌエットがホームズ家の子だという事は割れてるので、俺はその辺りの話題も出してみる。素粒子化を封じるルール作りが目当てで話し始めたが、カーバンクルは割と素直に胸の内を喋るタイプだ。ついでに、取れる情報を最大限取っておこう。

「モリアーティは昔この世界にカーバンクルを導いてくれた。この世界から帰らない限り、カーバンクルは礼をする。それが命」

「その命を収めた器はどこにある。俺たちは『神秘の器』と呼んでるが、むしろそっちの方に用があってな。モリアーティに与えないって約束するなら、中身の命はお前に返してやってもいいぞ」

最後の所は俺の独断だが、交渉材料も付けて訊いてみた。しかし――

「器？　そんなものに、カーバンクルの命を容れたのか」

――カーバンクルの回答は、予想外のものだった。

『神秘の器がある土地にシャーロックだけが近づけない呪い』『神秘の器がカーバンクルから遠くに離れられない呪い』——神秘の器に係わる2つの呪いを自ら掛けたはずなのに、カーバンクルはその器の存在に心当たりがないらしい。どういう事だ？

「……カーバンクルがモリアーティに与えようとした命は、シャ・ー・ロ・ッ・ク・が・隠・し・た。でもカーバンクルは自分の命なら、どこにあるのか分からなくても呪える。だから、あの命がカーバンクルから遠くに離れられない呪いを掛けた。呪いは自分でならいつでも解けるし、そうすればシャーロックの手下が運んでいくこともできなくなるから」

1つめの呪い——『神秘の器がある土地にシャーロックだけが近づけない呪い』の方は、ザンダーラでカーバンクルが言っていた『シャーロックがチャトに近づいたら死ぬように呪った』という証言と一致していた。

だが、2つめの呪い——『神秘の器がカーバンクルから遠くに離れられない呪い』は、カーバンクル曰く『命がカーバンクルから遠くに離れられない呪い』だ。話に違いがある。ただ、命は器に入っているのだから、発生している事象は1つと考えても矛盾は起きない。単に、カーバンクルが神秘の器の存在を知らなかったのだ。今日まで、98年間。

「器か。どういう形だ。どういう色だ。探したい。教えろ」

「シャーロックしか知らぬ」

無表情のまま食いついてくるカーバンクルに、ルシフェリアがそう答えると——

「シャーロックをここに連れてきて、器のことを話させろ」

カーバンクルは冷たい目で、そう言ってきた。

「お前の呪いで死んじゃうんだろ、シャーロックがここに来たら。電話を繋いでやる」

俺が言うと、文明を嫌悪するカーバンクルは……

「だめだ。電話は、話している相手がシャーロックという保証がない。ここへ来させて、死ぬまでに話させろ。そうしたらメヌエットを解放してやる」

などと言って、『神秘の器の情報＋シャーロックの命』のセットとメヌエットの身柄を交換する提案をしてきた。そいつは飲めないが、ここは……チャンスだぞ。

「よし。その取引を検討してやる。ただし、それにはメヌエットの無事の確認が必要だ。もし既にお前がメヌエットを殺してたら、来たシャーロックが無駄死ににになるからな」

俺がそんな事を言うと、カーバンクルは——

「……来い。メヌエットは、こっち」

後ろにいた女たちをかき分けるようにして、いそいそと神殿の中へ戻っていく。

俺、ルシフェリア、猴はそれについていく。こわごわついてくる、チャトの女子たちを引き連れながら。

昔この土地のマハラジャが建てたらしい神殿は、外周を数十本の石柱に囲まれた、直径

30mほどの円形の建造物だ。屋根の無いスタジアムみたいな空間で、外周を囲む石柱には神・精霊・動物の彫刻が隙間無く施されている。

向かって右斜め前にある、その1本の柱の脇に……ふむふむ、と、彫刻を興味深そうにルーペで見ているメヌエットがいた。そばには介助役のチャトの女子が1人ついている。

「メヌエット！」

俺が声を掛けると、メヌエットは「——キンジっ、来てくれたのですね」と笑顔で振り向いてきた。だがそれで動いた車イスの車輪が、ジャリッと金属音を立てる。可哀想に、逃げられないよう鎖と錠前を掛けられているのだ。

「……ヒルダさんっ……」

猴が気づいて見上げた、右斜め前の柱と柱の間——石の梁の上に、ヒルダが足を組んで座っている。俺たちを見下ろす紅い瞳には意思の光が無く、まるで監視カメラのようだ。下にいるメヌエットに俺たちが近づいたら、自動的に攻撃してくるっぽい感じだな。

どうあれ、メヌエットとヒルダを確認できたのは良かったのだが……

俺たちの視線は、すぐさま2人の姿以外のものに釘付けになってしまう。

（……これは……!?）

神殿の奥に垂直に立つ、高さ5mほどの、半円形の石壁。そこに金の針金で同心円上に描かれた、何重もの半円と未知の文字列。金属製の分度器を巨大化させたようなこれは、

おそらく魔法円と呼ばれるものだ。海(うみ)ほたるの地下の施設でエンディミラを送還・雪花(せっか)を召喚した図形とも酷似してる。ただあれが全円だったのに対しこれは半円なので、簡易、ないし特殊な用途のものと思われる。

「これは……時空の狭間(はざま)へと扉を開く魔法陣じゃの。カーバンクルの左半身を取り戻した術じゃ」

――ルシフェリアが『取り戻す』でなく『取り戻した』と過去形で言ったのは……

もう、あるからだ。

屹立(きつりつ)する魔法半円の手前。かつては祭壇だったのであろう、赤御影石(レッドグラニット)の台……その上に敷かれた色とりどりの花びらをシーツにして、カーバンクルがもう1人仰向(あおむ)けに寝ている。そのカーバンクルはこっちに立っているカーバンクルと全く同じで、まるで双子だ。

葬式のような光景だが、意味するところは真逆だろう。あれは98年前、シャーロックのせいで切り取られて魔法円の向こう側――ルシフェリアの言葉を借りるなら、時空の狭間――に逸失した左半身を、現世に復活させたものなのだ。8歳ぐらいの身体(からだ)ではあるが、今さっき産まれたかのように全裸なのもそれを感じさせてくる。

「モリアーティじゃな？　そちにエンディミラ仮説を教えたのは。それで一も二もなく、失った半身を取り戻したか」

「モリアーティは、カーバンクルからの命(いのち)を欲しがってる。だからカーバンクルに役立つ手紙をくれた。魔法陣の効率を上げる方法。この身体は、昨晩ここに召喚できたところ」

ルシフェリアとカーバンクルの会話に、俺と猴は絶句する。

この件、俺たちよりもN――モリアーティの方が、一手、早かったのだ。エンディミラ仮説はNを経由してカーバンクルにも伝わっており、それでカーバンクルは自分の身体をすでに時空の狭間から取り出していた。こっちはその取り出しを妨害するウイルス魔術を準備していたが、それを担当していたヒルダは今そこで操り人形状態だ。

半分ずつのカーバンクルが融合して、完全体になったら……半分でも倒せないほど強いカーバンクルが、もっと強くなるに違いない。そうなったら絶望だ。

しかしそこで、ルシフェリアが急に――

「――主様、これは逆に幸運じゃ。融合するように仕向けるぞ。その上で戦う」

そんな事を、俺にヒソヒソ言ってきた。カーバンクルに伏せるためか、日本語で。

「な、なんでだよ。強くなっちまうだろ、あいつが」

俺が日本語の小声で返すと、ルシフェリアは首を横に振る。

「魔力というものには、自分が持ちうる『最大の魔力』と、今持っている『今の魔力』がある。カーバンクルみたいにちぎれたりくっついたりできる種族がくっつき直す――融合すると、『最大の魔力』は確かにハネ上がるが、むしろ『今の魔力』は減るんじゃ。融合そのものに魔力を使うから」

最大の魔力、今の魔力とは……ゲームでいう、最大MP、現在のMPみたいなものか。
「見たところ、カーバンクルの今の魔力はザンダーラの時よりかなり小さくなっておる。昨夜この魔法陣で左半身を取り返すのに大量の魔力を使ったんじゃろう。なのであやつはここの女たちから改めて魔力をコッコツ収奪した後に、余裕をもって融合しようと考えておる。左半身を取り戻したのにすぐ融合してないのが、その証しよ」

ルシフェリアの作戦は――

カーバンクルを敢えて融合するように仕向け、現在MPを減少させた上で戦おうというもの。その際に最大MPがハネ上がるのは無視するので、もし負けたらカーバンクルには二度と勝てなくなる。一発勝負の手だ。

しかしこの件、やるにしても――今ここに立ってるカーバンクルを、そっちで寝ている裸のカーバンクルと融合させる必要がある。本人が意識的に先送りにしてる融合を、どうすれば今すぐさせられるだろうか……？　と、そこを考えていたら、

「何を話してる。ルシフェリアと、銃の男。カーバンクルに分からない言葉で喋るな」

――不審がるカーバンクルに……

「そこで寝ておる半身がハダカなことに主様が興奮しておるから、そんなに嬉しいのかとツッコミを入れてたんじゃ。つがいとして、ヤキモチを焼いてしまってのう」

とか、ひどいウソをついてるんだが？　ルシフェリアが。

「……興奮……？　カーバンクルが裸で、何が嬉しい？」

これにはカーバンクルも、ポニーテールの三つ編みを揺らして首を傾（かし）げてる。

「おいルシフェリアお前ッ、何を——」

抗議しようとした俺（おれ）の口を紅（あか）いマニキュアの手で塞いだルシフェリアは、

「ヒトのオスは女のハダカを見ると興奮するんじゃ。その興奮は女に子を産ませる原初の本能と繋（つな）がっておる。ほれ、主様。そんなに見たければ、もっと近くで見るがよいぞ」

と、俺をヘッドロックしながら神殿の奥へ連れていく。

これにはカーバンクルも、慌てた足取りでついてきたぞ。

「待て。カーバンクルは、こどもだぞ。肉体を幼体の姿にしているんだぞ。半分に切れて小さくなった体を安定させるために。幼体は子を産めない。原初の興奮をするのはヘン」

「どんな幼いメスにも興奮できる強い繁殖力が、主様の逞（たくま）しいところなのじゃ。こないだそこの愛人の猴（コウ）のことも抱きしめて、ベタベタ触っておったからのう。オシリとか」

とかルシフェリアが風評被害を立てるもんだから、メヌエットが毛虫を見るような目になって俺から車イスで後ずさる。猴はシッポを器用にハート形にし、手で押さえた左右のほっぺを赤くして「……あ、愛人っ……」とか、ちょっと嬉しそうにしてるが。

「ほーれ。こっちのカーバンクルはどっこも隠さぬから、見たいだけ見るがよいぞ」

ルシフェリアは祭壇まで連れてきた俺の頭を腕と胸でガッチリとロックしたまま、眠るカーバンクルにグイグイ近づけて強制的に見させる。

見させられたんで分かったが、このカーバンクルは呼吸や心拍はあるものの少なくて、額にある赤い楕円形の宝石も光の蠢き方が緩やか。生きてはいるが意識の無い、昏睡状態といったところなんだろう。

華奢で流麗な線で構成された、どの角度から見ても美しい少女の肢体。褐色肌だからかやけになめらかに見える鎖骨のライン。膨らみきらないうちに腰へと続く、スレンダーな胴体。褐色の柔肌を体の内側へ巻き込んでる、縦筋に割れた、小っちゃくて愛らしいお臍。しなやかでほっそりした脚線美。甘酸っぱい香りがする、長い黒髪……等身大の生き人形みたいなカーバンクルを、俺が隅々までくまなく見させられて――

「み、見るな。なにか、汚されている気分がする」

立ってるカーバンクルが、慌て始める。

「よーし。次は弄ってみよう、主様。主様は幼い娘にいたずらするのが大好きじゃからな。こっちのカーバンクルは何も抵抗できぬから、好き放題にできるぞ。フヒヒッ」

悪魔そのものの笑みを浮かべ、ルシフェリアは俺の右腕を器用に掴んでカーバンクルの裸へと伸ばさせる。それを見るチャトの女子たちが、嫌悪の悲鳴を連ねる中――俺の手が、ぷにっ。綿菓子のようにふわふわしたお腹、お臍の辺りに着地してしまった。柔らかさと、温かさと、ゴム鞠みたいな弾力。なんて、みずみずしいんだ。幼い女子の裸を見る経験は以前もあったが、タッチするとまた別の圧倒的な情報量が脳を突き抜けていくものだな。ていうか、とんでもない事をしでかしてるぞ、俺。これ武偵三倍刑とか大丈夫？

「さぁーて、主様の手はここから上へ行くかな？　それとも下に行くかなー？　ククク」

「よせ。やめろ。触るな。触るな」

抵抗しないカーバンクルと、厭がるカーバンクルの狭間で……ルシフェリアが言ってる行為を一瞬想像してしまったが最後。

——ドクンッ——来たッ——来ちゃったよ、血流が！

ただここは自己弁護できるのだが、これはカーバンクルが幼いからではなく美しいから起きた血流という実感がある。美しい女子に産ませた子供は美しくなる可能性が高いため、次の世代も異性に好かれて遺伝子を残せる可能性が高い。本来子孫を残すために備わっているヒステリアモードは、美しい女子に対しては他のハードルを乗り越えて発現しやすくなるのである。カーバンクルの美しさが上向きに人を超越していたので、俺のヒステリアモードの発現対象年齢も下向きに人を超越したというカラクリだ。

と、思おう。そうしないと自己嫌悪で拳銃自殺しちゃいそうだし。

「いたずらするな！」

ついにカーバンクルは眠るカーバンクルめがけて庇うように飛びつき、どたんっ、と、祭壇の向こう側へ転がった。全ての関節が外れているみたいに脱力した自分の半身を抱え、供えられていた花びらを巻き込みながら。

（……っ……？）

続けて、ビキッ、ビシッ、と、足下から音が上がり始めた。ちょっとやそっとの事ではない割れそうにない石の床が、何らかの力によって砕け始めている。破砕は大規模ではないが、その裂け目から色とりどりの粒が高速で飛び出してきた。

どうやら床下の土中から噴き出しているらしい赤、青、緑、黄、透明の——宝石だ——結晶は鋭く、飛散するスピードが速い。体に当たると危険だ。

「——さすが主様。カーバンクルが左半身を守るために、融合を始めたぞ」

噴石を避けて祭壇からバックステップで退く俺に、ルシフェリアがついてくる。宝石の噴出は、カーバンクルが融合しているのの余剰エネルギーで起きている現象らしい。

「何がさすがなのかは分からないけど……こんなやり方であの子を融合させるなんてね。後で落ち着いたら、タップリおしおきだな。ルシフェリア」

黒セーラー服のオシリをパンッと叩き、「あんっ♡」と甘い声を上げるルシフェリアを喜ばせてあげつつ——祭壇からは目をそらさずに、俺は距離を取る。

バチバチと石や花びらが打ち上がる花火のような光景が続き、チャトの女子たち、猴、メヌエットが息を呑んでそれを見守り……噴石が止むと、石の祭壇の裏側から……

「……ヒトよ……崇めよ。大地の女神——」

聞き惚れてしまいそうなアルトヴォイスと共に、起き上がり、

「──カーバンクルの降臨だ」

宝石と花びらでこの世のものとは思えないほど美しく彩られた祭壇に、上がっていく。

8歳＋8歳で16歳の姿になった、カーバンクルが。

「この神聖な姿を再び拝ませてやりたい。シャーロックを連れてこい。神秘の器とやらの事も話させる」

カーバンクルは自分の手足の動きを確かめるように見回しながら、祭壇に立つ。それでカッコいい上に色っぽいパーフェクトな全身がくまなく見えてしまい、俺の血流が強まる。

胸を張り、まっすぐ姿勢を正した完全体カーバンクルは──

長い黒髪の三つ編みポニーテールは同じだが、顔形は凛々しくなっている。さっきまで薄かった表情に、猛々しさが加わった。大きさが倍になった額の宝石と共に、赤い双眸が危険な眼光をこの世界へ突き込んでくる。

チャトの女子たちが感嘆するような声を上げ、見とれてしまっているのは──完全体のカーバンクルの顔があまりにも良いからだろう。女子校だったら王子様扱いされる系の顔の究極形。クールで倒錯的だ。

しかし、その肉体はクールとは程遠いシロモノ。カーバンクルが元々着ていた踊り娘のような衣装はそのまま残っており、ストラップを結い直して水着のように着付けてある。

飾り付きのウルトラマイクロビキニといったところだ。

薄布が先端を覆う胸は、目測Gカップサイズ。しかし単なる脂肪の塊ではなく、胸筋の土台がしっかりしていて形が整っている。宝玉みたいな丸みは高い位置で前方に突き出て、圧倒的な量感を誇りながらツンと上を向いている。なんとも、気高い印象の胸だ。さらに細腰からヒップに掛けてもボリュームがあり、全体にフェミニンなオーラを添えている。

「……どうだ、カーバンクルの魔力の残量は」

ルシフェリアには敵の『今の魔力』を見抜く力があるようだったので、そこを日本語で尋ねると……

「計画通りじゃ。今の融合で大きく減ったぞ。主様のあまりのキモさに、カーバンクルはそれを覚悟してまで融合を急いだのじゃ。あのめんどくさい、肉体を粉にする魔術は――大量の魔力を消費する。もうザンダーラでやったような防御には使いたがらぬじゃろう。全身を粉にして地中に潜ったりすれば、土の中で力尽きて死ぬかもしれんぞ」

それなら、素粒子化は使えなくなったも同然だな。

ここは普段の俺のキモさに感謝すべきかもしれない。ちょっと悲しいが。

「それなら、そろそろ戦えそうだね」

「うむ。戦い方も工夫して、あやつの魔力をもっと削ろう。何なら魔力切れまで追い込む。そうなれば、ヒルダの支配も解けて助けられるハズじゃしな」

「どう工夫するんだ？」

「魔術ナシの、武術の勝負を持ちかける。あやつは少ない魔力を節約したいじゃろうから、乗ってくるハズじゃ。でもそこが罠。武術で戦う時も、少しずつ魔力は費やされるからの。じゃから――」

日本語で喋るルシフェリアは、猴の方を振り向く。

「猴。そちがしっかり助太刀せい。そちと主様とで順番にカーバンクルと戦い、あやつの手数を増やさせろ。そちはカーバンクルを倒せずとも、魔力を使わせればよい。その上で主様にバトンタッチするんじゃ。それまで、今度は逃げてはならぬぞ」

そう言われた猴は、こくこく。眉をキリッとさせて頷き、

「そのお話、願ってもないことです。ザンダーラでの恥を雪がせてもらうです」

両拳を自分の胸に寄せ、『がんばるぞ』的なポーズをしてる。

「ザンダーラでのカーバンクルも我とは戦わなかったが、今の状況はレクテイアの女神と女神が戦う条件を満たしておらぬ。掟を破ってまでカーバンクルと戦おうとすると、我はきっと始祖なる母に体を乗っ取られて止められる。戦うのは、猴と主様じゃ。とりあえず、主様は戦う意思をカーバンクルに伝えよ。そこからは我が今の計略を……」

「――またカーバンクルに分からぬその言語で喋るな。早くシャーロックを連れてこい。約束しただろう、銃の男」

日本語で話す俺たちに、カーバンクルが割り込んできたので――

「連れてくるとは約束してないよ。検討するとは言ったけど。そして検討の結果、連れてこないことにした。それとは別に、メヌエットとヒルダは力尽くで返してもらうけどね。それと、俺は遠山キンジっていう名前だよ」

「騙したのか？　トオ……キン？　その、えっと、ヒトよ」

……さすがルシフェリアに頭が悪いと言われるだけあって、カーバンクルは俺の名前を一発では覚えられなかったらしい。クールでカッコいい美女なのに、頭は残念なんだな。

「阿呆。騙したんじゃなくて、決裂したというのじゃ。こういうのは。主様が言う通り、ここからは力尽く。我の立ち会いの下、戦え。ただし！　先日のザンダーラでの戦いぶり、あれに我は物申す。そちは魔術ばかり使う曲がった戦い方をしておった。カーバンクルは大地の女神――地に足を付けて、武術で戦うのが習わしじゃろう。せっかく完全な身体になったんじゃから、しきたり通り正式に決闘するがよい」

と言うルシフェリアに、「よし、そうしてやる」とカーバンクルが頷いてる。

魔力が残り少ないカーバンクルにとって、素粒子化の魔術は命取りになるほど大出力。どうせ使わないものを禁じられても、痛くないという事なんだろう。

「でも、誰がカーバンクルと戦う？」

「猴と、主様じゃ」

「……それはヒトが猿や毛虫と決闘するような話。正式な戦いにならない」

カーバンクルは長い三つ編みごと頭(かぶり)を振ってるが……猴(コウ)が猿で、俺(おれ)は毛虫ってこと？

「ここの2人はヒトではない。猴は孫悟空(そんごくう)といって、仏じゃ。主(ぬし)様は我(われ)のつがいじゃから女神と同格。ヒトから男神に格上げしてもよかろう。それとも――負けるのが怖くって、挑戦されたのに逃げるのか？」

ぷぷぷ、と、ルシフェリアがわざとらしく嗤(わら)うと……

「カーバンクルは逃げない！」

どちらかというとルシフェリアというより、チャトの女たちに聞かせたいっぽい感じでカーバンクルが返してきた。胸を張り、長いポニーテールをカッコ良く跳ねさせて。

「……こういうやつなんじゃよ」

ルシフェリアは日本語で俺に囁(ささや)いて、ウインクしてくるが――本当に、カーバンクルやレクテイアの風習を熟知するルシフェリアがいてくれて助かったな。

ルシフェリア本人にもそういうところがあったが、レクテイアの女神たちは封建社会の武士みたいに誉(ほまれ)を重んじる。特に、自分の部下がいる前では死んでも恥をかきたがらない。チャトの女子たちから魔力を吸収して利用するカーバンクルは、なおさらそうなんだろう。彼女たちを洗脳し、敬愛されて魔力を貢がせる方が、暴力で支配するより低コストだしな。

「2対1だと決闘っぽくならんから、順々に戦うがよい。まずは、猴とじゃ」

ゆるい理屈で戦闘が長引く事を言うルシフェリアにも、カーバンクルは「順々にでも、一度にでも構わない。好きにしろ」と堂々返してる。その紅い瞳がチラッと見たチャトの女の子たちも惚れ直したような顔をしてるが、そのリアクションがカーバンクルを不利にしていく事に気づいてないな。

「猴に武器を選ばせてやれ」

カーバンクルが命じると、女子たちは円形の神殿を回り込むようにして……柱の裏側に隠されてあった、刀と丸盾、槍、長短の棒、鎖、弓矢、鋼鞭などをこわごわ運んできた。インドの武術・カラリパヤットで用いられる18種類の武器が、全てあるな。

「どれでも好きな物を取るがよい」

「えーっと、じゃあ、これを……」

祭壇から下りたカーバンクルに促され、猴が取ったのは——無骨なインドの槍。先端に細長い三角錐形の穂が付いており、柄は鋼鉄だ。長さや重量バランスが青龍偃月刀に似ていて、猴にとって扱い易そうだな。

だがチャトの女子たちは意外そうな顔をして、『これじゃないんですか？』的に戦鎚を差し出している。インドのウォーハンマーはヘッドが人間の頭ぐらいのサイズの球形で、超巨大チュッパチャプス、特大のメイスといった風情なのだが……

「——やはり猴は神猿ハヌマーンとは違うか。ハンマー同士で戦えるかと思ったが」

どうもインドでは猿の神は戦鎚を使うイメージがあるらしく、カーバンクルもちょっとガッカリした顔。猴は槍に抱きつくようになって「す、スミマセン……」と謝ってるよ。

カーバンクルは女子が3人がかりで運んできた、長い鉄の棒——彫金と鍍金で華やかに飾られており、3mはある——を受け取る。後端に僧侶の錫杖みたいな、直径20cmほどの金属環が付いた棒だ。

「貴石の鎚、ナブラタン・ガダーを拝むがよい。カーバンクルの怒りは、大地の怒り」

カーバンクルがスッと鋼鉄棒を祭壇の方へ差し出すと、さっき地中から噴き出していた大量の宝石が浮き上がり……カチャカチャと、棒の先端にくっついていく。

改めて見えた宝石群はエメラルド、トパーズ、オパール、アクアマリン、ガーネット、ルビー、サファイア、ダイヤモンドらしき結晶が混在しており、夢のようにカラフルだ。

「猴。トオ……銃の男よ。2人ともカーバンクルに負けたら、永遠にカーバンクルの下で生きろ。誤った文明から離れ、ここでカーバンクルに——大地に服従して生きろ。それがお前たちの幸福。もし万一お前たちのどちらかがカーバンクルに勝てば、カーバンクルはその者の願いを何でも6つ聞いてやる。それがしきたりなのでな」

色とりどりの貴石が、惑星を形作るように集まっていく。種類の異なる結晶同士が面と面を接しては繋がり、複数色のより大きな結晶になっていく。それが止まらない。床だけでなく、地中からさらなる宝石がどんどん飛び上がってきている。カーバンクルの翳した鋼鉄棒の先で、宝石の塊はみるみるうちに直径1ｍほどまで膨れ上がっていき……

出来上がった物は、七色に煌めく、巨大な、宝石のハンマー。神がかった美しさを誇るカーバンクルに似合う、俺が今までの戦いで見た中で最もゴージャスな武器だ。

ゴスンッとそのハンマーの石突きを地面につき、カーバンクルは仁王立ちする。そこへ、チャトの女子たちが大きな壺を運んできた。彼女らは次々に手を壺に入れ、中のヌルッとした液体をカーバンクルの手足や肩、腹、背に塗り始める。甘ったるいニオイがしてきて分かったが、スイート・アーモンドのオイルらしい。ヒラヒラした衣装の飾り布を外し、下着というか水着というかの薄布にまでオイルを染みこませてるぞ。

「……なんか……凄いものを見せられてる気がするんだが……何かな、それは」

傷が無い肌をくまなく見せつけて強さを誇示するのはルシフェリアと同じ文化っぽいが、さらに素肌にオイルを塗りたくるのはなぜだろう。ていうか、くすぐったくないのかな。

「アビヤンガ。カーバンクルは戦う前に当然塗る。この国にも同じ文化がある。投げ技をスッポ抜けさせるし、肉を掴みちぎられないようにできる。血行も良くなる」

全身テカテカになったカーバンクルが、教えてくれる。そういうのもあるのか。確かに、見てる俺の血流もとい血行も良くなったよ。

チャトの女子たちを壁ぎわに退がらせてから、カーバンクルは改めて姿勢を正す。猴も対抗してオイルを体に塗ったりするのかと、ヒス的な理由でヒヤヒヤ見ていたが——残念もとい幸い、そういう事はしないようだ。

「――先鋒役で、嬉しいです。遠山が先だと、猴に回ってこなかったかもですから」

そう言って、猴が槍を手にカーバンクルから十分距離を取り……

ビュンッビュンッ、ビュビュビュン――ビシッ！　と、中国武術の動きで槍を振り回し、華麗に左手と左腋の下で固定する。左脚をピーンと伸ばし、右脚はバッとI字になるまで高く上げてから膝で折りたたみ、右手は少林寺南拳の柳叶掌に構えた。人間離れした体幹、バランス感覚が無ければできない演武だな。名古屋武偵女子校のマイクロミニスカートでやるからローライズのサムシングが一瞬ほぼ全開になったのはともかくとして、勇ましい。

ぺたん、と裸足を石床につけ直し、左右の手で棒術のように槍を支えた猴は――

「中国武術には猴の年齢よりも長い、４０００年の研鑽の歴史があるです」

もう、カーバンクルしか見ていない。

「インド武術は中国武術の起源。始祖に模倣が勝てはしない」

カーバンクルも、ぶんっ、ぶうんっ、と、巨大な宝石のハンマーを振り回す。

メヌエットも固唾を呑んで２人を見ている。魂を失ったように梁に座るヒルダもだ。

（頑張れ猴――これで、カーバンクルに魔力を使わせるんだ……！）

俺とルシフェリアも、神殿を外周の柱の方へと下がっていく。

――始まるぞ。まずは猴と、カーバンクルとの戦いが――！

6弾　宝鎚(ほうつい)ナブラタン・ガダー

「――覇(は)ッッッ！」

石床を蹴って、猴(コウ)が仕掛ける。

地面スレスレを這(は)うような突進だ。それによりハンマーの軌道は制限され、上から叩(たた)き潰(つぶ)す攻撃しかできなくなる。カーバンクルは猴が殺傷圏内に入るタイミングに合わせて、ぶうんっ――と、ハンマーを振りかぶって打ち落とす。

「そォれ！」

――ズドオオオオオオォォォォッ――！

地雷みたいな打撃音がして、床石と宝石の破片が飛び散る。

しかし、猴は無事だ。当たれば一撃で倒されてしまうだろうが、ハンマーとはそもそも鈍重な大振り武器。すばしっこい猴はシッポをビッと振って体重を移動させ、躱(かわ)している。

そして左右の手に渾身(こんしん)の力を込めた、猴のフルスイングの薙(な)ぎ――パァアンッ！　槍(やり)の先端が音速を超えた音を上げ、エフェクトじみた円錐水蒸気(ヴェイパー・コーン)が散る。

だが既にカーバンクルは床に打ちつけたハンマーの柄を支点にし、腕一本で全身を跳ね上げていた。やはり素粒子化を使わない。躱す動きだ。

猴の槍は空を切ったかと思いきや――ピッ――皮一枚の浅手だが、カーバンクルの腹を切っている。僅かに、血が散ったぞ。あいつの血も赤いんだな。

カーバンクルの躱し方は華麗だったが、距離感が甘かった。あいつは体を素粒子化して身を守るのに慣れてしまっているんだ。

「――回回颱雷鎗（カイカイタイシャンチエン）！」

槍をスイングした運動エネルギーを殺さず、猴は両足で踏み切って左跳び後ろ回し蹴り。

空中のカーバンクルに、シッポと裸足（はだし）の踵（かかと）で2連打をクリーンヒットさせた。それぞれ、月影（左脇腹）深くに衝撃を与える打撃だ。さらに槍をグルリと回し、着地しかけたカーバンクルの足を弾（はじ）き飛（と）ばすような足払い。速い。カーバンクルがハンマーで1回攻撃する動作の間に、9回攻撃できるペースだ。

「……ッ……！」

手を放さずにいる宝石のハンマーが重石（おもし）となり、カーバンクルの動きは鈍い。それを、コマのように回る猴が脅かす。槍、蹴り、尻尾、槍、石突き――スピンが続く。7連撃、8連撃、目が眩（くら）みそうな左回転の上・中・下段の猛攻が連続する。それをカーバンクルは躱し、躱し、後退しながら、ハンマーを少しずつ構えていく。

そして、9連撃目。

カーバンクルが反撃に出ようと踏み出す瞬間、カウンターのタイミングで――猴が槍の石突きを床でバウンドさせるようにして、今までの左回転から突如反転させた。

「——呀ァッッ！」

ガツッッッッッ！

全身全霊で振るわれた槍の柄が、カーバンクルの首を完全に捕らえた。左からの攻撃にばかり意識を集中させていたカーバンクルは、右からの攻撃に完全に無防備だった。猴は、この9撃目を当てるために今までの8連撃を見せていたんだ。

チャトの女たちが一斉に悲鳴を上げ、メヌエットも口元を手で覆った事に——

（……殺っ……！）

カーバンクルは、首の骨がボッキリ折れたらしい。ハンマーから手を放し、ありえない角度にブランと行きかけた自らの頭を両手で押さえてる。

そして、ずしんっ……と落とした宝石のハンマーの脇に、がくっ、ばたっ……

両膝を落としてから、前のめりに倒れてしまった。

猴も『わっ、殺しちゃった！』的なビビリ顔を一瞬し、槍を抱っこして内股になってる。

その内股にシッポを巻き込んで、猴がビクビクとカーバンクルの様子を覗き込む……が、

「まだ終わっておらぬ！　退け、猴！」

見抜いたルシフェリアが叫ぶのとほぼ同時に、カーバンクルが——バッ！　と、片手で逆立ちする。その動きと共に、褐色の裸足で猴の顔面を強烈に蹴り上げた。仕返しにか、

猴の頭が後ろ方向へ捥（も）げてしまいそうな勢いで。

鮮血と共に、１３８cmしかない猴の身体（からだ）が宙を舞い――

「𑖮𑖯𑖽（カーン）――ナブラタン・ガダーっ！」

猴が槍を横回転（フック）させていたのに対し、カーバンクルはハンマーを縦回転（アッパー）で振り上げる。

ゴルフのティーショットのような、大気を唸（うな）らせるフルスイングで。

大地の女神のウォー・ハンマー、ナブラタン・ガダー――七色のシャンデリアみたいな宝石の大結晶が、ガシャァァァァァンッッッッッッ！！！　新幹線が衝突したような音を立てて、猴を打ち上げた。僅かに自損して砕け散る、七色の宝石のカケラと共に。

屋根の無いこの神殿の上空、青空へ――猴が、５ｍ、10ｍ、15ｍ、まだ上がる。悪夢のような光景だ。20ｍ以上、打ち上げられた……！

頭を下にして落ちてくる猴は脱力しており、受け身を取る余力も無いように見える。

「――危ないッ……！」

やむを得ず、俺（おれ）は神殿の中央側へ走り……どさっ……！　と、落ちてきた猴をキャッチする。お見合いにならないよう少し遅れてだが、ルシフェリアも駆けつけた。

カーバンクルの宝鎚（ほうつい）ナブラタン・ガダーは無数の宝石が集まったものなので、ヘッドの表面が肉叩き（ミートハンマー）のようにギザギザになっていないか、心配したが――大丈夫だ。鼻血は出てるが、外傷は無い。まだ辛うじて持ってる槍がくの字に曲がってしまっているのを見るに、咄嗟に柄で防御したんだな。

「……ふむ、さすがは仏の一種だな。意識があるとは」

左手を当てた首をコキコキと揺らしつつ、カーバンクルは右手で肩にハンマーを担ぐ。

「……ま、まだ……戦えます、猴は、まだ……」

猴は曲がった槍を手に、俺のお姫様抱っこから床に下りようとするが……直撃は避けたものの、ナブラタン・ガダーに撥ね上げられた衝撃で脳震盪を起こしている。

「どけ、銃の男。生意気な猿を、もう一度打ち上げてやる」

一方のカーバンクルは、猴に首を折られたダメージが全く残ってない。どういう事だ。

「——猴、もう十分じゃ。あやつは我に言われたのを気にして、体を粉にする術を使わず……そちの打撃を受けて首を折られ、それを治すのに魔力を大量に消耗したぞ。あやつは体が折れたり切れたりすると、無意識に快癒術を使って急速に治す習性があるからの」

ルシフェリアが日本語で言って、俺から猴を取って抱っこし……

追撃したそうな顔をしているカーバンクルには、

「これは猴と俺が『順々に戦う』ってルールで双方合意して始めた戦いだろ。俺が割って入った時点で2対1になったんだから、猴の反則負けで終わり——と考えるべきだ。次は俺が可愛がってあげるから、カーバンクルも少し休むといい。今くっつけたばかりの首の骨が痛むだろうし」

俺が英語でそう言ってあげると……カーバンクルはフンと鼻を小さく鳴らし、

「カーバンクルは痛みなど感じない。痛覚は弱い種族が進化して身につけた、危険を察知する力」

とか、ナナメ上からの回答をしてくる。

「まあいい。それは猿。服従の体勢を取らせるのも滑稽(こっけい)。では次——来い、銃の男」

「遠山(とおやま)キンジだよ。何回言えば覚えてくれるのかな」

宝玉のハンマーを担ぎ、アーモンド油で全身を妖しくテカらせたカーバンクルに正対し……俺の中心・中央が、ドクンッ、ドクンッ、ドクンッ……と普段より強く凶暴に脈打つ。

この感覚は、覚えている。

猴を倒されて発動したらしい、ヒステリア・レガルメンテ——通称・王者のヒステリアモードだ。それと、ヒステリア・ベルセも感じるぞ。メヌエットとヒルダを攫(さら)われた事で。

2種類の派生形が累積し、今のヒステリアモードは普段の1・2×1・7倍≒約2倍にクロックアップしている。『出会った女はみんな俺のもの』とでも言わんばかりに3人を自分の女と認識していたらしい俺の雄度(オスど)はともかく、この強化はありがたい。

「では、銃を抜け。銃の男」

「いや、俺は素手でいい」

「……は？」

ぴょんとポニーテールを跳ね上げるカーバンクルに、俺は微笑んでみせる。自分の心理状態を確認するため、笑顔を作れるか試したが……優しく、穏やかな笑顔になれた。

ベルセは思考が攻撃一辺倒になる危険なモードだが、レガルメンテが同時に発動するとそれも抑えられるらしいな。これなら、やたらに隙が出来る事もないだろう。

「カーバンクルはその美しいハンマー、ナブラタン・ガダーを使い続けていいよ。それとルシフェリアは文句を言ってたけど、体を素粒子に変える術も使っていい」

そう言った俺にはカーバンクルだけでなく、ルシフェリア・猴・メヌエットも驚いてる。

正直、素粒子化されたら倒す手は無いが——あれは、逃げの魔術だ。回避され続けても俺にダメージは無い。それならどんどん使ってもらって、魔力を使い果たしてもらう方がいいだろう。

それに、相手は異文化のレクテイア人。俺が勝っても『拳銃を使われなければ勝てた』とか『素粒子化を使えてたら勝てた』とか後で言い出して、負けを認めてくれないと困る。前にルシフェリアと戦った時もこの辺ではモメたから、早めに整理しておくべきだ。

「なるほど、なるほど。そう言えばカーバンクルが怒ってどちらも使わなくなって、銃で殺せるようになると考えたか。銃の男よ。使わないと言っておいて、銃を使うつもりだ」

「……じゃあ、カーバンクルは何でも使うって事で」

「——宝鎚ナブラタン・ガダーがあれば、カーバンクルの勝利は絶対。大地の輝きの前にひれ伏すがよい」

「そこの取り決めが出来たところで、次の取り決めをしたいんだけど。もし俺が勝ったら願いを何でも６つ聞いてくれるんだよね。全部じゃないけど考えたから、先に言っとくよ。モリアーティと縁を切ること。チャトの女子たちの支配をやめること。メヌエットの解放。ヒルダの催眠を解くこと。他は無いんだけど、チャトにシャーロックが近づけない呪いもいいかげん解除してあげてよ。行ったら死ぬ場所があるなんて、気持ち悪いだろうし」

「なんという思い上がりか。銃の男はカーバンクルに勝てることはない。カーバンクルに負けて、一生ここで暮らす運命。動物――ヒトのオスとして、カーバンクルが飼ってやる。お前は首に鎖を掛けられて、カーバンクルの支配を受ける定めだ。ヒトオス」

「うーん、やっぱりレクテイアの女性は男を尻に敷きたがるのかな。そういうのが好きな男もいるだろうけど……じゃあ、６つめを決めたよ。その逆で、カーバンクルが女として俺に支配されるってのはどうかな。想像してごらん」

「……？」

素直なカーバンクルは、言われた通り――自分が俺のペットになっているような光景を想像してみたらしい。で、何秒か思いを致して……じわぁ……と顔を赤らめていき……

「……わぁ……！」

両ヒザを閉じ、油まみれのビキニみたいな衣装ごと大きな胸を押さえてる。どうやら、ドキドキの動悸を抑えてるようだ。

「なんだ。なんだ。カーバンクルに今、まじないをかけたのか。お前も呪いを使うのか」

男に支配される想像なんかした事が無かったらしく、しかもそれがカーバンクル的には興奮するシチュエーションだったらしく——カーバンクルはそのドキドキを、俺が掛けた呪いとカンチガイしてるらしい。

「ははっ。何かの魔術だと思ったのかな。違うけど、違わないかもね。もっと口説いて、うんと可愛がってあげたいところだけど……その前に、おしおきしてあげなきゃならない。カーバンクルは、俺の前でやってはならない悪事をしたから」

「悪事？」

「メヌエット、エリーザ、猴……他にも多くの女の子を傷つけた。どんな理由があろうと、女の子を傷つける者を男は許さないんだ」

銃を使うと思われているなら、思わせ続けた方がいいので——俺は、カーバンクルから距離を取る。５ｍ、10ｍ。それで戦いが始まるムードが流れ、猴を抱いたルシフェリアやチャトの女子たちが神殿の外周の柱まで引いていく。

「離れれば、カーバンクルに攻める技が無いと思っているのか？　愚か者め」

頬を赤らめたまま、カーバンクルはハンマーを背中側に垂らして両手持ちする。そこもオイルで艶光りしてる両腋を見せつけるように、大きく振りかぶる姿勢だ。後ろに傾いた重心のバランスを取るため、前蹴りをするように右足を臍(へそ)の高さに上げてもいる。

（ハンマーを投擲(とうてき)するのか――？）

いや、違う。ヒステリアモードの集中力で分かった。

あの右足とハンマーには、微細な振動が――

「――𑖪𑖽(バン)――！」

――ドンッ、ドドドドオンッッッ！！！

前向きに四股(しこ)を踏むように打ち下ろした足に続いて、カーバンクルは宝石のハンマーで自分の前の石床を叩(たた)いた。

すると、カーバンクルを中心に――ドドドドドドッ！　と、範囲は小さくとも強烈な地震が起きた。局地マグニチュードは7、震度も7――！

（――陸奥(むつ)ッ――！）

俺は震動を逆位相の震動で相殺する技・破刺陸奥(はしむつ)を放つが、陸奥は本来かなりの時間をかけて震動を育てる必要がある技。今のは急だったので、マグニチュードを1下げるのが精一杯だった。

足下の石床がバキバキと割れ、その下の地面も口を開ける。カーバンクルは地震で俺を落とす亀裂を生じさせようとしたらしいが、俺が震度を6に落としたのでそこまで大きなクレバスは出来ない。

「……キンジ……！」

揺れる車イスの肘掛けにしがみつき、メヌエットが心配そうに声をかけてくる中——

俺は足下に生じた割れ目を短距離走のスターティングブロックのようにして、ドンッ！　秋草で低空を水平に飛び、揺れる足下の影響を受けずにカーバンクルへ迫る。

「アン——噴き上がれ大地っ！」

対するカーバンクルは、だんっ！　直角に曲げた左足で、ガニ股になりつつ地面を蹴る。それに呼応して、俺の飛ぶ真下の亀裂から小さな宝石のつぶてが無数に噴出してくる。虹色の地雷を空中で避ける事はできないが、俺は自分に衝突するコースを飛んだ17粒の宝石を銃弾掴みの連射で受け止めまくる。

「マン——止めろ大地っ！」

だんっ！　さらにカーバンクルが、直角に曲げた右足を前に出して地面を踏む。すると、その足の前の石床や土が起き上がって防壁となった。パトラの『アメンホテプの昊盾』の大型版・土石版だ。

その壁は土嚢のようなもので、桜花で容易にブチ抜けそうだ。しかし俺は体内に桜花を装填しない。これはヤワすぎる。最終防衛ラインじゃない。視界を封じるものだ。地面を踏みつける瞬間、カーバンクルが宝石のハンマーから手を放していたのも見えた。

——という読みは正解で、カーバンクルが——ガバァッ！　壁のこっち側の地中、俺の真下から、土竜のように飛び出してくる。虎の子の魔術・素粒子化をここで使ってきたか。

それで俺の顔と首を掴もうとした褐色の両手を、ぱしぱしっ。俺の両手が受け止める。

「踊ろう、カーバンクル。インド映画の恋人たちみたいに」

俺は恋人繋ぎしたカーバンクルの両手を支点に、下半身を振って土壁に足をつける。

「……う、あ、さわるな！」

その俺の動きでダンスするように振り回されたカーバンクルは、またドキッとした顔で慌ててる。俺は秋草の勢いで、土石の壁を踏み倒すように崩していき――向こうの石床に、片膝で着地した。グイッとカーバンクルを引っ張り寄せて、ウインクしてあげながら。

「〰〰〰〰っ！」

俺と両手を繋いだままのカーバンクルも、石床に崩れた正座で座り込む。

2人の動きが止まると、カーバンクルはイヤイヤして俺からヌルリと手を外し――

「わ、わ、わ」

戦闘のダメージは何も無いのに、腰が抜けたようになって、這って、這って……

そこに置いてあった、宝鎚――ナブラタン・ガダーを掴んだ。頼るように、祈るように。

やはりそれを使わないと、俺には勝てないと判断しているのだろう。

ヒステリア・ベルセ×レガルメンテは快調だ。俺の大脳新皮質や全身の運動神経は今、常人の60倍の性能。這っていくカーバンクルの引き締まったオシリも眺められて、血流も堅調。向かうところ敵ナシだ。

「いいぞ主様！」「遠山！」「キンジ、勝てますよ！」

ルシフェリア・猴・メヌエットの声援が聞こえる。

一方、チャトの女子たちもカーバンクルを応援しているのが聞こえてくる。

「お前は、なんて、ヘンな術を使うのだ。心臓が破裂しそうになる。頭もワーッてなる。自分が自分じゃないような気持ちになる。こんなの、やられた事がない。カーバンクルを呪うとは、不遜な。これでルシフェリアも屈したんだな。解け。この呪いを解け」

「フッ。解けないと思うよ。俺と触れ合って、そうなってしまったら」

「じゃあ、どうしたらいいのだ。お前を殺せば解けるのか？」

「殺しても解けないさ。殺されもしないし」

「黙れ。やむを得ない。カーバンクルは決めた。お前は——土に返す」

カーバンクルは紅潮した顔で、ぐい、ぐぐいっ。

極彩色の星みたいな、宝石製のハンマーを持ち上げていく。

宝鎚ナブラタン・ガダーは、７００kgあったハビの斧・破星燦華鉾よりも大きい。猴を弾いた時の威力から考えて、１tはある。個人が扱う打撃武器として、間違いなく世界で最も重い。硬さもモース硬度8のエメラルド、トパーズ、9のルビー、サファイア、10のダイヤモンド——世界で最も硬い。そして世界で最も煌びやかで、最も高価だろう。

「そのハンマーがあれば、絶対勝てるって言ってたよね。それを使って負けたら、剣とか弓矢とか、『他にもっと強い武器があれば勝てた』とか言わないね？」

重要な願いが6つも懸かっているので、俺はクドめに確認を取る。

「もっと強い武器？　そんなもの無い。最強の武器はハンマーだろう。常識的に考えて」

「そ、そうかな……？　まあいいや」

ケバケバしいほどに輝くナブラタン・ガダーを天へ突き上げて構えるカーバンクルと、ただ普通に立つ俺が、改めて向かい合う。

対・槌(つち)技は遠山家にも伝わっているが、あれは城門を破壊する掛矢(かけや)を破壊する技だった。掛矢は杭(くい)打ち用の木槌(きづち)に鉄板や鋲(びょう)を付けたものなので、どんなに重くても10kgも無い。100倍以上の重さがあるナブラタン・ガダーは、全く別概念のシロモノだ。となると、

（――岩、だな）

キラキラの見た目はともかく、あれは岩石と考えるべきだろう。そして岩と戦う方法も、遠山家にはある。というのも戦国時代までは、岩を落として敵を倒すのは戦場(いくさば)の基本技の1つだったから。

「――金丁(コンティ)――」

俺は伏せ名の技名を『来ていいよ』の合図として発声する。

この技は構えから内容がバレ易(やす)いので、体勢は自然体のまま変えない。

「――土より生まれしものよ――」

祈るように唱えてから、カーバンクルは右手でハンマーの柄の後端に付いている金属の環を掴んだ。そしてハンマー投げのスイングのように、ぐるんっ。ぐるんっ。腕を伸ばし、体の周囲で大きく振るい始める。

左手でも金環をしっかり掴んだカーバンクルは、ぶうんっ、ぶうんっ、ぶうんっ――――!　絢爛なナブラタン・ガダーの軌道を水平、右ナナメ、左ナナメに変えて振り回す。

真昼のインドの太陽光に、キラキラと、ギラギラと、赤、青、黄、緑、紫、白の反射・屈折光が迸る。粗くワイルドにカットされた宝石が数限りなく輝いて、巡る銀河のようにカーバンクルの周囲を趨る。

それは――この世界には無い、レクテイアの武器・武術。大地の女神・カーバンクルと戦う者以外は、生涯決して見られない光景だ。あまりにも美しくて、見とれてしまうな。今は戦いの真っ最中だというのに。

「さらば、銃の男。別れの贈り物に、先手をくれてやる」

カーバンクルはナブラタン・ガダーを振り回しながら、左手の薬指と小指だけを器用に3回曲げ伸ばしして見せた。レクテイア人のジェスチャーで『来い』って意味だ。

「俺は遠山キンジ。贈り物はされるより、する方が好きなんだ。そっちから来ていいよ」

「後悔するんじゃないぞ。悪いのはカーバンクルを呪った銃の男。ナブラタン・ガダーで飛び散らせる。この大地に、その血の一滴まで、全てを」

「散らせるものなら、散らしてごらん」

ぶるぅううん、ぶるぅうぅんっ。威嚇するような風切り音をハンマーから上げながら、一歩、また一歩、カーバンクルが進んでくる。ハンマーの動きと連動して重心が動くから、カーバンクルの歩行の軸には大きなふらつきがある。だが平均すると、歩く角度は1度のズレもなく俺の中心・中央へ向かっている。見た事の無い、テクニカルな歩法だ。

伏せ技名・金丁――伍絶(ごぜつ)の1つ、絶釘(ぜってい)は、1回見られればカラクリがバレてしまう技。

(チャンスは1度きり、だな。今回も)

俺を殺す腹を括(くく)ったカーバンクルは、まさに怒れる大地。その迫力に圧(お)されてか、飛び散るであろう俺の血肉を避(よ)けようとしてか、チャトの女子たちが柱の陰に隠れる。

「――ॐ(オーム)――大地に還(かえ)れ――――!」

カーバンクルのハンマーが、最終コースに入った。

女神が全身全霊を込めての、渾身(こんしん)の打撃は――

――ドドドドドッ! 地響きのような衝撃波の音を轟(とどろ)かす、音速の杭打(くいう)ちだ。軌跡は俺の脳天から正中線に沿って、真一文字に叩(たた)き潰(つぶ)すコース。

地球に墜(お)ちる惑星のようにダイナミックな、1tの重量、マッハ1の速度を、

「――絶釘(ぜってい)――――!」

1mm（ミリメートル）どころか1μm（マイクロメートル）のズレも許されない超精密技、俺（おれ）の絶釘（ぜってい）が迎え打つ。

ヒステリア・ベルセ×レガルメンテの集中力で読み取った、ナブラタン・ガダーの重心――球体のハンマーヘッドの中心・中央やや下。透明な宝石、立派なダイヤモンドがある所。そこめがけて、俺は右手を突き上げる。伸ばした5本の指を、束ねるように閉じつつ。

手の指先を鳥の嘴（くちばし）のような形に集めると、人によって中指か薬指の先端が最も突出した部位となる。俺の場合は薬指なので、意識を集中するのは薬指の先端。弧を描く爪の先、薬指の中でも最も先端となる点だ。その点が、ダイヤモンドに触れた瞬間――

――俺は体を、『絶（ぜつ）』の状態にする。

遠山（とおやま）家に伝わる『絶』とは絶牢（ぜつろう）や絶閂（ぜつかん）の基礎を為（な）すもので、全身の筋骨を完全に固める行為だ。ヒステリアモードによる身体操作で体液や不随意筋にまでそれが徹底されると、肉体は金属塊の硬さに変わる。ほんの一瞬だけ。

この状態になった上で、鉄板で出来た回転扉に変身するのが絶牢。鉄の棒杭（ぼうぐい）になるのが絶閂。そして絶釘は文字通り、指先を先端とした巨大な釘（くぎ）になる技だ。

石は硬い。ダイヤモンドはその王者だ。だが硬すぎる物質は一般に原子の配列が規則的なので、小さな裂け目を作り、衝撃を与えてやれば――そこから原子間結合の弱い方向へ連鎖的に裂け目が広がっていき、割れてしまう。これを結晶の劈開性（へきかいせい）という。

「――ッ――！」

ヒステリアモードが見せるスーパースローの世界で、カーバンクルが赤い目を見開く。

釘の先端となった俺の薬指によるミクロの傷が、カーバンクルの打撃が自ら生じさせた衝撃で広がっていく。ダイヤモンドが、割れていく。

ナブラタン・ガダーのハンマーヘッドは、宝石同士が一塊の結晶のように結合していたもの。最初に割れたダイヤモンドが欠けると、更なる劈開(へきかい)が始まり——その周囲にあったルビー、サファイア、エメラルドといった宝石たちが連鎖的に外れていく。

降り注ぐ七色の散弾は桜花(おうか)の連打・那由多(なゆた)で迎撃し、四方八方へバラ撒(ま)いた。ついには剥(む)き出(だ)しの鋼鉄棒となったハンマーの柄は、左手の二指真剣白羽取り(エッジ・キャッチング・ビーク)で捕らえる。最後に、落ちてきたカーバンクルの完璧なプロポーションを右腕で抱き留めてあげよう。

石床に降り注ぎ、跳ね返る、色鮮やかな貴石のゲリラ豪雨の中で——俺は鋼鉄棒を放り、左腕でもカーバンクルを抱く。しかし全身に塗られていたオイルのせいで……その身体(からだ)はヌルリと抜け落ちてしまう。お姫様抱っことかは、してあげられなかったな。そっと床に座らせてあげるので、精一杯だった。

——片膝をついた俺の前に女の子座りしたカーバンクルは、

「……ナブラタン・ガダー、大地の……光が、輝きが……失われるなんて、そんな……」

粉々になって床に散った宝鎚(ほうつい)の破片を見渡し、愕然(がくぜん)としている。

これ、俺と戦った女子あるあるだな。負けた事をすぐには認められなくて、目から光を

失っちゃうやつ。そして、

「——光も、輝きも、失われてなんかないよ。カーバンクル。あの宝石たちよりも……」

「……？」

そっと、俺の手で、頬に触れられて——

「君が光り輝いているから」

「……っ……！」

囁かれて、きゅぅう……！　って赤面して機能停止しちゃうのも対俺あるある。

——結局のところ、俺がこうも容易くカーバンクルをあしらえたのは……ヒステリア・ベルセ×レガルメンテのおかげもあるが、それよりもカーバンクル側の魔力不足による。ルシフェリアにノセられて融合し、猴と戦って致命傷を自ら治癒したカーバンクルは、正直もう60倍ヒステリアモードの俺とマトモに戦える余力は無かったのだ。

この小さな楽園の女王、カーバンクルが俺を見つめて立ち上がれずにいるのを見て……チャトの女子たちが、ざわついている。そして次は自分たちが攻撃されると思ったのか、後ずさり……逃げ出していく。メヌエットの傍らにいた女の子も、車イスに掛けた錠前を外して神殿から逃亡していった。みんなカーバンクルの身を案じてか、涙ぐんでいたが。

力の象徴は砕け散り、隷の女子たちも失い、支配者の座から降ろされたカーバンクルは——「支配されたくなったかい？」と俺に耳元で囁かれて、びくっ！　滑稽なぐらい肩を跳ねさせる。

「よ、よせっ、近寄るな。怒るぞ」

カーバンクルが大きな胸を押さえる手を、俺が小さく突く。ハートに刺した矢を、もう一押し深く突き入れるように。

彼女は今が一番心細く、気弱になってる時だろう。付け入るなら、今だ。

「言われて怒るってことは、図星なんだね。戦う中で、敗れる中で……そのハートが俺に支配されたくなったこと――」

「ここはカーバンクルの世界じゃない。別の世界。絵の中や本の中のようなもの。そんな世界の誰かに支配されるなど、ありえない。あってはならない」

カーバンクルは頭をブンブン振り、長い三つ編みポニーテールをS字に波打たせている。

うん、あと一押しだね。

「――それは、不幸せな生き方かもしれないよ。カーバンクルの好きな人がいる世界が、カーバンクルの世界。そうする方が幸せなはずだ。カーバンクルは人の幸福を目指してたから、俺もカーバンクルの幸福を目指したい――君を、幸せにしたいんだ」

「〰〰〰〰〰〰〰〰！」

目線の高さを合わせ、真っ正面から言ってくる俺に……カーバンクルは、覗き込まれた赤い瞳にハートを浮かべた感じになる。そしてしばらく、ポケーっと俺を見つめ返してる。

——強敵を、我ながら見事に無害化できたな。この活躍にはリユニオンの各位にも後で表彰式を開催していただけるだろう。と思ったんだが、

「ああいうので我は主様に落とされたんじゃ。口が上手いからの、あの男は」

「分かるです」

「分かりますよ」

集まったルシフェリア・猴・メヌエットによる、遠山キンジ被害者の会が開かれてるぞ。逆に。どうして？

ただ、こうして俺が恥も外聞もなくカーバンクルを口説いているのは……

この後の戦いを、防ぎたかったから。だが……そうも、いかないみたいだね。

「……うう、うう……」

——呻るカーバンクルの額の宝石が、輝きを強めていく。

それに呼応するかのように、床に散らばっていた宝石が浮かび上がってくる。

小粒のものばかりだが、エメラルド、トパーズ、ルビー、サファイア、ダイヤモンドが空中でキラキラと連なり、車のハンドルぐらいの輪っかを形作っていく。カーバンクルの頭上で、花冠のように。これは猴が如意棒を撃つ前やルシフェリアの復活時にも生じた、天使の輪のようなものの一種だろう。

カーバンクルの体内から、パキッパキパキッという音が上がる。妖刕が潜在能力開放を

する時に聞いた、筋繊維が圧縮される音に似た音だ。その全身に今まで以上の怪力が宿り、一回り大きくなっていく。足下からは大小の宝石が浮かんで褐色肌に吸い付いていき、拳、膝や肘、額や側頭部、腹や背で並んで美しい紋様となっていく。それらは同時に、女神の要所を守る部分鎧のようでもある。さらに浮かび上がった宝石群が、カーバンクルの背を守るように尾や背びれの形を作っていく。美しくも、魔獣のようなこの姿は……

（……出てしまったか、第2態が……っ）

ベイツ姉妹、ラプンツェル大佐、ルシフェリアもそうだったが——彼女たちには、この変身があるのだ。そして変身後は例外なく全ステータスが上がっていた。カーバンクルも、大きさや筋力、防御力などは軒並み上昇したようだが……

「主様っ。カーバンクルは主様との戦いとその変化で、もう魔力をほぼ使い果たしたぞ。あとは生命の維持に使う分だけじゃ！」

ルシフェリアが嬉しげに言い、もうカーバンクルが余分な魔力を一切使えない事を証明するかのように——

「……っ……？　こ、ここはどこよ。ちょっと。誰か説明なさい。痛ったぁ……！　何よ、この筋肉痛はっ……！」

——ばさばさっ。

ヒルダが正気に戻り、神殿の梁から羽ばたいて下りてきている。ザンダーラから無理な飛行を強いられた後遺症で、上手く減速着地できず尻餅をついてるが。

「ヒルダを解放してくれたんだね。やっと」

今は180cmぐらいに背も伸びた、立ち上がるカーバンクルに俺が言うと……

「もう人質があってはだめ……トーヤマ、お前と対等に、戦いたいから」

犬歯がキバになった口で、カーバンクルが返してくる。

存在感は圧倒的に増したが、人格は元のカーバンクルと変わっていないな。

「ようやく名前を覚えてくれたね」

「お前のことを覚えたくなったから。お前と関係したいから。でも、お前とどう接すればいいのかが分からない。だから、戦ってほしい。相撲をしよう」

ピシャリと自分のオシリを叩いて気合いを入れるカーバンクルに、

(なるほど、そうか)

俺は内心で納得する。

ルシフェリアも俺に負けた後、俺を気に入ったらしいんだが——そのとき取った行動は、俺に更なる勝負を挑むというものだった。最初は取っ組み合いで、後に隠れんぼや料理で。

これはレクテイアの女たちが、男と接した事がないためだ。カーバンクルもこの農園に隠れ住んで、チャトから攫ってきた女子とだけ接していたのだろう。

だからこうやって男と戦って、戦いの中で相手を気に入る事があったり、負けて支配を受ける気分になったりしても……その後どうコミュニケーションを取ればいいのか分からないのだ。でももっと絡みたいから、ケンカとか競争を持ちかけて、文字通り絡み続ける。幼稚園児とか小学生が、好きな異性の子をねちねち攻撃しちゃうのと同じカラクリだ。

それなら——

「いいよ、やろう。ただ、相撲にもいろいろあるよね……俺の祖国にもあるし、モンゴル、セネガルにもある。どのルールでやるのかな」

「カーバンクル相撲。両手と両手を繋いで、足の裏以外が大地についたら負け。手と手が離れたら引き分け」

カーバンクルは少し腰を落とし、両手を広げて差し出してくる。抱き合うような体勢で組むものではなさそうなので、俺としても応じやすい。

左右の手をダブルで恋人繋ぎしてあげたら、またカーバンクルが褐色の頬を赤くさせていく。俺も自分より背の高い女性を相手にする事はめったにないので、ちょっと照れるね。

長身の女性の、問答無用の年上感。俺より大きく、本能的に俺より強く感じられる体。つい、わざと押し倒されて、覆い被さられて、その柔らかそうな胸や肌で呼吸を塞がれてしまいたくなる——被虐の快感に目覚めそうになってしまう、何かがある。

そんなお姉さんが、しかし俺に異性としての興味を持つ蕩け顔を見せてしまっている。秋水でズンズンと押せば、「う、あっ……うっ……」と少女のように高い声で息みながら押されていってしまいもする――加虐の快感にも目覚めそうになる。

被虐と加虐とを同時に味わえるなんて、驚きの新感覚を与えてくれるものだな。長身のお姉さんとは。元々年上は嫌いじゃなかったが、今後更なる開拓の余地がある領域だ。

などと考えながら押し合えるぐらいには、ヒステリア・ベルセ×レガルメンテは健在。手四つで押し合う第2態カーバンクルの事も、かなり仰け反らせる事ができている。

「髪は地面についてもいいのかな？　ポニーテールがついてるけど、それはノーカン？」

「い、いい。かまわない」

カーバンクルは、ほとんどブリッジみたいになった体勢から――「ふっ！」と息を止め、バンッッッ！　バンッッッッ！　全身をビクンビクン波打たせながら、残り僅かな魔力を併用して俺を押し返してきた。そしてその勢いに乗り、バオッッッッッ！　と、頭突きを繰り出してくる。それもアリなんだな、カーバンクル相撲では。

彼女の額の赤い宝石が激突すると俺の頭蓋骨が劈開してしまいそうなので、ここは頭を擦れ違わせるようにして――躱すしかないな。

結果、バチィンッ！　カーバンクルと俺は互いの首筋に互いの顔面を埋め合う、ヘタなキスより濃厚な接触の体勢になってしまった。

「……っ……」

黒髪をアップに結っているので、カーバンクルはうなじが丸出し。そこからムンムンと薫る、スイート・アーモンドのオイルと熱い汗。鼻と口にクリームを詰め込まれたような、ほっぺたが落ちそうなほどの甘い香りがする。

「……っ……！」

カーバンクルも俺の首筋や襟足に顔を密着させていたが、お互い離れて……

改めて至近距離から見合わせた顔は、どちらも『イヤなニオイしなかった？』的に少し赤くなっての苦笑いだ。

体勢的には今ので押し返されてしまったので、今度は俺が仰け反り――ブンッ！　と、自慢の石頭での頭突きをお返しする。

そしたらカーバンクルは嬉しそうに躱して、バチンッ！　左右は逆だが、またお互いの首筋に顔面を埋め合う濃厚接触の体勢をわざと作ってきた。で、ぐりぐり。オイルと汗を、俺の首筋になすりつけてきたぞ。ナワバリにニオイ付けするネコみたいに。楽しそうに。『好き。もっと遊ぼう？』と言うように。

……まあ、この相撲……正直、俺も楽しい。

60倍ヒステリアモードとはいえ生身の人間でしかない俺と、第2態の姿とはいえ魔力がほとんどカラのカーバンクルとで、いい勝負になってるしな。

最初は人質を取ったりで人間性が疑わしいところもあったが、俺を『銃の男』や『ヒトオス』から『トーヤマ』という一人格として認めてくれてからは、正々堂々している。

戦ってる内に、理解し合えてきた。やっぱり、ぶつかってみないと分からないものだね。人と人は。それが、男と女であっても。

感情に乏しかったカーバンクルも、俺と両手を繋いで笑っている。なんかもう、これは戦ってるというよりジャレついてきてる感じだな。

「フフッ」

ぐりんッと手首を回してきて、おそらくカラリパヤットの関節技を使ってきた。右手を引っぱり左手を押す、こっちのバランスを崩す技も使ってくる。それらを遠山家の体術でいなしてから、俺は内掛けでカーバンクルの足を脅かす。これはカーバンクルが縄跳びのように躱した。

今やカーバンクルは笑顔で、楽しんでいる事を隠すそぶりも無い。俺と戦う時間を満喫して、ずっと続けたいようなムードだ。いつしかカーバンクル相撲は、ダンスになってる。ドレスのように宝石で全身を飾ったカーバンクルと、いつまでも踊りたかったが――

(――っ……!?)

――音――

ヒステリアモードの耳が捉えた。

砲音。それに続く、ヒュルヒュルという独特の音。滑腔砲から放たれる弾に付けられた、安定翼の風切り音だ。これらは強襲科の訓練でトラウマを刻みつけられた音――

「──迫撃砲弾だ！　みんな伏せろ！」

なぜそれが聞こえたのか考えるより先に、反射的に叫んだ。咄嗟に出たのは、日本語。俺の言葉を理解できた猴、ルシフェリア、２人に抱きかかえられたメヌエットの３人が伏せた時──ヒュルルルッ──ドォォォォォッッッッ──！

屋根の無い神殿の内側へ落ちてきた榴弾が、炸裂した。轟音と共に超音速で飛散した弾殻が、歴史ある石柱を何本も破壊する。

この威力、M３７４榴弾。となるとやはり、使用されたのはL１６・８１㎜迫撃砲。上から見るとO字形に並んでいた神殿の石柱群は、C字形になってしまい……

「……ううっ……!?」

何が起きたのか分からないという顔で、ズルリッ、と、カーバンクルが俺と繋いでいた両手を放す。その場に膝をつき、そのまま四つん這いになっていく。華やかな第２態から自然な第１態へ急速に戻っていくカーバンクルの背に……

「……カーバンクル！」

榴弾の破片が、突き刺さっている。常人だったら即死する深手だ。素粒子化して被弾を防がなかったのは……弾に気づけなかったためか、あるいはそうすると自分を貫いた先の俺に弾殻が当たると判断したためか──

見ればカーバンクルの背では、本人の意思と関係なく魔術的な自動治癒が始まっているように見える。だが弾殻が突き刺さったままなので、泡立つような流血が止まらない。

流血に押されるようにして背中からパラパラ落ちていく宝石は——どれもこれも、赤く濡れている。痛覚が無かろうと、流血はカーバンクルから容赦無く力と意識を奪っていく。

——ヒュルルルッ——ドォォォォォオッッッッ——！

再び、空から弧を描いて落ちてくる迫撃砲弾が神殿を揺らす。これは少し逸れて、畑に落ちたようだ。小さなプロペラ音に気づいて頭上を見上げると、上空80ｍぐらいをカメラ付きの民生用ドローンが飛んでいる。治安警察が保有してるとエリーザが言ってたやつだ。

「ま……マズいぞ主様っ。もうカーバンクルは魔力を使い果たしておる。その上で魔力を絞り出すとなると、生命力が削られるのじゃ。なのに——体は本能で傷を治そうとして、強力な治癒術を自動的に使い続けておる。カーバンクルの命は残り1つ。死んで復活してやり過ごす手は使えぬぞ……！」

土埃が舞う中を駆けつけたルシフェリアが、生きようとするがために急速に死に近づくカーバンクルの悲劇を語る。

出血量から見て、この破片は大動脈——総腸骨動脈に達している様子だ。急に抜くと、失血性ショックで死んでしまうぞ。

「——ダイダラ＝ダッダ！」

遺跡の方を振り向いた俺が叫ぶまでもなく、元・軍医のダイダラ＝ダッダはこの惨状に気づいてくれていたらしい。単眼鏡(スコープ)を手に、神殿へ駆けつけてくれており……

「今のは治安警察の曲射砲、迫撃砲の音じゃぞ。ヤツら、なんだって戦を始めたんじゃ!?

――ムッ……何と。どうしたんじゃ、このカーバンクルは」

大きくなったカーバンクルが重傷を負って倒れているのを見つけて、驚いている。

「チャトの女の人たちは無事ですか。さっき遺跡の方へ逃げ込んでいましたが」

猴(コウ)に聞かれて、ダイダラ＝ダッダは白い髭(ひげ)ごとうなずく。

「12人とも無事じゃ。遺跡は昔、基地になってたほど堅牢(けんろう)じゃからの」

そのダイダラ＝ダッダの言葉で――俺のヒステリアモードの頭脳が、気づく。

治安警察による、この攻撃が起きた理由に。

「12人。全員いたんだな。髪の短い、ショートカットの女の子も――」

「髪の短い娘は、君らがこの神殿に入った頃、最初に遺跡へ逃げてきておったぞ」

「……ッ……！」

俺が息を呑(の)んだので、ルシフェリアや、車イスに座り直らせたメヌエットを運んできた猴、ヒルダもこっちを見てくる。

「ヒルダ、あっちに見える横穴――遺跡に急ぐんだ！　すぐにショートカットの女の子を捕まえてきてくれ！」

俺の剣幕(けんまく)に、ヒルダは「わ、分かったわ」とすぐ神殿から駆け出ていく。ヒルダは影になれるし魔臓もあるから、砲撃を受けている中でも比較的安全に移動できるだろう。

「な、なぜその娘を捕らえさせるのじゃ、主様」

「ショートカットの子は俺たちを見た時、すぐ風車小屋に駆け込んで隠れた。自分がいた物置小屋に隠れても良かったハズなのに、だ。おそらく——彼女はあの風車小屋に無線を隠していて、治安警察に連絡を入れたんだ。『カーバンクルが攻撃されている』と。その連絡ができた容疑者は、彼女1人しかいない」

「治安警察のスパイがいたですか……！」

円らな目を丸くする猴に、俺は頷く。

「じゃが、治安警察はあのドローンのカメラでワシらを見ておるハズじゃ。なんで砲撃にカーバンクルを巻き込む」

医療鞄から出した布でカーバンクルの血を拭いながら、ダイダラ＝ダッダが長い眉毛の目で空を示す。

「スパイの子は1人だけ先に遺跡へ逃げたから、カーバンクルが変身したのを見てない。治安警察はこの大人になったカーバンクルが、自分たちにパラジウムをくれていた少女のカーバンクルと同一人物だって分かっていないんだ。カーバンクルを攻撃しにきた集団の1人が、リーダーの俺と仲間割れしてるとでも思ったんだろう」

——ヒュルルルッ——ドォォォォォォッッッッ——！

——ヒュルルルッ——ドォォォォォォッツッツッ——！

迫撃砲の榴弾が、カーバンクルの農園に落ち続ける。ドローンの測量があるから完全に的外れというワケではないが、乾燥した大地が濛々と上げる土煙のおかげで盲射気味だ。

「……愚かなヤツらじゃの。パラジウムをくれていたカーバンクルを自ら攻撃するとは。カーバンクル、死ぬでないぞ。気を確かに持て」

女神同士ルシフェリアがカーバンクルを励ます中、土煙の向こうから神殿へ——

「連れてきたわよ。途中で2回か3回、軽くフッ飛んだけど」

ヒルダが、戻ってきた。ケガはしていないが、砲撃の爆風を浴びたらしく土埃に塗れたチャトの女子——ショートカットの髪型の、治安警察のスパイの女の子を抱えて。

「女の子たちはみんな、あの遺跡に入ったすぐの所で固まって怯えてた。そこでこの子がみんなに何か訴えかけてたけど、言葉が分からなかったからそのまま引っぱってきたわ。お名前はラルちゃんだそうよ」

どさっ、と、俺の前に放られたラルは……

「通信機を持ってるだろ。治安警察に『お前たちはカーバンクル本人を攻撃してる、すぐやめろ』と伝えるんだッ」

通訳の猴を介して俺に言われ、ブルブル震える手で警察用と思われるトランシーバーを服の中から出してきた。だが、アンテナが折れてる。電源も入らない。ここへ来るまでの砲撃で破損したんだ。クソッ、これじゃあ砲撃を中止させられないぞ……！

ラルはカーバンクルの様子を見て短く悲鳴を上げてから、泣く泣く這い寄り——何か、長々喋っている。

「何て言ってるんだ」

俺が聞くと、ラルの話を聞いていた猴とダイダラ＝ダッダが青ざめた顔を上げる。

「印パ戦争でここが基地だった頃、パキスタン空軍が落とした不発弾——１０００ポンド爆弾が、遺跡の出口の下５ｍほどの所に埋まったままになってるんだそうです。それを、インド陸軍は遠隔から起爆できるようにしてあります。もしまた戦争になってここが占領された時、この盆地を丸ごと崩して敵を生き埋めにするために……！」

「治安警察はカーバンクルが土の中を自由に動ける事を知っておる。そのカーバンクルの姿がドローンで見つからなかったから、もうここから逃げたと判断したそうじゃ。神様のカーバンクルが逃げるほどなのだから、攻め込んだ君らも神か悪魔の一味だと思われとる。それで、ヤツらは今すぐその不発弾を起爆する事にした。遠隔から時限信管を起動して、爆発までもうあと数分らしい。迫撃砲は足止めなんじゃ。ラルは遺跡にいる11人に地上へ逃げるよう言ったが——娘たちは上で治安警察が砲撃をしとる事に怯えて、動かなかったそうじゃ……！」

……１０００ポンド爆弾……！

そんなものを浅い地中で炸裂させられたら、チャト遺跡が跡形もなくなるだけじゃない。この盆地を囲む山肌の土砂が大崩壊し、みんな生き埋めになってしまうだろう。俺たちも、遺跡にいる11人の女子たちも。

だが、地中の爆弾を1分や2分で掘り当てて爆発を阻止する──そんな事はヒステリアモードの俺にも出来ない。どうしたらいいんだ……！

「──な、何をやっておるのじゃ！　よさぬか、カーバンクル！」

ルシフェリアの慌てる声に振り向くと……ズズッ、ズズズッ……

カーバンクルが床石に手足を、それからダイダラ＝ダッダが血を拭ってくれていた体を沈めていく。ただでさえ瀕死のカーバンクルが──

「カーバンクルなら、みんなを……守れる……」

生命維持に使う魔力を振り絞って、素粒子化の魔術を使っているのだ。

それで地中を泳ぎ、不発弾の所へ行くつもりか。行って、どうするっていうんだ。抱きかかえて、周囲の土や石を素粒子化し続けて──地中深くへ、運ぼうとでもいうのか。

「やめろ、死んでしまうぞ！」

叫んで手を伸ばした俺に、悲しげな微笑みを向けて……

「……カーバンクルが、捨て石に、なる……みんなを、頼む……トーヤマ……」

カーバンクルが、地中に消える。

「……っ……！」

俺の手は彼女が神殿の床に残した宝石に虚しく触れ、気づけば迫撃砲の音は止んでいた。

間もなく不発弾が爆発するとあって、治安警察が砲撃を中断したんだ。

（……カーバンクル……！）

絶句してしまい、しかし何もできずにいる俺たちを——静寂が、包む。

1分、2分……誰も何も言えず、何もできないままに、時が流れる。

そして。

——ズズズズズズンンンンンンッッッズズズズズズンッ………

さっき猴が教えてくれた地点より遥かに下で、遠雷のような音が轟く。音と共に地震が発生したが、震度は4程度に留まった。辛うじて、チャトの女子たちが立てこもる遺跡や切り立った盆地の周囲の斜面が崩れるほどの被害は出ない揺れだ。

これは……

……カーバンクルが、不発弾の位置を変えたんだ。より、地中深くに。

本来なら遺跡を破壊し尽くし、ここの周囲の斜面を全て崩壊させる位置にあった爆弾を

——下へ下へと、引っぱっていったんだ。自らの命を費やして、体と土を素粒子化して。

「──カーバンクル！」

震源の方へ、ルシフェリアが黒いスカートを翻して神殿を走り出ていく。その姿を追う俺は、地中に沈んだカーバンクルを探す事などできないだろうと思ったが──

「……こ、こっちじゃ！」

両手を耳に添えるルシフェリアは、魔術的な力でそれができるらしい。そして迫撃砲の爆風で荒れた畑の一角に駆け、焦げて煙を上げているブドウの近くで片膝をついた。

俺もそれに続いて、そこへ駆けつけると……

「……うっ……」

カーバンクルのポニーテールの後頭部が、穴の開いた背中が、地表へ浮かんできている。エラーを起こした3Dゲームのキャラみたいな光景だが、土を水のようにできる魔術がそうさせているのだろう。カーバンクルの体は命を削りつつも、こうして浮き上がるため本能的に素粒子化を続けたのだ。

俺とルシフェリアが慌てて引っぱると、ズルズルと地上に出てきたカーバンクルは──

──よかった。まだ、生きている。

しかしその体は無残な状態で、体はあちこち裂けて血まみれになり、外傷がない部分も内出血でドス黒くなってしまっている。丘や小山なら平地に変えてしまう1000ポンド爆弾の威力で、体を変化させた素粒子そのものがかなり地中に飛散してしまったのだろう。

死体と見まごうようなカーバンクルを、俺とルシフェリアは廃墟になりつつある神殿に運び――祭壇のそばに、横たわらせる。ラルが号泣してその足にすがりつき、猴とヒルダ、メヌエットも、言葉もなくその様子を見守る事しかできない。

誰もが分かる。もう、カーバンクルは助からないだろう。さっき背中を負傷した時には盛んに起きていた自動治癒術も、今は僅かにしか起きていないように見える。魔力が尽き、それを補う生命力も風前の灯火なのだ。

「……カーバンクル……！」

哀れな最期を迎える同郷人の胸に、ルシフェリアが涙ながらに顔を埋めた時――

「ええい、これだから若い世代は。このぐらいのケガ人、戦場にはゴロゴロ転がっとる」

ダイダラ＝ダッダが、その黒セーラー服の後ろ襟をグイッと引っぱってどかせてしまう。

サンダル履きの足で医療鞄を蹴り開けたダイダラ＝ダッダは、「ふむ。海中に落ちて、近くで機雷が炸裂した兵に似とるな。圧力と破片で中身があちこち切れとる」と独り言し――ピッ、ピッ、ピシッ――カーバンクルの褐色肌に次々と鍼を打ち込んでいる。それで心なしかカーバンクルの出血は穏やかになり、呼吸も安定したように感じられる。さらに鞄から消毒液やメス、手動排液管やガーゼを出してもいるので、

「ち、治療できるのか。こんな所で……」

驚いた俺が尋ねると、元・軍医のダイダラ＝ダッダはヤレヤレと白髪頭を振る。

「こんな所？　もっと騒がしくて、もっと不衛生な所でもワシは兵を切り貼りしてきた。まさかあのカーバンクルを手当てするとは思わなかったが、ここはワシに任せろ」

コンマ1秒の躊躇もなくダイダラ＝ダッダがカーバンクルの体にメスを入れ、バッ！バッ！　と瀉血のように血が迸る。ピンセット、鉗子、縫合針、縫合糸。シワシワの腕が、激しくピアノを弾くように医療鞄とカーバンクルの体を行き来する。

ピンッ、ピンッ！　カランッ！　カーバンクルの体内から石や弾殻が次々に摘出されて放り出されていく。続けて、ダイダラ＝ダッダは手術用顕微鏡どころかルーペすら使わず血管・神経・皮膚を縫っていく。

「──これで腹腔内に壊死は起きん。出血もまだ循環血液量の2割ってところじゃ。次は背中側をやるぞ。気をしっかり持て、カーバンクル」

見ているラルが失神しそうになってるほど荒っぽいが、ダイダラ＝ダッダの手技は機械のように、いや、機械より精密だ。それを人間じゃない、レクテイア人にやってのけてる。とんでもない超名医だな、ダイダラ＝ダッダは。

痛覚の無いカーバンクルは、手術を受けながらも意識を保てている。最初は朦朧としていたが、刻一刻と目つきがハッキリしてきている。

峠を越えたことを感じて、俺たちも驚きと共に笑顔になりかけたその時──

……キュラキュラキュラキュラキュラ……

ヒステリアモードの耳が、また別のトラウマのある音を捉えた。

これは、かつてルクセンブルクで聞いた――戦車の、キャタピラ音……！

（……ッ！）

音のした東方向を見ると、擂り鉢（すりばち）のようなこの土地を囲む稜線（フチ）の向こうに敵情が見えた。

こっちを確認している、潜望鏡。通信装置のアンテナ。急斜面を何十台も下りてきつつあるオモチャみたいなものは、爆薬を搭載したラジコンカーだ。エリーザが言っていた、敵に肉薄する自爆兵器だな。

治安警察は攻撃を遠隔からに限定し、小銃を持って突撃してきたりはしない。負傷者が出ると、この戦い、さらにはカーバンクルとの違法な癒着を隠蔽し辛（づら）くなるからだろう。

そして、敵の親玉という風格で稜線（りょうせん）から突き出て見えてきたのは――１２５㎜滑腔砲（かっこうほう）。それを砲塔に備える黄土色の戦車、アジェヤＭｋ（マーク）－１だ。車体長６・８６ｍ、重量４８ｔ、１２００馬力。最新の主力戦車ではないが、もちろん拳銃で太刀打ちできる相手じゃない。

「せ、戦車とは。Ｔ－７２・ウラルのライセンス生産型、アジェヤですね」

「ああ。治安警察がパラジウム資金で連（つる）んでるインド陸軍の車輌（しゃりょう）だ」

目を丸くするメヌエットと、俺（おれ）が言い……

――ドオォォオォォォンッ！！！　と、いきなり主砲を轟（とどろ）かせたアジェヤは、盆地の内側、西側の斜面を削るようにキャニスター弾を着弾させている。

戦車は下向きには砲撃できないものなので、盆地の底にある神殿を撃ちはしないようだ。しかし西側の斜面ではガラガラと土砂崩れが起きている。東側からは自爆ラジコンカーで俺たちを足止めし、西側からの土砂で生き埋めにする作戦らしいな。

ドオオォォンッ！　ドオオォォンッ！　数秒おきにアジェヤの主砲が何度も轟き、美しかったカーバンクルの楽園は硝煙と土砂の地獄へ変わっていく。

「……もう、お前たちは、退け(しりぞ)。5分もしたら、ここは埋まって、しまう」

手術も終盤に差し掛かっているところで、涙ぐんだカーバンクルが俺たちに力無く言う。

「5分もあるのか。じゃあ……ゆっくり、キスができるね」

砲声の中、俺はカーバンクルのそばに跪(ひざまず)く。そして彼女の長い三つ編みポニーテールをそっと手に取り――甘い香りのする黒髪に、小さく口づけする。

「……？　？　？」

それを見たカーバンクルは目を白黒させ、ダイダラ＝ダッダは手術を続けながら苦笑いしてるが……これはお礼だよ、カーバンクル。君のおかげで、レガルメンテが累乗した。強くさせてもらえたおかげで、勇気も増したところさ。

「――カーバンクル。君は俺が守る。俺たちが、守る」

俺はカーバンクルに背を向け、神殿の東側へ出ていく。

そしてそこで、斜面と稜線に居並ぶ敵に立ちはだかるようにベレッタとDE(デザート・イーグル)を抜いた。

ルシフェリアも「主様(ぬし)のそういうので、我(われ)もやられてしまってのう」とカーバンクルにウインクしつつ、傾いた柱の陰にあったカラリパヤットの弓矢を持ってきて……俺(おれ)の左に立った。そのさらに左には、黒髪を獣耳のように励起させた猴(コウ)が裸足(はだし)で駆けてくる。

俺の右には車イスでメヌエットがやってきて、「ライフルの内圧は最大にしてあります。ヘタな拳銃弾より強力ですよ」と、改造銃のリー・エンフィールドを抜く。メヌエットのさらに右には、パリパリと体の表面を帯電させたヒルダがやってきた。

――カーバンクルの神殿を背に、俺たちリユニオンの5人が横一列に並び立つ。

遠山(とおやま)の金さん、ルシファー、孫悟空(そんごくう)、ホームズ、ドラキュラ。出身も能力もバラバラなこの『神秘の器(ワンダー・ノッギン)』奪還チームは、最初は脆(もろ)かった。お互い面識もほとんどないメンバーを束ねた凸凹チームで、いがみ合いもした。大きな失敗もあった。

でも――長い旅を経て、今、俺たちは1つになれている。皆で敵の兵器から、手術中のカーバンクルを守るぞ。遺跡の中で怯(おび)えている、力無きチャトの女の子たちの事も。

「ラルさんに聞きましたが、チャトに駐屯してる陸軍の戦車は1輌(りょう)だけだそうです。遠山、ここで如意棒(にょいぼう)を使います。いいですね」

右眼(みぎめ)を光らせ始めた猴が、戦車へ向けて『前へ倣(なら)え』のポーズを取りつつ言う。無限に伸びる伝説の武器、如意棒――レーザーの測距測角(そっきょそっかく)の構えだ。

「もちろん。使わなきゃみんな生き埋めになっちゃうからね。ただ、アジェヤMk(マーク)－1は砲塔内に車長と砲手がいる。撃ち抜かないように注意だ」

と言った俺に、「あい」と応えた猴は――パッ――！

頭を1回だけ下から上にヘッドバンギングする動きと共に、レーザーを放った。

――ビシュッッッ――！　その1射で縦に切り上げられ、戦車の主砲砲身は裂けた竹のような切れ目を入れられる。見事。乗員のいる砲塔や車体を傷つけず、砲身だけ割ったね。だがほんの一瞬の出来事だったので、向こうは何も気づかなかったのだろう。ドッ！　と、次弾を発射しようとし――バガァァァンッ！　砲弾が点火されて放出した燃焼ガスで砲身を自ら粉々に飛び散らせてしまっている。

　主砲の無いただの装甲車になってしまったアジェヤMk－1は、今や無意味に晒してるだけになってしまった車体を稜線の後ろへ下がらせていき……俺たち的には一番怖いのを最初に撃退できた形になる。

　だが、うるさいのは他にもある。自走してきて自爆する、ラジコン爆弾だ。気がつくと割と近くまで来ているので、俺が撃ったりルシフェリアが弓矢で仕留めたりする。農園の各所で上がるその爆炎の上からは、迫撃砲弾が稜線越しに山なりのコースで落ちてくる。これの精度はかなり高くなっているのだが、バチッ！　バチバチイィッ！　と、ヒルダが網を投げるような稲妻を放って空中で爆発させていく。

「ああもう。砲弾ってキリが無いわね」

ファランクス(CIWS)役をやってくれるヒルダがイラつく、その隣から――パシュンッッッ！ リー・エンフィールドの16倍スコープを覗(のぞ)いたメヌエットが、ほぼ真上へと発砲している。その弾が命中し、神殿の隅にヘロヘロ落ちてきたのは……迫撃砲の着弾点を調整するため上空で砲兵たちの目になっていた、カメラ付きの民生用ドローン(マルチコプター)だ。

それを撃ち落とされてからは、迫撃砲が的外れなところへムダ弾を落とすようになった。稜線(りょうせん)の向こうからじゃ、こっちは見えないからな。もうヒルダが迎撃する必要も無い。

「――石つぶてよりも、投げる者の目を撃つべきかと。とはいえもちろん、砲弾が近くに落ちてこない状況でなければドローンを狙い撃ちになどできませんでした。ヒルダさんのおかげです。ありがとうございます(サンキュー・ソー・マッチ)」

メヌエットが隣のヒルダにニッコリ言うと……ヒルダは、かぁぁぁ。赤くなって……

「……取り消すわ。ザンダーラでのこと」

「何をです？」

「『立てもしないお前が戦えるワケがないでしょう』って言ったこと。ありがと(ムルツメスク)」

ヒルダは赤面顔をそらしつつ目ではメヌエットを見てお礼を言うという、完璧なデレ芸。

仲が悪かった2人の間に友情が芽生えた光景には、ルシフェリアが「おー？ いいもの見れたのう」とニヤニヤ茶化(ちゃか)しを入れて――カーッとヒルダにキバで威嚇されてる。

「ええいっ、ジャレとらんでマジメに戦わんかっ」

畑を回り込んで遺跡に側面から侵入しようとしていたラジコンを、ダイダラ＝ダッダが古いウェブリー・リボルバーで撃ち抜いている。

見れば、もうカーバンクルは全身あちこちを包帯で巻かれ——上半身を起こせるところまで回復していた。間近で見舞うラルから魔力をもらって、自動回復力を甦らせたんだ。

「すごいな、ダイダラ＝ダッダは。さすが、元・軍医だ」

「手術しながら戦う事も、戦場ではよくあったからのう」

俺に言われて、ダイダラ＝ダッダはドヤ顔をしてるが……俺たちがそんな余裕を持てる程度には、敵の攻撃は止んできた。戦車、迫撃砲、自爆ラジコンも攻略され、手詰まりになってきたという事かな。

「ここまでは応戦でしたが、そろそろ出口戦略といきましょう。さっきのドローンを——プロペラを狙って撃ちましたから、まだカメラや通信の機能は生きていると思います」

メヌエットが言い、ルシフェリアがドローンを拾ってくる。往生際悪くプロペラを回すそいつのDVCを俺が覗き込むと、光学ズームが動いた。俺たちの顔を確かめるように、左右に首を振りもしたぞ。盆地の稜線の向こうで、誰かが見てるんだ。これがあれば——

「ラル。ここにいるカーバンクルが、半分だった時のカーバンクルと同一人物だって事を敵に伝えてくれ。マイクは無さそうだから、文章を書いてカメラに見せるんだ」

俺がラルに武偵手帳とペンを突きつけて言い、猴が通訳し、ラルがそれを書き始めた時

――バシュウウウウウゥゥウゥゥゥゥゥウウ――！

激しい噴射音と共に、稜線(りょうせん)の向こうから天空めがけて白煙の航跡が伸びていく。５０ｍ、１００ｍ、みるみる内に３００ｍは上がったぞ。

迫撃砲、空と陸のドローン、戦車と来て、

（……レフレークス(9M119S)かよ……！）

とうとう、対地ミサイルを使ってきたか。

レフレークスは第２・５世代のＡＴＭ(ミサイル)で、セミアクティブ誘導方式(SALH)。型は古いものの、強襲科(アサルト)の副読本にも諸元が載(の)っていた傑作誘導弾だ。戦車の滑腔砲(かっこうほう)からも発射できるので、さっき後退したアジェヤが搭載していたものと思われる。それを陸軍が降ろし、弾道弾のように撃ち上げたんだ。

あれは旧ソ連が開発した、敵戦車・陣地(トーチカ)・舟艇等を粉砕するガチの戦争兵器。そいつが高速で突入してくるとなると、俺(おれ)の銃やヒルダの電撃でどうこうできるシロモノじゃない。時間も無い。弾頭が炸薬弾(HMX)だとしても――手術中のカーバンクルや車イスのメヌエットは、もう今から運んでも爆発の殺傷圏内から逃れられないだろう。万が一、化学弾頭だったら――農園はニワトリ１羽生き残らない死の世界となる。億が一、小型戦術核だったら――小麦の芽１つ残らず蒸発し、周囲の斜面も遺跡ごと崩れて全てが埋まる。

俺が見上げる噴射炎を、皆も唖然(あぜん)と見ている。ミサイルは高度を１km以上取っている。

水平撃ちでは加速しきれない近距離を撃つ際のセオリー通り、上空から山なりに落として、何者にも迎撃できないスピードを付けるつもりだ。その上で、きっと最後は赤外線誘導でナナメ上からこの神殿に着弾させてくる。

どうする。どうすればいい。

ヒステリアモードの頭脳が活路を求めてフル回転し——

脳裏を、複数の断片的なイメージがよぎる。

ネモのポーチにあった分度器。ジオ品川で消滅したラスプーチナとヤマハ・フェザー。觔斗雲で跳ばされた星伽の鎮守の森の上辺。全翼機ガリオンの上での対ジーサード戦。

それらのヒントが繋がって、一本の道を示す。

生存へ続く、細く、険しく、しかし通らざるを得ない道を。

「——カーバンクル、あの魔法半円をまた開けられるか⁉　それができれば、ミサイルを異次元空間に放り込めるかもしれないッ」

俺は神殿の奥にまだ立っている、半円形の石壁を指して尋ねる。

それがもし使い捨ての魔法円だったら、詰むところだったが——

「——あ、開けられる。魔力さえあれば。昨日閉じたばかりだし、難しいことではない」

「手順を教えろ、カーバンクルよ。我が開けよう。主様、できるぞ」

カーバンクルとルシフェリアが力を合わせれば、それは可能そうだ。

「ヒルダ。俺がミサイルのコースを変えさせて魔法半円に放り込んだら、すぐにウイルス魔術で閉じてくれッ」

指示を出しつつ、俺は想定されるミサイルのコースを超特急で計算する。そして足下に落ちていた大きな石を2つ拾い、バッ――バッ――！

「猴！　今から示す空の場所に、俺を瞬間移動させるんだ！　19・19秒後が理想だ」

時間差を付けて投げた2つの石を空中で衝突させ、高さ11・4m、東に51・4mの座標を示す。

「わ、分かりました。皆さん、遠山から離れてッ。觔斗雲！　来了来了――！」

猴が大急ぎで超々能力の光粒を生じさせ、それが俺の周囲で飛びながら増える。1粒、2粒、4、8、16、32、64……

「キ、キンジ。あのミサイルは赤外線誘導されています。飛行コースを変えようと、元の軌道に戻るはずで――」

光粒に包まれつつある俺に、メヌエットが警告してくる。

「俺はもっと難しい条件下で、飛んできた空対空ミサイルを逸らすのに挑んだこともある。弟と戦った時、航空機の翼の上でだ」

「できたのですか、その時は」

「いま生きてる」

ウインクでごまかしたが、あの時は——失敗して、ガリオンが爆発・墜落した。

俺は今まで、誘導弾逸らし（スラッシュⅡ）に成功した事が一度もないのだ。実は。

それを今回もしくじったら、メヌエットも、猴も、魔法半円の傍らに向かったヒルダも、ドローンのカメラに必死にメモを見せているラルも、ダイダラ＝ダッダも、皆死ぬだろう。もちろん、空中の俺もな。ルシフェリアは命が6つあるし、弾頭次第ではカーバンクルも生き延びれるかもだが。

だから俺は、光の中から女神たちに言葉を残す事にした。

上昇から降下に切り替わり、加速して落ちてくるミサイルを睨（にら）み上げたまま。

「——最悪だよな、ああいうの。ミサイルだの戦車だの、大砲だのドローン兵器だのって。この文明には、ああいう汚点が確かにある。カーバンクルが文明を捨てて、こういう中世みたいな世界を作ろうとした気持ちも……本当は、ちょっと分かるんだ」

——らいらーらいらー——という、猴の声が続く。俺の周囲の光は今、粒ではなく靄（もや）として知覚できるレベルに増えている。間もなく、跳躍だ。

「でも、文明は不幸を生み出しもしたけど、それ以上に幸せも作り出してきた。こっちの世界の文明は、こっちの世界の人間が血と汗を流して進化させてきたものなんだ。自らが生み出した誤りを、一つ一つ正しながら」

ミサイルが高度を下げ、こっちへ向けてカーブを描いて飛ぶ。想定した通りの誘導だ。

「ああいう文明の過ちは、俺たち自身がこの手で改めていく。前の世代だってそうしたし、俺が倒れても、必ず次の世代が改めていく。そうやって何世代もかけて、より良い未来にたどり着けるって……俺は信じてる。だから、この文明を見限らないでくれ。もどかしいかもしれないが、見守ってやってくれ。俺たち人類を永遠に、慈悲深く見守る、インドの神々のように――」

――パッ――俺の体が、空中に躍り出る。高さ11・4m、東に51・4mの座標に、俺の重心がある。猴が、完璧にやってくれたな。

俺は空で身を捩って姿勢を変えつつ、空気抵抗で位置を微修正しつつ――迎え打つ。こっちに目玉みたいな頭を向け、白煙の尾を曳いて迫るレフレークスを。

視界の端では、立てた分度器のような魔法半円がオレンジの光を横向きに迸らせている。時空の狭間への口を開けさせたんだな、ルシフェリアが。魔法半円の傍らには、ヒルダがスタンバイしている。準備は万端だ。来い――!

(――抱え式誘導弾逸らし――!)

かつてスティンガー・ミサイルを逸らすのは、両手を組んでの打ち下ろしで失敗した。なので今回、飛来したレフレークス・ミサイルには――ガキイィッィ! 弾頭を文字通り頭に見立てた、全体重を余すところなく乗せるギロチン・チョークを極める。それは腋の下に相手の頭を抱え、腕で首を絞める、柔道・サンボ・プロレスではお馴染みの必殺技。

とはいえそれを空中でミサイル相手にやったのは、俺が人類初だろうけどな。

「――うおおおオォォォアァァァァァッッッッ！」

それこそプロレスラーのような叫(シャウト)びを上げ、固体燃料ロケットの突進力をネジ曲げる。

――ガクンッ！　と、それで方向を大きく変えた弾体は、ドバァァァッ！　俺の腕からスッポ抜けていき、防弾制服の背をお返しの噴射炎で蹴っていった。

それでフッ飛ばされつつ、俺は空中で振り返る。ミサイルは俺に下を向かされた進路を何とか戻そうと、上を向く。しかし自分のスピードが速すぎるので上がりすぎて、改めて下へ航路を取り直す。また行きすぎて、上へ。波打つように――武偵高(ぶていこう)で勉強した諸元を代入して計算した通りのコースを飛んで――

「――よしッ――！」

５ｍほどの高さがある魔法半円の石壁へ、斜め上から突っ込んだ。しかし爆発はせず、魔法半円が縦向きの水面になっているかのように潜り込んでいってしまう。貫いて裏側へ抜けたわけでもない。消えたのだ。輝く魔法半円の表面から先に広がる、異次元空間へ。

――カッ――！　光が強まったのが内部で起きたレフレークスの爆発なのか、それとも術が停止する時のエラー表示みたいなものかは分からなかったが――魔法半円の表面から横向きに迸(ほとばし)っていたオレンジ色の光は一瞬激しく強まり、そして……

……消えた。

神殿には炎も神経ガスも放射能も発生せず、そこに残ったものは――多量の瓦礫と土、宝石、祭壇――そしてただの巨大な石板となって聳える、分度器みたいな形の魔法半円。

それと、無事生き延びた、メヌエット、ヒルダ、猴、カーバンクル、ラル、ルシフェリア、ダイダラ＝ダッダたちだ。

ドチャッ！　と、高さ11mから落っこちた俺は……クッションになってくれた豆畑の茂みに埋もれる。諸々の疲労とダメージとでしばらく動けず、倒れたまま眺めた地面には――砲撃を生き延びた小麦の緑色の芽が、風に小さく揺れていた。

「……」

それから、辺りは水を打ったように静かになる。

もう、攻撃はない。それが分かったのは、見えたからだ。この盆地の東側の稜線に姿を現した治安警察の警官たちや陸軍の兵たちが、次々と神殿の方向へ平伏しているのが。

お前たちはカーバンクルを守ろうとして、カーバンクル本人を攻撃している――ラルが俺の武偵手帳に書いたメッセージが、ドローンのカメラを通じてあいつらに伝わったんだ。

今さら謝られようとも、1人1人並べて桜花でブッ飛ばしてやりたい気分だが……もうそんな元気もない。

とりあえずこれにて、一件落着って事にしといてやるさ。

天竺で乱暴を働くと倍の罰が当たるって、三蔵法師も言ってたそうだからな。

Go For The NEXT!!!　第三の男

Wonder noggin

ヒステリアモードが解けて、ゾッとする。ミサイルを素手で逸（そ）らすとか、ほんとマジでダメでしょ！　信管が異常な衝撃を感知したら自爆するタイプのやつだったらどうすんの本気で！　ダブル・スレッジ・ハンマーだのギロチン・チョークだの、地対地ミサイルはプロレスでやっつける相手じゃありません！　二度とやらないように！　あと、なにが『君が光り輝いているから』『君を、幸せにしたいんだ』『5分もあるのか。じゃあ……ゆっくり、キスができるね』だよッ。死ねよ俺……！

──などと、いつもの自己嫌悪にズブズブ陥る俺は、素の状態ではコミュ障の役立たず。治安警察や陸軍はラルが「カーバンクルが怒ってる」と伝えて帰らせて、カーバンクルの手当てはダイダラ＝ダッダが仕上げて、猴はヒルダ・メヌエット・ルシフェリアが「この車イスのデザインは好みよ」「ヒルダさんの私服も素敵ですよ」「我（われ）もそういうの着たいのう」と仲良く話すのを取り持つ──それぞれを、俺はボケーッと座って眺めてるだけだ。遺跡からこわごわ出てきてた女子たちは、カーバンクルと話した後に村へ帰っていった。

ダイダラ＝ダッダの手当てと女子たちからもらった魔力のおかげで、もう立てるまでに回復しているカーバンクルは──

「——トーヤマ。さっきの相撲は決着前に手と手が離れたから引き分け。6つの願いは、3つ選んで叶える。ただし、チャトの女たちの支配をやめる事とヒルダの催眠を解く事は、済んでるので数えない。カーバンクルはモリアーティと縁を切る。メヌエットを解放する。シャーロックをチャトに近づかせない結界も解除した」

と、律儀に勝負の清算を持ちかけてきた。

「——モリアーティに命を与えないって事だな。それは俺たちとしてはありがたい話だ。そもそもカーバンクルの命は残り1つなんだ。人にあげたりしないで、大切にしろよ」

「……それが……今は2つある。さっき死にかけた時に、どこからか1つ返ってきた」

というカーバンクルの話に、俺は目を丸くする。

どこからか、って。そんな地域猫みたいなノリで帰ってくるものなの？　命って。

「その命は『神秘の器』に封じた、ってシャーロックに聞いてたんだけどな。神秘的で、絶対的で、真実で……最強で……圧倒的な器に。やった、ついにソラで言えた」

俺が言うと、その名称がツボらしいダイダラ＝ダッダがまたプーッと吹き出してる。

「その器のことは、カーバンクルは本当に知らない。きっとトーヤマは、シャーロックにだまされた。金目の財宝があるような話をして、カーバンクルと戦わせるために」

「あいつめ、そういう事だったのかよ……！」

でも確かに俺は財宝をチラつかされたから動いたわけで、その結果モリアーティに命を与えないというカーバンクルの言質も得られた。全体的に見れば結果オーライなのかもだ。釈然とはしないし、シャーロックに会ったらギロチン・チョークの刑にはしてやるけどな。

俺なりに、今回のインドでの作戦を評価すると——

この件、モリアーティが寿命のミッシング・リンクを埋めて千年も君臨する『失敗』は回避できた。それを封じるという1つの大きな目標は達成できたので、『及第点』だろう。シャーロックを最大10倍強化するという神秘の器はそもそも無かったので、『成功』や『大成功』もそもそも無かった。って事だ。

「あの女の子たちと離れて、これから……カーバンクルは、どうするんだ？」

俺が尋ねると、カーバンクルは神殿の柱の間から荒れ果てた農園を見渡し……

「この世界にカーバンクルの領土を広げるのは、やめた。トーヤマが言う通り、文明にも良いところがあると分かったから——ダイダラ＝ダッダの、医術のおかげで」

と、長いポニーテールを揺らして振り返ってきた。

「……ダイダラ＝ダッダ。カーバンクルは、ダイダラ＝ダッダのことはずっと尊敬する」

カーバンクルの命を救ったダイダラ＝ダッダは、照れ笑いして……

「尊敬せんでええ。ワシは医者じゃから、仕事で助けたまで。文明には医学の他にも良いものがいっぱいあるぞ。カーバンクルも好き嫌いせず学ぶとよい」

曲がっていた背を少し伸ばし、胸を張ってそう返してる。

言われたカーバンクルはダイダラ＝ダッダに頷いてから、俺に改めて語る。

「返ってきた命は、なんだか減っていた。形もかなり変わっていた。それを延ばして直すために、カーバンクルはさっきチャトの娘たちにもらった魔力で今日レクテイアに還る。世界と世界の行き来は難しいけど、エンディミラ仮説のおかげで少しやりやすくなった」

「──還るのか。そしたらもう……来ないのか？　せっかく知り合えたのに」

急な別れの話に驚いた俺がそう尋ねると、

「また来る。次は旅をして、文明を学んでみたい。そこでトーヤマがカーバンクルにまた会えたら、一生でなくていいのでしばらくカーバンクルに飼われること。相撲は引き分けだったので、カーバンクルにはその権利がある」

カーバンクルが真顔でそんな事を言うので、俺は震え上がる。カーバンクルがいつ旅に来るのかは分からないが、来たら出会わないようドローンで監視しなきゃ。エッチな民族衣装を着た女神は、ルシフェリア1人で十分。そのルシフェリアもだが、カーバンクルも高度なプレイを要求してきてるし。俺には荷が重いですよ。マジで。

チャトの村へ戻る道すがら、アリアに携帯で結果の報告をしたところ──アリアはもうシャーロックとザンダーラの近くまで電車で来ているとの事だった。

援軍に来てもらう必要は今や無いが、神秘の器の件でシャーロックをとっちめたい俺は

「じゃあザンダーラで合流しよう」とレストラン・シンの地図情報を送っておく。

ザンダーラへは、ダイダラ＝ダッダが自ら運転する引っ越しトラックに乗せてもらえた。というのもダイダラ＝ダッダは新しくチャトに来る医者に診療所を家具ごと売却しており、運ぶ荷物は漢方薬の壺だけ。荷台にたっぷりスペースがあったからだ。メヌエットの座る車イスも固定できたし、助かったよ。

「ここでの生活も悪くなかったが、もう長いからのう」

と、チャトの人々に見送られながらトラックを出したダイダラ＝ダッダは……なんか、姿勢が良くなっている。あと、シワシワだった腕にもハリが出てきているような感じだ。俺たち若者と交流した事で気が若くなって、体にもその影響が出てきたのかな？

「ダイダラ＝ダッダ。運賃代わりに、ザンダーラに着いたら晩メシをおごるよ。俺たちは美味いレストランの近くに泊まってるんだ」

荷台から運転席にそう声を掛けた俺は、

（まあ、そんな事より……）

と、荷台に座ってキャッキャしてる猴、メヌエット、ルシフェリア、ヒルダたちに背を向け――壺の入った木箱の陰に隠れてあぐらをかき、今まで我慢していたガッツポーズをしまくる。やった、やった、やったぞ！

これは武偵法で禁止されている敵からの略奪行為にあたる疑いが強いので、みんなには秘密だが……さっきの戦闘後、俺(おれ)は神殿に落ちていた宝石をコッソリ拾い集めてズボンのポケットに入れておいたのだ。だってカーバンクル、いらなさそうにしてたし。透明度や色味や傷といった質についてはどうか分からんが、カラットは大粒のをばっかり選んだ。後で換金すれば、大金になるぞ。１０粒ぐらい拾ったから、改めて数えてみましょうかね。

　俺は手を無意味にゴシゴシこすり合わせてから、ニヤニヤしつつポケットに手を入れ、宝石の数々を――

……って……あれっ!?　えっ!?　ウソだろっ!?　無い！　無い、無い！　なんでだよ！

と、大慌てでズボンのチャックを開け、内側からポケットの袋布を見たら……

「――ぎゃあああああああ！」

　破けてて、パックリと大穴が開いてるゥ！　そしてその原因も分かった。チャトの村で少年たちから買ったスイート・アーモンドのオイル。そのガラスのビンの、欠けて刃物のようになっていたフチが、ポケットの内布を切り裂きまくっていたのだ。武偵高(ぶていこう)の制服は防弾繊維(TNK)でも、ポケットの内布はただの化繊。つまり俺はポケットに宝石を入れるなり、穴から全部落としていたという事らしい。ズボンの裾から足下に。あの神殿で。

「おいダイダラ＝ダッダ！　チャトへ引き返せ！　カーバンクルの神殿に戻るんだぁ！」

　チャック全開でズボンをズリ落ちさせつつ立ち上がった俺は、それを見た奪還チームの女子たちが一斉に上げる悲鳴を無視して荷台から運転席に怒鳴る。でもタタのトラックのエンジンの爆音で声は届かず、道は凸凹なので車がボンボン跳ねる。足首までズリ落ちたズボンが足かせになって、俺は女子たちの中へスッ転げ——サルっぽい尻尾で叩(たた)かれるわ、リー・エンフィールドの銃床で殴られるわ、ハイヒールで蹴られるわ、骨が透けて見えるほど感電させられるわ。略奪未遂の天罰となるリンチを受けまくったのであった。

夕方、ザンダーラに入ったトラックから『シン(Singh)』の看板だらけの一角に降り立つと——

「お医者さん(ドクター)！　今あなた本当の自分の姿じゃないよ。髪をさっぱり整えれば、本当の自分の姿になれるよ」

「お医者さん(ドクター)！　今あなた本当の姿じゃないよ。立派なスーツを着れば本当の自分の姿になれるよ」

床屋・シン、服屋・シンの兄弟には、助手席の医療鞄(かばん)を発見されたダイダラ＝ダッダが捕まってくれたね。医者は金持ちだと思われるものだからな。おかげで俺はその脇を悠々通過できて、

「食べ物は奇跡(フード・イズ・ミラクル)！　さあさあ、お友達も待ってるわよ！」

レストランのオバチャンの案内で、オヤツをたらふく食べてるワトソンとエリーザとも合流できた。かなり重傷だったエリーザも今は回復して、ピンピンしてるよ。よかった。

「カーバンクルに蹴られたダメージは大丈夫だったか」

「心配かけて済まなかったでち。お腹いっぱい食べて休んでたら、自分でもビックリするぐらいすぐ治ったでち。むしろちょっと太ったぐらいでち」

「本当に――インドの食べ物は奇跡を起こすのかもね」

エリーザに続けたワトソンの言葉に、俺たちは笑い合う。これにてここも、一件落着だ。チャトの村やカーバンクルの事、それと恩人・ダイダラ＝ダッダの事を話しながら……窓から床屋・シンの様子を見ると、実際にダイダラ＝ダッダは長い白髪を散髪してもらい、足下に付きそうだったヒゲも盛大に剃ってもらっているところだった。同時進行で服屋・シンに体のあちこちを採寸させてもいる。白衣っぽいあの服から吊しのスーツに着替えるみたいだな。ド田舎の村から町に出てきて、テンションが上がったのかもね。

まだアリアとシャーロックはザンダーラに着いていないので、待ち時間を潰すついでに……俺は甘味を腹一杯食べてから、白髪染めもしたらしいダイダラ＝ダッダが服屋に移動した後の床屋・シンで調髪をしてもらった。カットは整える程度だったけど、それよりも洗髪が気持ちよかったね。さっぱりした。

売り上げを得た床屋・シンは店先の路地にプラスチック製のテーブルとイスを出して、チャイを振る舞ってくれるとの事だ。なのでお言葉に甘え、チャイを待ってたら――

「ふふっ。あんたも髪を切ったのね」

後ろから、アニメ声を掛けられた。振り返ると、いま着いたらしいアリアがいる。

「よ、よく気づいたな。俺ちょっとしか切ってないぞ」

「だって床屋さんの前に座ってるし。全体的に整えた感じ？　前髪もちょっと切ったわね。それでも目に掛かりそうなぐらい長めっていう事は、わざとそうしてるのね。なんで？」

俺の向かいのイスに小っちゃいオシリで座りながら、アリアがニコニコ聞いてくる。

「これは……目つきを隠したくてな。あと実は、照星・照門・前髪で銃の照準を合わせているんだ。中学の時に俺が発見したやり方なんだが、これで射撃精度が15％は上がる」

こんな少しの変化にも気づくほどアリアが俺をいつも見てたのかと思うと、柄にもなくドキドキしてしまう。

あー……でもこれは、因果応報だな。俺もタージマハル・ホテルで、同じ事をアリアにしてた。無意識に。あの時、アリアもこんな気分だったのか。これは確かに照れくさい。

「あんたの話じゃ、『神秘の器（ワンダー・ノッギン）』は無かったみたいだけど。メヌエットから聞いたわ――インド陸軍のミサイルで絶体絶命になった時も、キンジが最後まで諦めなかったって」

テーブルに肘を突いて、ツリ気味の大きな目でルンルンと見上げられると……これも、あまりに可愛（かわい）くて困る。あーもう、女神より可愛いな。コイツ。

「武偵憲章（ぶてい）10条。『諦めるな。武偵は決して諦めるな』の精神だよ」

「高校卒業は諦めたじゃない」

「ぐぬ……高等学校卒業程度認定試験には通（とお）ってるからいいだろッ」

顔が超可愛くても人格が超小憎たらしいアリアには、俺はすぐ心の置き場がなくなって軽くキレ気味の塩対応しかできなくなる。卒業できないのは学校だけじゃなくて、アリアとのケンカ友達もだな。

それから、しばらくして――

床屋・シンがデカいヤカンを持ってきて、白いティーカップにチャイを注いでくれた。甘く、濃く、スパイシーで、慣れてきたら毎日飲みたくなるインドのチャイの香り――それに誘われ、エリーザとワトソン、ルシフェリアの肩に座る猴、メヌエットの車イスを押すヒルダもやってきた。

ちょうど涼しくなってきた夕方――インドの街角で、チャイを片手にワイワイと、一風変わった床屋談義。賑やかで、楽しくて、どこか奇妙で、インドそのものって感じがする時間だな。一生の思い出に残りそうだ。

そしたらそこに、服屋・シンから……

（……？）

20歳ぐらいの、カッコいい男が出てきたぞ。撫で肩気味の肩線、狭い返り襟、ウエスト高めの、型の古い純英国風スーツを完璧に着こなして。ステッキを片手に。でも、服屋・シンにはダイダラ＝ダッタの他に客はいなかったと思うんだが。誰だ？

その男は服装だけじゃなく、七三分けの黒髪や濃いもみあげ、何より口髭が古めかしい。

でも、決してそれがヘンに見えない。この人物の風体に、全てがよく似合ってるからだ。二重の目は大きく、とっつきやすそうな、でも少し濃い顔。シュッとしたスーツのせいでそうは見えないが、ガッシリしてそうな体つき。

　俺たちの脇に立った男を、あんぐり口を開けた服屋・シンが店内から見ている。床屋・シンも目をビックリさせながら、彼にチャイを淹れてあげている。

「礼を言わせてほしい、ミスター・トオヤマ。武偵——探偵の進化形に出会えて、驚くと共に光栄な気分だよ。探偵はいつしか原点から半分離れ、新しいものになっていたのだね。そして今——巨悪を前に、ニュージェネレーションの武偵たちとレジェンドの探偵たちが力を合わせる時が来たという事のようだ」

　驚いたのは俺、ヒルダ、猴、メヌエット、ルシフェリアもだ。この声。このガチガチのキングス・イングリッシュ——喋り方は、年老いたものから改めているが——

「……ダイダラ＝ダッダ……!?」

　わ、若返ってる。さっきまで爺さんだった、ダイダラ＝ダッダが。

　なんだか姿勢が良くなってきていたり、肌にハリが出てきているなとは感じていたけど——チャトからザンダーラへ来る間に、顔や体を覆っていた白髪と白髭と貫頭衣の下で、彼はどんどん若返っていたのか。マジかよ。一体、どういう事なんだ……!?

　医療鞄からパイプを取り出し、マッチで火を入れたダイダラ＝ダッダの横顔を見て——

いま彼を初めて見たハズのアリアとワトソンが、ブップゥーッッ！　と、同時にチャイを吹き出してる。それから目をまん丸にした顔を見合わせて、アリアはイスからズリ落ち、ワトソンは地べたに女の子座りで座り込む。完全に腰が抜けてる。見た事ないぞ、心臓がチタン合金で出来てそうなこの2人が揃って腰を抜かすのなんか。幽霊でも見たか。

「うん。僕もかつてそうやって、失神したことがある。この世にいないと思っていた者がこの世にいたのを見ると、なるほど腰が抜けてしまうものなのだよね」

パイプをふかし、チャトの煙草を名残惜しそうに味わうダイダラ＝ダッダは……

「これは子供でも理解できる事だろうけれど、人の命は人の中にしかありえないものでね。カーバンクルがモリアーティに与えようとしていた命を奪い取り、保管しておく器もまた、人でなければならなかった。でも、女神との命結びは色金との心結び・法結びと競合して、全てを台無しにしてしまう懸念があってね。自分を使って色金の研究を進めていた彼は、自分をその器にできなかったのだ。あと彼は女性嫌いで通していてね。そうではない僕が、その役目を負ったというわけなんだ。結局カーバンクルに似たのは肌の色だけだったね」

その肌は――さっきまでカーバンクルに似た褐色だったが、今は日焼け気味の白人ってぐらいの明るい色になっている。

「カーバンクルの命を自分の命の前に繋いだ僕は、98年間、その命を使って老いもした。しかしその命は、カーバンクルに呪われていてね。彼女から遠くに……約15㎞離れると、僕から抜け出てしまうものだった。抜け出てしまうと消えるか、カーバンクルの中へ戻る可能性もあった。それで僕は、ほとんどチャトから出ずに暮らすことになったのだよ」

15㎞。それは、神秘の器に掛けられた『カーバンクルから遠くに離れられない呪い』と同じ制限距離だ。何だ。何の話をしてるんだ。ダイダラ＝ダッダは。

「あの神殿で……僕はその命をカーバンクルに返した。なにせ彼女は手術を乗り切れない可能性が高かったものだからね。そして命を返すことは、拍子抜けするほど簡単だった。返さなければならないと決意した瞬間、彼女の体へ戻っていったよ」

猴が言っていた。命は与えるのも返すのも、持ち主の強い意志があれば出来ると。

「さて僕の中には、元々の命もあった。とはいえこっちは、そこそこ老いていたものでね。いざ今のような時が来た時に、それでは困るので――彼がNMNでサーチュイン遺伝子の活動を亢進させる若返りの秘術を伝授してくれていたのだ。いわゆる通信教育というやつでね。僕はチャトの医院に併設した研究所でそれを自らに実践し、彼の目論み通り、この命を若返らせる事に成功した。まあ、成功していた事が分かったのは今なのだがね」

「……」

ダイダラ＝ダッダの話を聞くメヌエットが、手にしたティーカップをカタカタ震わせている。金髪頭の額に、テストの超難問を解いてる人みたいな汗を滲ませつつ。

床屋・シンが店舗内で付けっぱなしにしてるラジオから、クラシック――サラサーテのツィゴイネルワイゼンが流れている。それを聞きながら、ダイダラ＝ダッダは苦笑した。

「――ああ、普通じゃない。僕は一体どこで人生のボタンを掛けまちがえたのか。それはハッキリ分かってる。君の辺りでだ」

今この場に影が差したもう1人の男の方を向かず、しかし明らかにその男の方へ向けてボヤいた、このダイダラ＝ダッダって人物は――

「全てが君の推理通りに運んだというワケだ。分岐の可能性はあっても、結末はこうなる。それを信じていたから、僕も心おきなくチャトを出る準備ができたというわけさ」

――似てるぞ。俺と。顔や形じゃなくて、なんというか……キャラ的な、立ち位置が。

「あのラジオからこの曲が流れる今が、君が選んだ再会の時という事なのだね。いやはや、きみの条理予知もまったく、大したものだよ。ああ、もちろん覚えているよ。１８９０年。セント・ジェームズ・ホール。サラサーテ本人が奏でた、ツィゴイネルワイゼン。一緒に聞いたね」

振り向いたダイダラ＝ダッダと顔を合わせた、今ここへ着いたシャーロックが――

「さてもインドという国では、不思議なことが起きるものだ。不思議な、再会も。長らく僕に会えなくて、さびしかったかな？　いや、そのぐらいは自惚れさせてほしいね。僕と君の仲なのだし！」

先日ノーチラスの艦上で俺に言ったのが予行演習だったかのように、一字一句全く同じセリフを言っている。とても、とても、嬉しそうに。

「――お久しぶりだ。僕の財宝！」

「まったく。君という人間は、そうやって僕をモノ扱いする。もうちょっとましな扱いをしてもらうぐらいの資格はあると、いままでずっと思ってきたんだがね？　ホームズ」

名乗ってもいないシャーロックを、姓で呼んだ。旧知の仲なんだ。ダイダラ＝ダッダと、シャーロックは。

「実際のところ、僕は君の力を倍増、3倍増、時には10倍増だってさせられる自負がある。そして人間、誰しも、たまには助力のほしい時はあるものだよ。いよいよモリアーティを倒すのに、僕の力が必要だというのだね」

「その通り。ついに――あの犯罪界のナポレオン、モリアーティと決着をつける時が来た。いつしかこの世界の主人公は僕たちの次の次の次の世代に移り変わっていたが、あの敵と19世紀に決着をつけられなかった僕たちには、この戦いを支える責任があるのだ。共に、21世紀を守ろう。来てくれるね？」

なんというか……嚙み合ってる。会話が。シャーロックと会話が嚙み合う人間なんて、この世に1人だっているもんかと思っていたんだが。まるで見事なデュエットのように、2人の掛け合いは息がピッタリだ。

「むろん、喜んで行かせてもらうよ。僕としても、あの頃のように君と一緒に戦う経験がまた味わえるものなら、これに過ぎる喜びはないと言っていいのでね」

旧知の仲どころじゃない。この2人は組んで戦っていたんだ。過去に。

（さすがの俺にも……分かってきたぜ……）

今は謙遜してたが、なるほど。この人物はシャーロックの能力を倍増、3倍増、いや、10倍増させる男だ。財宝も財宝。シャーロックの戦力をマジで急騰させる、世界の宝だ。

ワトソンが足をプルプル震わせつつ、テーブルにしがみつきながら立ってきて……

「……肖像画でしか拝見したことはなかったけど、疑いようもない……曾、お爺、様？」

アリアもエリーザに支えられながら、プルプル震える手でイスにしがみつき、

「こ、この人と曾お爺様をくっつけると、ただでさえ誰も行動を止められない曾お爺様が……この人にいいところを見せようとして大暴走するって、アイリーン様が言ってた……この2人をくっつけると、世界がひっくり返るぐらい大変な事になるって……！」

文字通り、震撼している。ワトソンとアリアが、シンクロするようにして。

「そういう風評被害があるため、正直に語ると君たちが手伝ってくれない、どころか妨害してくるおそれがあると僕は推理していてね。それで、言わないでおいたのだ」

しれっとシャーロックが言う横で、メヌエットが溜息をついている。

俺は立ち上がって、

「シャーロック。話を聞いてりゃ、ダイダラ＝ダッダが——まあ、もうこれは偽名だって

分かったが——この男が『神秘の器（ワンダー・ノッギン）』そのものじゃねえか。カーバンクルの命を保管してたし、お前を10倍強くするし。彼が誰なのかはもう分かったが、結局、何だったんだよ。『神秘的で絶対的で真実で最強で圧倒的な器（ワンダー・アブソリュート・トゥルー・ストロンゲスト・オーバーヘルミング・ノッギン）』ってのは」

そうクレームしたら、シャーロックはそのセリフを待ってましたとでも言うかのようなニンマリ顔。ダイダラ＝ダッダは改めて吹き出してる。

メヌエットが、パイプからチェリーの製油の香りをさせて……

「キンジ。私が小舞曲（メヌエット）のステップの如（ごと）く、順を追って教えてあげます。初歩的な推理です。Wander absolute true strongest overwhelming noggin の頭文字を取って、並べていくのです。W-a-t-s-o-n——Watson」

……っ……！

そういう、こと、だった、の、かよ……！

「では改めて紹介しよう。君・僕に続く第三の男。ジョン・ハーミッシュ・ワトソン1世。19世紀からの僕の相棒、ワトソン君だ」

Go For The NEXT!!!!!!!

あとがき

キンジはXⅢ（13）巻の香港（ホンコン）でラーメンを食べたがったように、このXXXⅦ（37）巻のインドではカレーを食べたがります。

キンジが当初イメージしていたカレーは、日本の『カレーライス』。

この狭義のカレーは、インド料理を元にイギリスで原形が固まり、幕末から明治時代に日本へ伝わったとされています。それから日本でガラパゴス的な独自進化を遂げて、今のカレーライス文化が花開いたわけです。

日本のカレーの具の野菜はジャガイモ、ニンジン、タマネギに始まり、グリーンピース、トマト、ゴーヤや梨を入れる地方もあるとか。

肉はポーク、ビーフ、チキン、なんとクマ肉を入れた物もあるんですよ。シーフードも合うもので、イカやエビやホタテは勿論、サバやイワシなどを入れても美味（おい）しいものです。これらはフライにして載（の）っけるのもステキですね。

さらには、専門店での隠し味にはオイスターソース、生クリーム、ココアなんかが使用されているとか。日本のカレーは地域差どころか、店ごと、家ごとに異なる食べ方が今も作られているのです。

です。

赤松も現在、フードロスを防いで健康も気遣う、名付けて『ＳＤＧｓカレー』を開発中

まずは八百屋さんで規格外野菜をタップリ入手して、カロリー50％オフのカレールーを使い、余分な油を丁寧に取り除きながら煮込みます。サッパリした仕上がりになるので、肉を入れるならポークが良いでしょう。味気なさは味の素で補います。

……でも結局、「低カロリーなんだからお腹いっぱい食べよう！」って思っちゃって、おかわりを繰り返してしまいます。ＳＤＧｓの目標達成への道は険しいですね……！

でもそうやって創意工夫し、これを入れてみたらどうか、あれを入れてみたらどうかとカレーをいじくり回していると——人は、カレーを見失う事があります。出来たカレーは美味しくなくなり、そもそもカレーってどんな味だったか分からなくなってしまうのです。

そういう時は、どうすればいいのか？　答えはシンプル。カレーのルーを買ってきて、箱に書いてある材料を揃え、分量・調理時間をしっかりと守って改めて作ってみて下さい。そうすると一番美味しい、日本のカレーの原点に戻る事ができるのです。

迷った時は、原点に戻る。私が昔好きだった映画を今でもたまに見るように、それは、全ての物作りに通じる極意のようなものなのかもしれませんね。それでは、また。

２０２２年６月吉日　赤松中学

37巻!!
■アリア37巻
おめでとうございます！
今回表紙がメヌエット
ですが挿絵では猴の登場が
多かったですね！
久しぶりに描けて
楽しかったです。
それではまた次巻で
お会いいたしましょう！